中央大学人文科学研究所
翻訳叢書
12

フランス
十七世紀演劇集
悲喜劇・田園劇

「十七世紀演劇を読む」研究チーム
伊藤　洋　皆吉郷平　橋本　能
冨田高嗣　鈴木美穂　戸口民也　野池恵子
訳

Théâtre français au XVIIe siècle
tragi-comédies et pastorale

中央大学出版部

目次

十七世紀フランス悲喜劇・田園劇概観

伊藤　洋

Ⅰ　序論

いまヨーロッパ各地を旅行すると、至る所で古代ギリシア・ローマ時代から残る野外の広い古代劇場跡にぶつかり驚かされる。古代からどこの町でも演劇は最大の娯楽だったのである。最もよく残されているのはギリシアのアテーナイ市近郊にあるエピダウロス劇場（前四世紀）とされているが、その収容人数は一万四千人と聞くから、その町の市民の大半が一度にその劇場に集まって観劇していたのではないかとさえ思われる。それらの野外劇場で観客はある時は悲劇を、ある時は喜劇を、また時には悲劇と喜劇を一度に続けて見て楽しんでいた。

古代から演劇は非常に盛んだったが、演劇と言えば悲劇か喜劇しか認められなかった。悲劇tragédieと喜劇comédieは画然と分けられており、悲劇調と喜劇調が入り混じるなど、両者の混合された演劇は望ましくないとされてきた。悲劇は神々や王侯など高貴な人物を登場させ、全編悲劇的な調子で進行し最後は不幸な結末になるものとされ、一方の喜劇は王侯貴族ではなく同時代の卑近な人物（町民など）を登場させて日常的な滑稽さを描き、最後は幸福な結末（ハッピーエンド）になるものとされていた。この両者は峻別されており、一般に悲劇のほうが高貴で上位、喜劇のほうが低級で下位に位置づけられていた。

ところがルネサンス（文芸復興）期の終わりころ（十六世紀後半）になると、そのジャンルの峻別からはみ出すような劇作品が生まれ始めた。それが悲喜劇 tragi-comédie であり、田園劇 pastorale であった。どちらも悲劇と喜劇が混じり合うことを許容する演劇であり、フランスでは次の世紀初め、一六二〇年代から二十年ほどの間にその最盛期を迎える。厳密には若干田園劇のほうが先に流行したようであるが、両者ともほぼ同時期にもてはやされている。深刻な悲劇をあまり好まなかった宮廷では、むしろイタリアの影響を受けて生まれた田園劇のほうに傾き、一部では豪華に飾った宮廷バレエ ballet de cour を自分たちの娯楽とするようになる。しかし絶対王政確立を目指す王権の思惑もあり、十七世紀半ばには規則に則った古典悲劇と古典喜劇が奨励されて、悲喜劇と田園劇は次第に減少していく。

悲喜劇と田園劇には古典悲劇や古典喜劇のような制約・規則がなく、笑いと悲しみが同時に描かれる新しさもあり、演劇本来の姿も垣間見えるなど、今日の立場から見ればより近代性を持った演劇とも考えられる。

悲喜劇も田園劇も起源を尋ねれば、古代を除けばどちらもイタリア、スペインにたどり着く。両者とも扱う主題がかなり幅広く複雑なので、その正確な区分けは難しい。悲喜劇は王侯貴族も一般市民も入り混じって登場し、変装、策略、決闘、取り違えなど様々な手法を使って波瀾万丈の空想豊かな筋を持ち悲痛で深刻な調子で進展するが、結末は決まって幸福な終わり方をする。一方田園劇（牧歌劇、牧人劇とも訳される)[1]の多くは田園を舞台にしてそこに住む羊飼いたち(その思考や行動は貴族そのものだが)の愛のもつれ、悩みを描き、結末はこれまたハッピーエンドで終わる。悲喜劇はむしろ反規則派の拠点のようになり、礼節やジャンル峻別の規則のみならず三単一の規則にも反する作品(非規則劇作品 théâtre irrégulier)が多かったが、田園劇は田園を舞台に卑俗な羊飼いを描く特徴のほかには三単一の規則などの制約にはそれほど大きく反せず、規則に忠実な作品(規則劇作品 théâtre régulier)が多くなっている。

因みに、いま述べた十七世紀フランスの「古典劇」théâtre classique の規則について少し触れれば、この規則は古代ギリシア・ローマ時代から続いてきたものであるが、十六世紀ルネサンスから見直され理論家が作家に要求する形で確立されたものである。基本は観客の理性に基づいた楽しみのためのもので、「礼節(適切さ)」bienséance と「真実らしさ」vraisemblance の規則が主軸で、「一つの場所で、一日の内に、一つの出来事が完結すること」(ボワロー)と定義された「三単一の規則」règle des trois unités がそれに加わる。すなわち宮殿の広間ならその一室だけが舞台で、一日二十四時間以内に、ある一つの出来事が解決されることという規則である。この規則に当てはまる古典劇の全盛時代は厳密に言うと、一六六〇年頃から一六八〇年頃までである。

本書では悲喜劇や田園劇の特徴を備え、それぞれ異なる時代に書かれ、優れた作品と思われるものを四編取り上げて翻訳紹介しているから、その特徴や垣間見える近代性を味読できることと思う。この「概観」では悲喜劇と田園劇を一層理解しやすいように解説しておきたい。悲喜劇も田園劇もほぼ同時期に誕生している（流行は強いて言えば田園劇のほうが少し前である）が、その時代背景は両者共通と考えられる。したがってまず両演劇の時代背景を概観してから、それぞれの起源、発生、特徴について考えることにしよう。

Ⅱ　悲喜劇・田園劇の歴史的背景

紀元前四世紀のギリシアの哲人アリストテレスがその著『詩学』で説き、その理論をさらに敷衍した前一世紀のローマのホラーティウスが著書『詩論』で書き残した演劇理論で、演劇の種類として認められていたのは悲劇と喜劇のみだった。主たる演劇は高級な悲劇であり、喜劇はより低俗なものとされていた。だから悲劇にたわいもない喜劇調を交えてはならないし、悲劇には高貴な人物たち、王侯や将軍の悲惨な戦いを描くこととされた。

これらの悲劇と喜劇の峻別は、ローマ時代にはそのまま引き継がれた。しかしローマ帝国末期の混乱とキリスト教の創始期などのために、西暦紀元後には新たに宗教劇と世俗劇という流れが生まれ、一時ギリシア・ローマの悲劇・喜劇の分類は忘れ去られた。とはいえ中世時代に古代ギリシア風の悲劇が必ずしも完全になくなったわけではない。このことは、十六・十七世紀の演劇研究者ルベーグ教授の研究などで検証されたことである。その研究によると、一四九九年には悲劇が作られた形跡があるし、ほかにもラテン語やギリシア語の悲劇が書かれたに違いないとしている。それは古代ギリシア風の悲劇ではなく「悲劇の形態の受難劇」で、サント＝マルト作とされる『サン・ロランの殉教』であった。[2] その後十六世紀ルネサンス時代になって古代の悲劇・喜劇を見直す動きが起こり、古代ギリシア・ローマの悲劇・喜劇の分類が明らかに復活する。

フランスでは、一五四八年半ばに受難劇協会が苦心の末にパリ市内で土地を手に入れ、そこに九月か十月（明確な日付は不明）にオテル・ド・ブルゴーニュ座を建設し演劇上演を目指した。しかしその直後十一月十七日にパリ高等法院によって聖史劇上演が禁止された。聖史劇の宗教的な主題の中に現実生活の気ままな描写が混じり、時には下卑たものが混じるようになってきたからである。一方で世俗的な主題の演劇は上演許可され、受難劇協会に独占上演権が与えられた。このためとりわけ聖なる悲劇はパリを抜け出して、地方の小さな町で生き延びるのがせいぜいだった。しかもオテル・ド・ブルゴーニュ座に陣取る受難劇協会でなければ演劇上演ができなかったから、パリ市内のほかの街の中では演劇上演の火は消えていった。

十六世紀後半になっても、フランスでは宗教戦争（一五六二〜九八）がいつまでもくすぶり、世の中では決闘、暗殺、誘拐、略奪が毎日のように起こり、貴族でさえ身の危険にさらされ、人々は人間不信に陥りその心は荒んでいた。一六一〇年には国王アンリ四世が暗殺される。二四年、宰相としてリシュリュー枢機卿が実権を握って王権確立、国内安定を目指すが、反リシュリューの陰謀と、続く三十年戦争への参画（一六三五〜四八）などもあり、十七世紀初めでも政情は不安定、世相はなお乱れていた。

世紀末の演劇状況に関して言えば、一五七七年にカトリーヌ・ド・メディシスの要請でイタリアからコンメディア・デッラルテ（即興喜劇）が招かれて来仏した。彼らは完備した台本はなく筋書きだけで、仮面をつけて滑稽な即興劇を演じる職業劇団だった。言葉は通じなくても身振り手振りで面白おかしく演じてフランス人を喜ばせた。

そんな状況の中で、ガルニエ R. Garnier（一五四五〜一五九〇）は優れた悲劇を書いたし、少し遅れてモンクレティアン Montchrestien（一五七五〜一六二一）やアルディ Hardy（一五七二?〜一六三二）が出現して、十七世紀初頭にはルネサンス以来の悲劇の創作は盛んになった。当時の演劇の中では主要なジャンルである悲劇は数の上でも圧倒的に喜劇を上回っている。このことはこれまで諸氏の研究によって明らかになってきたところで、例えば最近ではマズエール教授が現在刊行しつつある新しいフランス演劇史の一冊『フランス・ルネサンスの演劇』の中にも書かれている。それによると、一五五〇年から一六一〇年の六十年間に書かれた悲劇は百編から百五十編近くあるのに対して、喜劇は約二十編であるという。(3) ただしそこで発表された悲劇の質が少しずつ変わり始めていた。これがいま注目すべき問題で、これについても古くから文学史家ランソンもルベーグも、それぞれの著書・論文の中で指摘していたことである。[4]

前述のように地方で演劇が上演されるようになり新しい観客が増えてくると、ルネサンス時代の人文主義者（ユマニスト）の作り出す規則的な悲劇では飽き足らなく思う観客も出てきたであろう。自分たちの周りの現実社会では、暗殺・暴行がはびこり恐怖の世界が広がっている。そんな荒廃した世相とも相まって、形式を尊重する古風な悲劇に代わって、規則に外れ内容的には現実社会を反映した過激な題材のバロック悲劇が出て来る。これが悲劇の変質の実態であり、当代の人々（観客や読者）の要請だったのであろう。一方では田園生活を夢想するような現実逃避の作品も出てくる。こうして変質した悲劇の上演されるのを見て、劇作家はさらに面白いもの、興味の持てるものを目指し、より一層観客を惹きつけようと考えたことは容易に推察できる。そこから、本書で取り上げる悲喜劇や田園劇が生まれたと言ってよいだろう。

なお本書に翻訳されている作品は、時代的に先に流行していた田園劇の代表としてメレの『シルヴィ』を紹介し、次いで悲喜劇としてスキュデリーの『変装の王子』、ロトルーの『ヴァンセスラス』、キノーの『アマラゾント』と創作時代順になっている。以下の記述はその順序と異なるが、十七世紀前半の主たる流行も悲喜劇と考えられるので、先に悲喜劇を中心に紹介解説して、その後で田園劇を紹介することにする。

Ⅲ 悲喜劇

1 起源

悲喜劇と田園劇の起源は重なるところもあるが、ここでは一応分けて考えておく。「悲喜劇」という言葉自体は決して新しいものではない。しばしば言及されるように古代ギリシア・ローマ時代にも使われている。古代ローマの喜劇作家プラウトゥス（前二五四頃〜前一八四）が自作喜劇『アンフィトルオ』（前一八六頃）の前口上（プロログス）（プロローグ）の中でこの語を使って、「（喜劇と悲劇の）二つをカクテルにして悲喜劇とするとしよう」[5]とすでに書いている。トラギコ＝コモエディア（tragico-comoedia）と現代のトラジ＝コメディの語源になる言葉で表現もしている。プラウトゥスはこの戯曲の中で、悲劇中にだけ登場する神々、国王、英雄たちを取り違えなどの滑稽な状況に出会わせて笑わせ、しかも神々が奴隷と一緒に登場するという型破りをして幸福な結末で結んでいるのである。上述した悲劇と喜劇の区別をないがしろにしていることは明白だろう。

とはいえ悲喜劇・田園劇そのものは古代のものではなく、ずっとのちの近代のものである。その実作が生まれてくるのは十五世紀末以後のことで、まだ悲喜劇と田園劇は未分化のままだった。十六世紀ルネサンスのスペイン・イタリアに悲喜劇発生の温床はあった。その影響を受けてヨーロッパ各国で悲喜劇が書かれ、次の世紀にかけてその形体・構成が整い普及・発展するのである。

スペイン・イタリアに遅れてフランス演劇史上では、通常ガルニエ作『ブラダマント』（一五八二）をフランス最初の正統な悲喜劇と考えている。このジャンルをさらに推し進めたのが少しのちの世代の劇作家アルディで、これによって悲喜劇というジャンルが定着したと考えられている。

一方ヨーロッパ大陸から離れたイギリスでは、フランスよりさらに遅れてシェイクスピアの活躍した十七世紀初頭、二人の劇作家ボーモントとフレッチャーが「ボーモント・フレッチャー」として合作していた悲喜劇が先駆であり人気を博していた。そこでまずスペイン、イタリアの悲喜劇誕生の状況から見てみよう。

（1）フランス以外の国

（a）スペイン

十五世紀末になって、スペインにはロハス（一四七〇頃～一五四一）作とされている戯曲形式の小説『ラ・セレスティナ』（一四九九）が生まれる。詳しく調べるとこれも様々な問題が生じて来るが、第三版で五幕分を追加して全部で二十一幕とされたものは『ラ・セレスティナ、カリストとメリベアの悲喜劇』[6]（一五〇二刊、一五二七仏訳刊）となっている。この作品が演劇かどうかという問題もあろうが、対話ばかりからなる小説であり、今日では各種のスペイン文学史・演劇史の多くで演劇扱いされているからここでは演劇として考えておこう。この「悲喜劇」の最後は主人公の恋人たちカリストもメリベアも死に、その取り持ち役の老婆セレスティナも殺されるから全く悲劇である。しかしお金目当てではあるが若い貴族二人の恋を助けようとするセレスティナ、追従に明け暮れる召使など庶民を登場させて笑わせる場面もある。貴族二人の恋よりも老婆や召使などの場のほうに重点が移っている箇所もあり、悲喜劇性を持っていると言えるのである。

ヨーロッパでは今日でも時折上演されるこの作品は、スペイン演劇に大きな足跡を残している。十七世紀のロペ・デ・ベーガ（一五六二〜一六三五）やカルデロン（一六〇〇〜一六八一）らの書いた「マントと剣の劇」と呼ばれる風俗喜劇には多大の影響を与えたとされている。しかし同時にこの『ラ・セレスティナ』をスペイン最初の小説と評価する動きもあった。だから小説とも思えるこの作品をすぐ悲喜劇の源と断定するにはためらいもある。一五二七年にはフランス語の翻訳が訳者匿名で出版され、その後も三度ほど仏訳出版されたがフランスへの直接の影響となるとかなり漠然としている。ただ注目しておきたいのはフランスの悲喜劇全盛時の一六三四年にもこの作品が仏訳出版されており、フランスでの悲喜劇誕生・全盛には何らかの影響を及ぼしたと推定されることである。全盛時のフランス悲喜劇には右記のスペイン演劇の巨匠たちロペやカルデロンの悲喜劇がもっと直接的に影響していることは論を俟たない。

（b）イタリア

イタリアでもロハスにやや遅れて、ロペやカルデロンよりはずっと早く悲喜劇が誕生している。チンツィオ（一五〇四～一五七三）の『ディドー』（一五四二）、『クレオパトラ』（一五四三）、『エピティア』（一五四七）などの作品である。[7] もっとも作者自身は、結末が幸せなだけの悲劇だからというので悲喜劇とは言わず、「混合悲劇」と名付けている。またチンツィオは小説『百物語』（一五六五）も書いており、多くの劇作家に影響を与えている。例えばシェイクスピアにも大きな影響を与えているとされるが、これについてはのちに触れよう。

さらにイタリアの大きな存在で忘れてならないのは、詩人・劇作家アリオスト（一四七四～一五三三）、詩人タッソ（一五四四～一五九五）、劇作家グワリーニ（一五三八～一六一二）である。それぞれ代表作は、アリオスト長編武勲詩『狂えるオルランド』（一五三二、八二仏訳刊）、タッソ長編英雄叙事詩『エルサレム解放』（一五七五刊、九三仏訳刊）、グワリーニ田園劇『忠実な羊飼い』（一五八五刊、九三仏訳刊）である。これらの長編詩は現在の観点からすれば小説とも言えるものだから、その中のエピソードなどから題材を採って悲喜劇を書くという形で影響していたのである。

またグワリーニは『悲喜劇詩概要』[8]（一六〇一刊）を書いて、悲喜劇についての最も早い分析と理論を表明している。この文献は現在残っている悲喜劇に関する理論としては最古のもので、その影響はかなり大きかったと思われる。イギリスの演劇学者ハーストもその著『悲喜劇』の中でこの著書を重要視している。[9] タッソはまた先駆的な田園劇『アミンタ』（一五七三刊、八四仏訳刊）も発表して好評を博してもいる。悲喜劇と田園劇は非常に似通った部分があるから、これらが田園劇のみならず悲喜劇の誕生にも大きく影響したことは想像に難くない。

（c） イギリス

ここで順序から言うとフランスになるが、便宜上先にイギリスに触れる。シェイクスピア（一五六四～一六一六）より少しあとで生まれて劇作を始め、合作で成功した劇作家が、ボーモント（一五八四～一六一六）とフレッチャー（一五七九～一六二五）である。シェイクスピアが商人の息子で大学教育を受けていないのに対して、この二人は知識階級の出身でそれぞれ大学を出ている。法律家の息子ボーモントはオックスフォード大学、聖職者の息子フレッチャーはケンブリッジ大学卒である。当時のロンドン演劇界には大人の劇団と少年劇団とがあり、シェイクスピアは自ら大人の劇団に入って役者として活躍してから作品を書き始めた。それに対して二人は少年劇団に戯曲を提供するところから出発したようである。二人は非常に人気のある劇作家になり、一六〇八年から八年間協力して合作した作品の多くが観客の喜ぶ娯楽性を持ったロマンティックな悲喜劇で、その代表作は『フィラスター』（一六〇九）である。

一方シェイクスピアにも、悲喜劇と呼称されてはいないが、作品としては悲喜劇・田園劇の類いがある。暗い喜劇とされる『ヴェニスの商人』（一五九八）、『尺には尺を』（一六〇四）、ロマンス劇と言われる『トロイラスとクレシダ』（一六〇三）などであり、『お気に召すまま』（一六〇〇）は田園劇とされている。シェイクスピアはイタリアのチンツィオの『百物語』の第八編第五話にヒントを得て喜劇『尺には尺を』を書いた。この『尺には尺を』は「暗い喜劇」とも称されるように、明らかに喜劇の結末ではあるが死刑を免れるか否かを巡ってかなり深刻な内容で悲劇的である。これもまた悲喜劇とみなせそうである。

しかしこれらの作はいずれも当時フランスには伝わっていないようで、ボーモント・フレッチャーの悲喜劇とともにフランスへの影響については断定できず未確定である。英仏間は今でこそ列車に乗って数時間であっさりと行き来できるが、十七世紀初め頃には遠く離れた別世界で、相互交流はとても望めない状態だったのであろう。フランスのほうが先に悲喜劇を生んでいるが、イギリスの悲喜劇・田園劇がどの程度その発展に影響を与えたかとなると疑問であり、この点についての解明は今後の研究を俟ちたい。

（2）フランス

フランス初の悲喜劇がガルニエの『ブラダマント』であると前述したが、それ以前にもフランスに悲喜劇がなかったわけではない。研究書『悲喜劇』の中で著者ギシュメールは、『ブラダマント』以前の悲喜劇として作者不詳の作も含めて八編を挙げている。[10] これらは十七世紀演劇研究者ランカスターも挙げている悲喜劇であるが、[11] 最古の悲喜劇として挙がっているのは、バラン作『信仰によって証明された男のフランスの悲劇的喜劇』[12]（一五五二）である。これには「寓意」が登場して教訓の結末で終わるから、中世の「教訓劇（モラリテ）」と言った方がふさわしいとギシュメールは説く。次のラ・クロワ作『ダニエル書第三章に書かれた話』[13]（一五六一）やロッシュ嬢作『トビーの悲喜劇の一幕』[14]（一五七九）などは、聖書中の人物が登場しその挿話を語るものだから中世の「聖史劇（ミステール）」に相当すると言う。第三の宗教的な要素が消滅したベウール作『ポリクセーヌ』[15]（一五九七）などは世俗的になり、より悲喜劇を思わせるものになっているが「奇蹟劇（ミラクル）」と呼ぶほうがふさわしい。悲喜劇というジャンルの最初の傑作と言えるのは、やはり『ブラダマント』であるとギシュメールも結論的に説いている。

　悲劇作家ガルニエは混乱と殺戮の時代を反映して戦争の悲劇を多く残している。彼は悲劇『アンティゴーヌ』*Antigone*（一五八〇）で成功し、その後傑作悲劇『ユダヤの女たち』*Les Juives*（一五八三）などを書いたが、これらの作品にもアンティゴーヌ一家の運命を次々と追うバロック的構成を見せ、エルサレム最後のセデシー王の眼前でその子供たちが殺され、王自身「刀で両の瞳を丸くえぐり抜かれて」盲人にされるなどの描写がある。処刑の場こそ観客の前の舞台では表わされないが、これらの強烈な描写は従来の悲劇にはなかったものであろう。まさしく高等な悲劇の変質であろうが、これがさらに進むと新しいジャンルである悲喜劇の誕生にも結び付くと思われる。そこで十六世紀の作品であるが、まずこの先駆的であり代表作とも言える悲喜劇『ブラダマント』から眺めてみよう。

『ブラダマント』

当時人気のあったガルニエは、一五八二年悲喜劇『ブラダマント』*Bradamante* を発表する。『ブラダマント』の題材は前述のアリオストの『狂えるオルランド』(16)（一五三二完成、五四年以後仏訳され八二年に仏語完訳出版される）から採られている。当時この長編詩は大流行し、フランスでもしばしば戯曲化されているが、ガルニエはその中から女騎士ブラダマントの恋のエピソードを採り上げて構成した。このように当代の詩作品や小説などから題材を採っているのも悲喜劇の大きな特徴の一つである。ここにはのちの悲喜劇の一つの典型が見られるから、十六世紀の作品ではあるがあらすじを簡単に紹介しておこう。

［あらすじ］　ブルゴーニュ公爵の娘ブラダマントは、勇敢な騎士ロジェと愛し合っているが、彼女の両親は娘をギリシアの皇太子レオンと結婚させようとしている。ブラダマントはあくまでもロジェへの恋心に従おうとし、自分と決闘をして勝った人となら結婚すると父に約束する。そこで皇太子レオンは策を弄して彼自身は決闘に出ず、代わりに入獄している騎士ロジェを出す。ロジェにすれば牢獄から出してくれた恩人の申し出を断るわけにはいかず、決闘に出て甲冑姿で愛する人と戦う。彼は

ブラダマントに勝ち、甲冑を外して初めて真相を知り、自分の恋人とレオンを結婚させざるを得なくなる。その時レオンの仕組んだ策略が発覚する。折よくブルガリア大使一行が来て、かつて功績のあったロジェにブルガリア国王になるよう要請する。ブラダマントの両親ももはや英雄ロジェを拒否することはできず、二人の結婚を承諾する。

形式的にはこれまで愁嘆場には不可欠だった合唱隊（コロス）を廃止し、人物の対話の部分を多くしたことなどがガルニエの新しい工夫である。ブラダマントの恋人が甲冑をつけて変装しているとはいえ、他人の身代わりとして自分の決闘相手になり見破れないこと、またデウス・エクス・マキーナ（急場の救いの神）としてブルガリア大使一行が登場することなど、筋立てに真実らしくない個所があることは否めない。しかしこれこそが宗教戦争下の当時の世相を反映したバロック的幻想（イリュジオン）の劇世界なのである。この悲喜劇は緊密に構成されており、悲劇的な場面（恋人たちの苦悩など）と喜劇的な場面（娘の両親の欲深さなど）が程よく並列されており楽しめる。人物の性格描写も濃密であり、皇太子レオンと一介の騎士ロジェの二人の内的葛藤ものちの古典悲劇を思わせる力強さに満ちている。

これまでは主として悲劇の題材で高尚に扱われるものとされていた愛の葛藤をこの悲喜劇作品の主題にしたこと、登場人物は総じて上流階級の人々であるが、シャルルマーニュ大帝のようなむしろ悲劇にふさわしい人物を卑俗な喜劇調の中で表現したこと、背景が古代ではなく中世であること、悲壮な叙事詩調と明らかな喜劇調が混じり合っていることなどに、慣例をはみ出したこの作品の新しさがあり、演劇史上の重要さがある。この作品は新しいジャンルとしての悲喜劇の一つの出発点であり、同時に佳作と言えるものだろう。この作品によって悲喜劇は、フランスの中で新しいジャンルとして認められることになったのである。

さらに次の世代であるアルディとなると、もっと戦慄させる「恐怖の悲劇」を発表する。しかし彼は劇団の座付作者だったために、作品のすべてが残っているわけではない。彼自身は六百編の戯曲を書いたと豪語しているが、結局劇団を辞めてから出版した作品は、悲劇十四編、悲喜劇十四編、田園劇五編だけである。すべてが殺伐としたものではないが、当時の時代を映した恐怖と欲望の演劇を作り出した。座付作者だっただけに多くは観客を引き付ける劇的で巧みな構成で、戦乱時代の人々が好む激烈さと夢想性を持っている。これらの要素が悲喜劇・田園劇誕生の基になっていると思われる。

2 定　義

悲喜劇の明確な定義は非常に難しい。しばしば「悲喜劇」は「悲劇と喜劇の混合作品である」とされるが、必ずしも喜劇性を持たず笑わせる要素の全くない悲喜劇も多い。また十七世紀のある劇作家は「主人公は高貴な人物、事件は深刻かつ不安に満ち、結末は幸福」と定義している。簡潔・明解な定義ではあるが深刻な事件とは何かとなると様々だし、滑稽な場面が中心の悲喜劇もありこの定義も厳密には不十分であろう。

十七世紀に自らも悲喜劇を書き、演劇論も書いた作家シャピュゾー（一六二五～一七〇一）は、「悲喜劇とは、大きな不幸に見舞われた著名な人物の間の崇高な恋愛事件を観客の前に示すもので、最後は幸せな結末に終わるもの」と定義している。当時の劇作家メレは自作の田園悲喜劇『シルヴァニール』の序文で、悲喜劇の結末は「喜ばしく喜劇的なもの」と言っている。最近の悲喜劇研究者バビーもその研究書『悲喜劇―コルネイユからキノーまで』[17]（二〇〇一）の中で、十七世紀の演劇理論家と実作者のそれぞれの考え方を引用しながら悲喜劇の定義を引き出そうとしているが、あまりにも多様なため悲喜劇の定義の難しいことを述べている。ロトルーの研究者モレルがかつて悲喜劇は画然とは定義しにくいと言ったのは当然のことだった。

多くは非規則劇であるには違いないが、一六四〇年以後の作品になると規則にも則った悲喜劇が出てくる。本書に訳出されているロトルー作『ヴァンセスラス』もその一例である。だからただ単に非規則劇であると断定するわけにもいかない。こう見てくると「悲喜劇には確たる規則がない」と言われるのももっともだと思われる。

当時の理論家で『演劇作法』（一六五七刊）を著したドービニャック師は、悲喜劇には「喜劇を感じ取るものは不要」と言い、「すべてが深刻で驚嘆すべきものであって、通俗的で滑稽なものは何もない」ことが望ましいと言い切っている。もっともこの著者ドービニャック師は悲喜劇という名称に否定的な立場であり、「悲劇の名称でも同じく貴人の運命を描いて喜びで終わる作品を意味する」[18]のだから、「悲喜劇」の分類は無用だと言っている。

結局ギシュメールは、その研究書『悲喜劇』の中で最も基本的な特徴のみを取り込んで「①非規則性（ただし一六四〇年頃まで）、②主題は深刻だが幸せな結末、③主人公は高貴な地位の人物、④夢想的な筋書き」を挙げている。小説や詩からヒントを得た夢想的内容の作品、深刻な恋愛問題が中心主題で、登場人物は一般市民でもよいが主たる人物は高貴な人物であることを強調している。「その筋書きはしばしば複雑で、多くは劇的で、所々には楽しい寸劇の気晴らしもある。王侯貴族の登場人物が自分たちの恋や生存理由が障害に遭って危機に瀕するが、最後は障害が取り払われて幸せになる」とかなり説明的な定義を掲げている。[19]現在ではこの辺りが妥当な結論のように思われる。

3　フランス悲喜劇の主要作品と変遷

『ブラダマント』が悲喜劇への道を開いたあと、アルディがその道を広げ開拓して活躍した。アルディは悲劇では「恐怖の悲劇」を作り、悲喜劇でもかなり規則に反した大胆な試みをしている。彼の作品は、大胆な、時には不謹慎とさえ言えるほどの暴力、恐怖、官能性を示し、誘拐、強姦、殺人など強烈なバロック性を見せるが、その一方で見世物的で深い演劇性を持っている。悲喜劇はバロック的な感性、つまり過剰、節度のなさ、悲哀と笑いの混淆、現実と見かけの違い、戯れへの願望に結びついていると言えるだろう。以下では主として悲喜劇作品を取り上げるので、不明瞭な場合を除いて悲喜劇というジャンルを一々銘打たないで作品名のみを挙げ、原則として分かる限り初演年を記すことにする。

（1）興　隆　期（一六二五頃〜一六三〇頃）

アルディ以後のピシュー Pichou（一五九六？〜一六三一）、デュ・リエ Du Ryer（一六〇〇？〜一六五八）、スキュデリー G. de Scudéry（一六〇一〜一六六七）、マレシャル Mareschal（生没年不詳）、メレ Mairet（一六〇四〜一六八六）などの悲喜劇では一層大胆かつ過激な表現のものが出て来る。こうしてアルディ『テアジェーヌとカリクレ』*Théagène et Cariclée*（一六二三）、同『プロクリス』*Procris*（一六二四）、メレ『クリゼイードとアリマン』*Chryséide et Arimand*（一六二五）などを先駆として悲喜劇作品が注目され始める。続いてシェランドル Schelandre（一五八四〜一六三五）作の悲喜劇『テュロス国とシドン国』*Tyr et Sidon*（一六二八）が発表される。その序文（オジエ師執筆）でいわば「悲喜劇宣言」とも呼ぶべきものが出ると、一気に悲喜劇の人気が高まりその流行が始まった。この作品は悲喜劇興隆期の重要な作品であるにもかかわらず、日本ではあまり紹介されていないからここで少し触れておきたい[20]。

『テュロス国とシドン国』（同題名で悲劇、および悲喜劇の二編）

この作品は最初「悲劇」として発表された（一六〇八）が、二十年後に大幅に改作されて、同じ題名で「悲喜劇」として発表されている。この悲喜劇作品の刊行時にフランソワ・オジエ師が、悲喜劇容認の序文を発表したのである。

この『テュロス国とシドン国』の出典は、作者不詳の田園小説『恋の気まぐれ』（一六〇一刊）である。シェランドルはこの小説中の主要なエピソードであるテュロス国とシドン国の争い、相対する敵国の王子と王女の「恋物語」を基にして、まず「悲劇」『テュロス国とシドン国』を作り上げた。シドン国の王子が敵対するテュロス国に囚われ、この捕虜にテュロス国の王女姉妹が思いを寄せるが、結局引き裂かれる悲劇である。しかし小説中ではその愛し合う男女二人が最後に海に投げ出されて行方知れずとされ、その生死はあいまいなままで終わっている。小説のエピソード自体が「悲劇性」と、より幸せな結末の「悲喜劇性」とを併せ持っていたことは注目に値する。

シェランドルはこの小説の悲劇的な部分を主体にして、まず「悲劇」『テュロス国とシドン国』（五幕韻文悲劇、三〇九六行）を創作した。シドン国王子は恋する敵国の王女と引き裂かれたまま何の希望もなく死に、彼に横恋慕したテュロス国の姉王女は自害し、本当の恋人妹王女は無実の罪を着せられて火刑台で死ぬ。狂気の父国王も側近と刺し違えて死ぬ。ほとんど全員が死ぬ悲劇である。この悲劇は合唱団（コロス）を登場させて長々と悲哀の朗誦をし、また語りの報告が多いから、明らかにルネサンス悲劇に則っている。

これに対して二十年後の改作「悲喜劇」『テュロス国とシドン国』（二日十幕韻文悲喜劇―第一日目五幕二〇五二行、第二日目五幕二七六六行）は、前の「悲劇」にはなかった政治性も含み、喜劇的な人物・場面・言葉が大幅に付加され、最後も「幸福な結末」になっており、全体の長さはまさに二本の演劇である。この悲喜劇も敵対する二国の王家の子女の恋物語で、第一日目ではテュロス国の王子が敵国シドン国に捕虜になっているが、不義密通の場面を刺客に襲われて死ぬという、「悲劇」では「場所の単一」の規則の関係で描けなかった事件が描かれる。第二日目の最後では両国の王子・王女の容疑が晴れて恋が実り、二人は結婚が許され、両国も両王家も和解してめでたく終わる。

この悲喜劇では合唱団は廃止され、長嘆する台詞もかなり削除されている。相争う二国をほぼ同等に扱い、第一日目はどちらかというと悲劇的に終わるが、第二日目は明らかに急場を救うデウス・エクス・マキーナとしてシドン国大使が登場して、真相が判明し幸福な結末で結ばれる。第一日目にも第二日目にも新しい登場人物として、捕虜のテュロス国王子の恋した夫人の嫉妬深い金持ちの夫が登場して随所で笑いを提供する。第二日目の海岸の場では、自害して海中に没した姉王女の死体を運んで来た漁師がその遺骸から金品を盗む光景まで見せる。

初期の悲喜劇がいかなるものだったかはお分かりになるだろう。この悲喜劇『テュロス国とシドン国』刊行（一六二八）の折に、オジエ師が画期的な序文をつけたのである。その中で師は、「人間の日々の生活には、しばしば笑いと涙、満足と悲嘆が入り混じっている」ではないか。だから演劇の「一つの同じ主題の中に深刻な事柄とより軽い事柄とが混じることは当然である」として、「悲喜劇の創作を許容できる」と主張する。「悲喜劇宣言」とも言えるものであるが、少しのちにはほとんど笑いを含まない悲喜劇を主張する意見も出てくる。

『テュロス国とシドン国』の悲喜劇版が登場した後、一気に悲喜劇が花開き、活気を呈するようになる。デュ・リエの『アレタフィル』*Arétaphile*（一六二八）では父の暗殺者と結婚させられそうになる女主人公が恋人の手を借りながら復讐を果たすのだが、時代を映してかなり血なまぐさいものになっている。同作家の『クリトフォン』*Clitophone*（一六二九）は恋人たちがエジプトにまで渡る冒険物語であり、同じく『アルジェニスとポリアルク』*Argénis et Poliarque*（一六三〇）は二日に亘る冒険物語の悲喜劇で、国王が女装して他国の王女に近づき三人の恋敵を討ち果たす。悲喜劇には『ブラダマント』にも見られたように、決闘、誘拐、凌辱、殺人の場面が非常に多い。右記の『アルジェニスとポリアルク』でも、マレシャル『勇敢なるドイツ女』*La Généreuse Allemande*（一六三〇）でもかなり凄惨な場面が出てくる。二日に亘る長編のこの悲喜劇は、離れて行った恋人を男に変装して追いかけその心を取り戻すという波瀾万丈の冒険活劇である。同時にその刊行時に付けた作者自身の

「悲喜劇礼賛」の序文でも有名で、「悲喜劇論争」の一つだった。

ピシューはスペイン小説を基にして二作の悲喜劇、セルバンテスの『ドン・キホーテ』を題材にした『カルデニオの狂乱』*Les Folies de Cardénio*（一六二九）と『物語集』などから題材を採った『裏切りの女友達』*L'Infidèle Confidente*（一六二九？）を書いている。後者ではトレドで仲を裂かれた恋人同士がリスボンにまで逃亡して結ばれる。

さらに新進の若い劇作家ロトルー Rotrou（一六〇九〜一六五〇）の処女作『憂鬱症患者』*L'Hypocondriaque*（一六二八）もこの時期に生まれた。これは先行する田園劇、田園小説などから題材を得たもので、ギリシア国内の数か所の町や森の中を舞台にするし、狂気の世界が描かれる。舞台で女性を凌辱しようとする男を刺殺する場面もある。

（2）全盛期（一六三一〜一六四二頃）

十七世紀演劇研究者のシェレルによれば、一六三一年からの十年間に悲喜劇は八〇本、悲劇は三八本、喜劇は三三本、田園劇は三一本上演されているという[21]。田園劇は悲喜劇に先立って流行していたが、この時期に悲喜劇が新しいジャンルとして台頭して田園劇を凌駕しつつあったのである。オテル・ド・ブルゴーニュ座に通う一般観客は当時騒がしく、波瀾万丈の筋立てや活発な動きのある舞台を待ち望んでおり、劇作家もその期待に応えようとしていた。その劇場の状況は十九世紀末に書かれて人気を得た『シラノ・ド・ベルジュラック』（ロスタン作、一八九七）にも描かれている。
詩作をしていたスキュデリーは一六二九年頃から悲喜劇に手を染め、処女作『リグダモンとリディアス』*Ligdamon et Lidias*（一六三〇）に続いて悲喜劇を続けて四作書いている。その出典はすべて当時人気を博していたデュルフェ作の田園小説『アストレ』（一六〇七〜一六二八）で、その波瀾万丈のエピソードを自在に活用してこれらの作品を創作した。この時期の悲喜劇連作は処女作が成功したからであろう。『アストレ』は主人公、羊飼いの娘アストレに恋する羊飼いの青年の物語であるが、その恋を得るために青年が決闘、入獄、入水自殺未遂、女装など様々な苦難の道をたどる。まさしく小説の題材そのものが悲喜劇的主題なのである。続く悲喜劇は『罰を受けたペテン師』*Le Trompeur puni*（一六三一）、『勇敢な武士』*Le Vassal généreux*（一六三二）、『オラント』*Orante*（一六三三）の三作で、これらには策略、誘拐、変装、決闘、殺人などが見られる。[22]
興隆期からすでに悲喜劇には血なまぐさい事件が多く描かれていたが、それに類した作風は絶頂期においても同様で、右記の『リグダモンとリディアス』、コルネイユ『クリタンドル』*Clitandre*（一六三一）、ロトルー『クレアジェノールとドリステ』*Cléagénor et Doristée*（一六三四）、メレ『シドニー』*Sidonie*（一六四〇）など枚挙にいとまがない。
悲喜劇では筋は基本的には個人の恋の物語である。しばしば繰り返される劇構造は、主人公が愛する人を征服しようとしていくつかの障害を乗り越えなければならず、自ら策略として「変装」という手段を用いるものである。ロトルーの悲喜劇『コルコスのアジェジラン』*Agésilan de Colchos*（一六三五初演、三七刊）では、主人公は女装して征服したいと願っている女性の宮殿内に入り込む。男性の女装は当時の悲喜劇でも珍しいが、その主人公が美女の気を引くために歌まで歌う。

スキュデリーはさらにこの時期に秀作悲喜劇を続々と発表するが、本書に訳出されているのがその中の一作『変装の王子』*Le Prince déguisé*（一六三四）である。ここでは作者はイタリアの詩人マリーノの長編叙事詩『アドーネ』（一六二三）に着想を得ている。主人公の王子は会うことを禁じられた恋人の王女と会うために、王女の住む王宮の庭師に変装し忍び込む。庭師への変装というのは当時の作品でも珍しく数少ない例である。またここに登場する女主人公が後述するコルネイユの『ル・シッド』の女主人公シメーヌの姿を思わせるのは、両者とも過酷な状況と劇的な板挟みが巧みに描かれているからだろう。スキュデリーはほかに『自由な恋人』*L' Amant libéral*（一六三六）、『横暴な恋』*L' Amour tyrannique*（一六三八）など秀作を書いていたが、『アルミニウス』*Arminius*（一六四三）を最後に、悲喜劇をまったく書かなくなる。

何故だろうか。この時期に最大の悲喜劇ピエール・コルネイユ Pierre Corneille（一六〇六〜一六八四）の『ル・シッド』*Le Cid*（一六三七）が上演され大成功している。その余波としての「『ル・シッド』論争」が巻き起こり、時の宰相リシュリューの肝いりで創立されたアカデミー゠フランセーズの裁定が下され、『ル・シッド』を含めて悲喜劇が批判されるのである。デュ・リエも同様に『クラリジェーヌ』*Clarigène*（一六三七演、三九刊）を最後に悲喜劇の執筆を止め、一六三九年以後は悲劇を創作するようになっている。

『ル・シッド』

この翻訳叢書では、大作家以外の作家を主として取り上げることにしているが、ここでは一六四八年版以後は「悲劇」と呼称変更されている『ル・シッド』を「悲喜劇」として採り上げないわけにはいかないだろう。簡単に触れておきたい。

［あらすじ］　この悲喜劇は恋する若い二人の恋物語であるが、その父親同士が敵対し、男ロドリーグの父が侮辱を受ける。男は苦悩の末に決断し、恋人シメーヌの父に決闘を申し込み打ち倒す。恋人も悩み国王に殺人者の処罰を願う。男は折からの戦争に派遣され功績を挙げて帰国。なお処罰を申し出る二人に対し、法定上の決闘が許され男は娘の代理人と決闘する。男が死んだと嘘の結果が報告され、気を失う娘。結局いつか二人は結ばれるだろうというところで幕。

このあらすじを読んだだけで、『ル・シッド』がいかに複雑で劇的に仕組まれているかが分かるだろう。喧嘩、挑戦、戦争への出立、決闘、嘘の死の報告、娘の誤解・失神などの要素すべてが悲喜劇で頻繁に使用される常套手段と言えるだろう。ギシュメールもその『悲喜劇』の中で、「『ル・シッド』の人物も状況も主題も、デュ・リエ、スキュデリー、ロトルーらの悲喜劇で出会わなかったものはほとんどない」と言っている。とはいえ、前述したような血なまぐささは感じさせない。その凄惨さだけで興味を引く作品ではなく、登場人物の心理描写、苦悩が見事に描かれているからである。

こうして「『ル・シッド』論争」が起きて、作者コルネイユはいわば批判を受けその後の『ル・シッド』改版の際には手直しをせざるを得なかった。その主な個所は、人物像ではロドリーグに思いを寄せる王女の存在を小さくするべく第一幕第三場を変更したこと、台詞では第一幕第一場、第二場と最後の第五幕第七場を大幅に変えたことである。幕開きの最初の部分は、父と娘シメーヌの第一場と娘と侍女の第二場を合わせて一六六〇年版以後では娘と侍女だけの一つの場に変えたが、自分の恋について父親がどう思っているかを心配する娘が侍女と話し合うという場自体がすでに悲喜劇の型なのである。最後の結末部分は娘が自分の父を殺した男とすぐに結婚するといういささか唐突な結末の「悲喜劇性」を、いくらかでも和らげようとする意図があったろう。とはいえ、これらの悲喜劇性によっても、『ル・シッド』の傑出した心理描写や演劇性、文学性はいささかも損なわれないだろう。

この悲喜劇の名作の出現によって、悲喜劇はまた新たな流行となり、衰退の時期が引き延ばされることになった。一六三七年から四〇年の間になお悲喜劇は三十二本上演されたのである。

この一六三〇年代の十年ほどの期間で大いに活躍したのがロトルーで、彼は悲喜劇をこの時期に十編書いている。『幸いな貞節』*L'Heureuse Constance*（一六三三）、『クレアジェノールとドリステ』、『罪なき不貞』*L'Innocente Infidélité*（一六三四）などがあり、スペインのロペ・デ・ベーガのコメディアから題材を採った『迫害されるロール』*Laure percécutée*（一六三七）という傑作も生まれている。ここではハンガリー王子の身分違いの恋の行方が問題とされ、王子の恋人ロールが非常に効果的で多彩な変装によって切り抜けていくという、まさに悲喜劇的な手法が楽しめる。

（3）減少期（一六四三～五三）

「『ル・シッド』論争」の裁定の結果、劇作家たちは次第に悲喜劇を敬遠し始め、昔からの悲劇と喜劇の創作に力を入れ始めた。悲喜劇は事実上力を失い、減少の道をたどることになった。一六四三年頃からフロンドの乱（一六四八～五三）の初めまでの時期に、ランカスターによると上演された悲劇数は三六本、悲喜劇数は二三本という。それ以前の時期の数がすっかり逆転していることが分かる。悲劇は一六三五年頃から増え始めて、四〇年代には悲劇が主要なジャンルにのし上がっていた。一般的に言ってこの時期の演劇、特に悲劇は劇規則を守るようになってきた。

そんな中でも悲喜劇として光る作品はいくつか生まれた。これまで見てきたように悲喜劇はもともと悲劇から主題や場面を借りていたから、内容的には両演劇にそれほど違いはなく、ただ結末が幸福か否かの違いだけだった。中でも注目される作品がトリスタン・レルミット Tristan L'Hermite（一六〇一～一六五五）の唯一の悲喜劇『賢者の狂乱』*La Folie du Sage*（一六四四）である。狂気、自殺、偽りの死など悲壮な場面によって悲劇のように展開したのち幸せな結末で終わる。古典劇の規則は悲劇のようにほぼ守られている。悲劇復活の時代に生まれた典型的な悲喜劇と言えるだろう。

この時期に最も成功していた劇作家はロトルーで、彼はイタリアやスペインの劇作品から着想を得て、『ベリゼール』*Bélisaire*（一六四三）、『セリー』*Célie*（一六四四）、『ドン・ベルナール・ド・カブレール』*Don Bernard de Cabrère*（一六四六）などの悲喜劇を書いた後、この時期の秀逸な悲喜劇『ヴァンセスラス』*Venceslas*（一六四七）を生み出した。その内容は本書で味読していただきたいが、この作品はのちには『ル・シッド』と同様に悲喜劇から悲劇へとジャンルの変更を余儀なくされている。王太子の暴力性、殺人など、その主題からしても確かに悲劇に近いが、結末は幸せな暗示になっているから、より悲喜劇的作品なのである。

この時期の最後はフロンドの乱の混乱のために演劇の創作・上演が減少したのであるが、中でもとりわけ悲劇がその混乱に痛手を受け極度に作られなくなり、他のジャンルの演劇も減った。ランカスターによれば、フロンドの乱の間に悲喜劇も喜劇もおよそ十編作られていたのに、悲劇の制作は六編しかなかったという。

（4）　衰退と消滅期（一六五四〜一六七二）

この時期の前半にはモリエール Molière（一六二二〜一六七三）が地方からパリに帰還し（一六五八）、喜劇作品を発表して活躍し始める。時代としてはスペイン作品を土台にする作家が増えてきて、スカロン Scarron（一六一〇〜一六六〇）が『サラマンカの学生』*L'Ecolier de Salamanque*（一六五四）を生み出し、ボワロベール Boisrobert（一五八九?〜一六六二）は佳作『テオドール』*Théodore*（一六五七）を発表している。注目したいのはあまり多くない女性劇作家が登場したことで、その一人フランソワーズ・パスカル Françoise Pascal（一六三二〜一六九八）は喜劇を二編書いているが、ほかに三編の興味ある悲喜劇を書いている。その最初の悲喜劇が『殉教者アガトンフィル』*Agathonphile martyr*（一六五五）で、結末が幸せではない珍しい悲喜劇になっている。悲劇全盛の時代の風潮を受けてのことだったのだろうか。この悲喜劇衰退の前半の時期に、本書に訳出されているキノー Quinault（一六三五〜一六八八）の秀作『アマラゾント』*Amalasonte*（一六五七）が生まれている。恋と野心と嫉妬が絡むサスペンスに富んだ興味ある悲喜劇である。

一六五九年から一六六五年にかけて十二編の悲喜劇が上演されたが、一六六六年以後の六年間には悲喜劇は三編しか上演されていない。それゆえ、ギシュメールは一六六六年を一つの区切りとしてそれ以後を悲喜劇の消滅期と区分している。一六七〇年頃になると、悲喜劇という言葉はあまり使われなくなり、代わりに「英雄喜劇」comédie héroïque という言葉が当てられるようになる。これはコルネイユの命名とされるが、彼が自作『アラゴンのドン・サンシュ』*Don Sanche d'Aragon*（一六五〇）を発表した時に、歴史に題材を採っていない点で悲劇とは異なるとして、新しいジャンルの「英雄喜劇」という用語を使った。これが最初で、以後彼は二編の英雄喜劇を発表している。すなわち『ティットとベレニス』*Tite et Bérénice*（一六七〇）と『ピュルケリ』*Pulchérie*（一六七二）である。このように王侯貴族の恋愛が主題であるが、登場人物は歴史上の人物ではなく、史実を見せるのでも、国家の危機を扱うのでもないから悲喜劇によく似ている。コルネイユの資質はむしろこのような形で悲喜劇性を生かすものだった。この称号が実際上は悲喜劇を指すと言ってもよいだろう。

観客の好みは、一方ではモリエールの「喜劇」に向かっており、他方ではピエールの弟トマ・コルネイユ Thomas Corneille（一六二五～一七〇九）、キノー、ボワイエ Boyer（一六一八～一六九八）らの「悲劇」に向かっていた。やがて悲劇の巨星ラシーヌ Racine（一六三九～一六九九）も演劇界に登場する。悲喜劇の消滅は当然だったのかもしれない。

4　悲喜劇の劇作術の特徴

悲劇との相違点を中心に考えてみよう。

（1）出　典

悲劇の場合は古代の歴史や神話に題材を求めるよう要請されるが、悲喜劇の出典は歴史でもよいが当代の詩や小説類でも、ロトルー作品のようにスペインなど外国作品を基にして創作してもよい。

（2）登場人物

歴史上の英雄を描く悲劇に対して、悲喜劇は主要な登場人物には高貴な人物を配置するが市井の庶民を交えてもよいとされる。歴史的主題ではなく、個人的な恋の冒険物語が多い。したがって登場人物は歴史上の高名な英雄ではなく、多くは市井の名もない庶民が自己の恋の障害除去の工夫、手段を駆使する姿が描かれる。それはあたかも英雄が障害を乗り越えていく勇ましい姿にも似ている。そこから「英雄喜劇」という新ジャンルも悲喜劇と同等とされるのである。

（3）劇構造

二つの演劇の構造・構成は大きく異なる。悲劇は劇中でも幸福から不幸へと転回し、結局不幸な結末で終わるが、一方悲喜劇は劇中では不幸から幸福へと転換し、多くは幸福ないしは幸福になりそうという結末で終わる。つまり悲喜劇は往々にして最後は結婚する、ないしは結婚の約束で終わる。

（4）主題

主題から見て悲喜劇は三種類に分けられる。「冒険悲喜劇」、「恋の妨害の悲喜劇」、「宮殿の悲喜劇」である（ギシュメール）。第一の「冒険悲喜劇」は、予想外の出来事や意外な出来事が数多く積み重ねられ、主人公たちがそれに振り回されて苦労を重ね、数々の冒険をしてようやく幸福にたどり着くもので、波瀾万丈の悲喜劇である。第二はおそらく最も多いと思われるもので、恋が妨害され恋人たちがその障害をいかに乗り越えるか、を見せる悲喜劇である。第一の形によく似ているが、あくまでも恋人たちの恋の成就に主題が集中しており、主人公たちの心理描写に気を配っているところが大きく異なっている。第三に後期に多い「宮殿の悲喜劇」がある。この類いは場所が宮殿内、人物が高貴な人たちに限られていて、一六四〇年以後の「古典悲劇」の形態に類似してくる。こうして一時は古典悲劇と重なり合いながら人気を博していたのである。

基本の主題はフィクション（虚構）だから、時空間を自由に扱っている。しばしば複雑でもつれるような筋書きは、「三単一の規則」の要求するように限定された一つの空間、一日という時間だけでは不足する。そのために規則派との論争が絶えなかったが、絶対主義王権の意図する理性支配に基づく規則的な「古典主義演劇」によって非規則派の推す悲喜劇は抑え込まれることになった。

（5）非規則性の美学

悲喜劇にも田園劇にも共通して言えることであるが、両者とも規則に対して同じように反対、いやむしろ強い敵意を持っていた。それは当代の人々の真の生活に忠実であれば当然の観点だった。劇作家たちは現実世界にはびこる暴力を和らげて表現したり、まったく無視したりする当代の演劇には満足していなかった。だから悲喜劇はアルディの作品に見られるように、恐怖、叫び声に満ちており、当時各所で起きていた虐殺、戦乱の血潮に染まった部分を持っている。それは一面ではバロック演劇の傾向でもあった。そうなると古代から受け継がれてきた礼節の規則などには合わない。劇作家にとっては劇作の規則は、自由な想像力の妨げになり、感動の楽しみに竿をさすものであるとして敵視せざるを得ない。こうなるともはや折り目正しい端正で古典的な演劇とは相いれないことになったのである。

5　悲喜劇が与えた影響

「三単一の規則」のうちの特に「時の単一」を守らねばならなくなった時に悲喜劇は衰退せざるを得なくなった。悲劇は一六四〇年頃から次第に盛んになり「古典悲劇」として花開くが、悲喜劇の影響もそこに明確に認められる。それは悲喜劇が重きを置いていた「楽しさと筋書き」を自分たちの悲劇作品にも採りいれようとしたことである。言い換えれば「演劇性」と言ってもよい。これらの劇的な作品は当時の世相を映したバロック的な心情に合致していた。その傾向を利用して十七世紀初頭の悲劇は決闘などを劇中に採りいれたから、悲劇中でも決闘、殺害などが見られた。しかし悲喜劇と違って、かなり巧みに自作の悲劇性とこれらの暴力性を融合させて悲劇の中に生かしていた。特に十七世紀前半の悲劇を見てみよう。例えばコルネイユの悲劇『メデ』*Médée*（一六三四）や『ロドギュンヌ』*Rodogune*（一六四四）には主題自体に暴力性が見られるが、その女主人公たち、メデもクレオパートルもまさしく悲喜劇の主人公と言ってもおかしくない人物像になっている。

この演劇性の重要さは古典劇の中にも組み入れられ、のちの傑作悲劇の魅力となり楽しみとなった。こうして悲喜劇という副題は、悲劇にもすぐに変わり得るほどのものになっていった。『ル・シッド』も『ヴァンセスラス』も悲劇に非常に近い演劇だったのである。

残酷さ、見世物性、演劇性を持つ悲喜劇は、当時のバロック的な感性や思考様式と結びついていたが、十七世紀半ばになり人々の趣味や感受性が変わってくると、「『ル・シッド』論争」を初めとする各種の演劇論争が盛んに行われるようになった。やがてこの美学も「よい趣味(ボン・グー)」の観点から論議を呼ぶものになり、三単一の規則などの規範尊重がさらに叫ばれるようになったのである。

Ⅳ 田園劇

1 起源と出典

田園劇の基と考えられる田園詩(日本では「牧歌」と呼ばれている)は古代ギリシア・ローマに起源があり、前三世紀の詩人テオクリトス作の『牧歌詩集』全三一編によって確立された。その伝統をローマ時代ではウェルギリウスが引き継ぎ、腐敗した宮廷の生活と比べて、より純朴に暮らせる田園生活、そこに住む羊飼いたちの無垢で自然な生活に憧れてそれを美しく描く。これらの田園詩(牧歌)がルネサンスの十五世紀末になって見直され、イタリアの詩人ポリツィアーノ(一四五四～一四九四)やサンナザーロ(一四五五～一五三〇)らによってイタリア語の詩として結実した。前者は詩劇『オルフェオ』（一四八〇）、後者は歌物語『アルカディア』（一四八五）になっている。またヨーロッパ中で当時広く読まれていた恋と冒険の物語として、悲喜劇の項でも述べたアリオストの長編詩『狂えるオルランド』もある。この流れがイタリアの詩人タッソの田園劇『アミンタ』、グワリーニの田園劇『忠実な羊飼い』の誕生、成功に結びついている。これらの作品自体、「宮廷での祭典の対話体の田園詩」や「宮廷の神話に基づく演劇」に由来するものであるともいう。これらが今度はフランスの田園劇のみならず、悲喜劇にも大きな影響を与えたのである。

ヨーロッパでこの田園詩や田園劇が流行った理由はどこにあるのか。語源的にはギリシア神話のサテュロス神（森の神）とも関係があり、クリスマスにしばしば見られる羊飼いたちのイエス（キリスト）礼拝の寸劇にも関係があるようであるが定かではない。いずれにしろ、少なくともフランスでは戦乱の時代に現実逃避の願望もあっただろうし、自然の中で単純素朴な生活、貧しいかもしれないが、より人間的な生活を送る喜びを描き味わいたいと思ったのだろう。田園劇は夢見る世界であり、どちらかというと娯楽的作品、楽しみのための演劇だったのである。

フランスの田園劇は主として二つの大きな影響のもとに誕生、発展している。一つはいま述べたイタリアの田園劇そのものの影響で、『アミンタ』も『忠実な羊飼い』も早くから仏語訳され大きな人気を博していた。もう一つはフランスの生んだ田園小説の影響である。それはデュルフェ Honoré d'Urfé（一五六七〜一六二五）作『アストレ』*L'Astrée*（一六〇七〜一六二八）である。フランスではこの『アストレ』から多くの田園劇だけでなく悲喜劇の主題も採り出されている。デュルフェ自身も同じ題材で五幕の「森の物語」と名付けて（実質上は田園劇）『シルヴァニール』*Sylvanire*（一六二七刊）を書いているが、メレもこの『アストレ』から題材を採って田園悲喜劇『シルヴァニール』*La Silvanire*（一六二九）を発表している。本書ではメレの『シルヴィ』*La Sylvie*（一六二六）を田園劇の代表として翻訳紹介しているが、これも厳密に言うならば「田園悲喜劇」tragi-comédie pastorale と言った方が適切である。ことほど左様に田園劇と悲喜劇とは入り混じり重なるところが多い。

さらに付け加えるなら、スペインのモンテマヨール（一五二〇?～一五六一）作の田園小説『ディアナ』（一五五九刊、一五七八仏訳刊）の影響も挙げられるだろう。この小説は当時大成功し広く読まれたが、詩と小説と演劇とが一体になったような作品である。これは一六二四年までに仏訳が三版出版されているからフランスでの人気のほどが分かる。果たして直接的な影響があったかどうかは田園劇の研究者マルサンが肯定的に触れているが、なお今後の研究課題だろう。例えば初期のフランス田園劇にこの小説と同題名のモントルー Montreux（一五六一～一六〇八）作『ディアーヌ』*Diane*（一五九四）があるが、ここにその影響がどこまで浸透していたのだろうか。

2　田園劇の主要作品

マルサンによると、田園劇の全盛期は厳密には一六二四年～一六三一年で悲喜劇より十年ほど先んじている。[23] しかし衰退するのも悲喜劇より早く、一六三一年以後かなり早く衰えを見せ始めるという。一六二四年は、アルディの『戯曲集』が刊行され始めた年であり、田園劇の代表作とも言えるラカン Racan（一五八九～一六七〇）の傑作『羊飼いの詩』*Les Bergeries*（一六二〇?・演、二五刊）の大成功の時期である。最後の一六三一年というのは、ゴンボー Gombauld（一五九〇?～一六六六）の田園劇『アマラント』*L'Amaranthe*（一六三一）や、前述のメレの『シルヴァニール』の刊行の年である。

この田園劇全盛期以前では、右に述べたモントルー『ディアーヌ』があり、同じく『アリメーヌ』*Arimène*（一五九六）もある。悲劇作家モンクレティアンの書いた田園劇『田園風景』*Bergerie*（一六〇一）も興味ある作品として注目される。

田園劇全盛の直前までにアルディは五編の田園劇を書いている。もともとこの劇作家は叙情性より演劇性に富んだ作家であり、文体もそれほど洗練されたものを書いていたわけではないから、詩情を重んじる田園劇においてはあまり才能を発揮できたとは思えない。実際生前に出版した彼の『戯曲集』（五巻、一六二四～一六二八）に収められた三三編の作品は、悲劇十二編、悲喜劇十四編、田園劇五編、劇詩二編となっていて、必ずしも田園劇は多くない。彼の田園劇としては『アルフェ』*Alphée*（一六二四刊）、『愛の勝利』*Triomphe d'Amour*（一六二六刊）、『勝ち誇る愛の神、あるいはその復讐』*L'Amour victorieux ou vengé*（一六二八刊）などがある。

全盛期

ラカンは田園劇『羊飼いの詩』でデュルフェの田園小説からも、タッソやグワリーニの田園劇からも題材を採り、混ぜ合わせて成功している。しかも繊細かつ優雅に人々の心の機微を描き出し、そこに豊かな詩情を交えたのである。メレがこの路線をたどり、前述のとおり『アストレ』から題材を採って、一六二六年に田園悲喜劇『シルヴィ』、二九年に同じく『シルヴァニール』を書く。デュルフェ自身も彼らに対抗して、自作を題材に田園劇『シルヴァニール』を書き、没後一六二七年に刊行されている。これらの劇作家が覇を競ったことで、田園劇は一気に隆盛になったのである。

この頃の田園劇には喜劇的なものも悲劇的なものも続出し、喜劇的田園劇などと称していた。例えば一六二五年にはマンフレ Mainfray（一五八〇?～一六三〇?）の喜劇的田園劇『国王の狩猟』*La Chasse royalle*（四幕）が発表され、同じ年にル・クレール Le Clerc（生没年不詳）の悲劇的田園劇『悔い改める戦士』*Le Guerrier repenty*（五幕）も発表されるという盛況ぶりだった。前者では鹿狩り、猪狩り、熊狩りなどが扱われ、女猟師を追いかけるサテュロス神に向かって彼女が巧妙に逃げ回って笑いを振りまく。後者では田園に隠遁生活をしている戦士が森の妖精に出会って過去の戦闘での自分の殺人行為を後悔する。どちらも若い羊飼いの男女の甘い恋物語を扱う典型的な田園劇とは異なることが分かるだろう。

これらの作品に比べれば、メレの田園悲喜劇（実質上は田園劇）二編は数段上等なものである。

『シルヴィ』は本書に訳出されているからお楽しみいただけるだろう。肖像画を見て恋をするというのは、悲喜劇でもしばしば使われる常套手段であるが、それにさらに魔法が加わり、クレタ島からシチリア島に移動するなど波乱がある。次の『シルヴァニール』では羊飼い二人の恋の行方が主題であるが、女主人公の父親の吝嗇が妨害して二人の思うようにはいかない。途中で魔法の鏡によって失神し死んだと間違われて埋葬までされるが、結局最後はめでたく結ばれる。この両田園劇を比べてみると、『シルヴィ』のほうが当時も大成功だったが、現在読んでもより鑑賞に堪えると言えるのではないだろうか。

この後、ド・ラ・クロワ De La Croix 作の田園悲喜劇『クリメーヌ』*La Climène*（一六二九）やレシギエ Rayssiguier 作の文字通り『田園悲喜劇』*Tragicomédie pastorale*（一六三〇）も上演されている。田園悲喜劇という呼称はメレの模倣だろうか。また一方では単に田園劇と銘打った作品も相次いで発表され、ド・ラ・モレル De La Morelle 作『フィリーヌ』*Philine*（一六三〇）やバロ B. Baro 作『クロリーズ』*La Clorise*（一六三二）などがある。ド・ラ・クロワ以下四人の作家はみな生没年不詳である。その同じ頃にゴンボーの『アマラント』も田園劇の呼称で発表されている。マルサンも書いているが、この作品が生き残ったのは決して作品の良さではなく、作者の様々な名声、評判のためであった。これは当時の劇作品をうまく利用しているから、デュルフェの『シルヴァニール』にも、ラカンの『羊飼いの詩（うた）』にも似ているのである。研究者マルサンは細かく各種の類似点を列挙して、この作品の個性のなさを指摘している。

一六三一年以後は田園劇の流れは次第に衰え、リシュリュー枢機卿が五人の劇作家を選んで『大田園劇』*Grande Pastorale*（一六三七）を書かせたが、田園劇への観客の好みはすでに去っており成功はしなかった。人々の関心は新しいジャンルの「悲喜劇」のほうに、あるいは「宮廷バレエ」のほうに移っていたのである。

とはいえ、田園劇が全くなくなったわけではない。マルサンの作った田園劇リストによれば、一六三二年以後の十年間だけで二五編の田園劇が作られ上演されている。またフロンドの乱の最後一六五二年には、久しぶりに劇作に戻ったトリスタンが田園劇『アマリリス』*Amarillis* を書いている。ここには男装した女性が羊飼い姉妹に恋される場面もあり、サテュロス神も登場する喜劇的な側面も描かれている。この作品はロトルー作品との類似性など未解明の課題はあるが、その上演成功によってしばらくの間また田園劇が復活することに貢献したことは事実である。

キノーは田園悲喜劇『高邁な恩知らず』*La Généreuse Ingratitude*（一六五四）を書いて成功したし、モリエールも英雄田園喜劇『メリセルト』*Mélicerte*（一六六六）を書いている。このモリエール作品では羊飼いの男女の恋が扱われるがバレエと一体化しており、現存する『ミューズたちのバレエ』*Ballet des Muses*（一六六七）として「喜劇的田園劇（パストラル・コミック）」とされている。

こうして田園劇は一六五〇年代に一時息を吹き返したかに見えたが、それもほんの一時のことで六〇年頃には衰退していった。しかし右記のモリエール作品でも分かるように、田園劇は音楽やバレエと融合することによって、音楽劇の題材として珍重され、のちのオペラ誕生に貢献することになる。

3　田園劇の劇作術の特徴

田園劇は公式には古代の田園詩を引き合いに出して、類型的な理想郷（アルカディア）で暮らす羊飼いたちの田園生活を叙情的に謳うものとされるが、実際には当時流行の詩や小説の主題からヒントを得て作られるものである。全体の枠組みとして必ず自然、田園を舞台として、宮廷の人工的で型通りの世界から離れることを願いながらも、多くは実際の舞台でも決まりきった紋切り型の世界が描かれる。一般的に田園劇の筋書きは悲喜劇よりもずっと物語の時間経過どおりに構成されており、筋を追うには理解しやすくなっている。筋書きは羊飼いの若い男女（その心理の動きなどは宮廷人そのものだが）が恋に落ち、様々な妨害、障害を乗り越えて結ばれるまでの道程が、彼らの望みどおりに進展していく。シェレルが「農民の偽伝説の変形」と明言しているとおりであろう。

しかしながら田園劇は自然と人間の近さを強調し、自然の中から詩を取り出している点では比類ないものになっている。その描写はバロック美学と結びついているから、バロック的な様相を見せる悲喜劇とかなり類似性はある。とはいえ大きな相違点がある。一般的に田園劇は悲喜劇よりも「三単一の規則」をかなり忠実に守っていることである。暴力をそのまま見せようとする悲喜劇に対して、田園劇では逆にその血塗られた世界から逃れて穏やかな田園の世界で、甘美で洗練された恋の情念に浸る場面を倦むことなく描いている。

こうして書かれる田園劇の筋書きにはあまり真実らしくない偶然の一致、偶然の出来事、魔術や新展開が無数に出てくる。田園劇の描きたかったものはその偶然性、信じられないような出来事ではなく、主たる関心事は愛の感情を分析することなのである。羊飼いの男と羊飼いの女が登場し、のどかな田園で羊飼い同士の恋の悩みだけに専念する。恋の心理分析、もつれなど恋の種々相が多面的に描写される。田園劇では身分違いの恋が多く描かれるが、その大半が最後には実は羊飼い（男でも女でも）は王子、王女など高貴な家柄の出身だったと明かされる結末になっている。そこにデウス・エクス・マキーナのような偶然の出来事が入る余地があるのである。羊飼いたちの姿は理想化されており、世の中の物的な心配事からは完全に解放されて理想的な環境の中で暮らしている。こうした夢想的なアルカディアで、主人公たちは自分たちの恋が妨害されたり、あるいは片思いで悩んだりする。宮廷バレエにも共通して出てくるように、しばしばそこには魔術師、魔法使い、ギリシア神話のサテュロス神や神々も出て来る。

田園劇はその愛の分析で評価されると同時に、魔法使い、魔術師、媚薬のような不可思議なものもそのまま登場させているから、当時の観客には魅惑的に映った。さらに舞台装置は一般に華やかで目覚ましく、その舞台には伴奏として音楽も付いていた。この音楽は初期には粗野な田舎風ではあったろうが、やがてそれも洗練されたものになり、本格的なものになっていったであろう。その点でのちに生まれるオペラやバレエの誕生に結びつくのである。

田園劇の空間はほとんどひとつに限られている。物語の進展の原動力になるのが基本的には登場人物たちの心理の動きだからである。したがって田園劇の筋書きは限られた時間内で描写され得るものになり、田園劇が規則適用の最初の実験場にもなったのである。だからこそメレは自作『シルヴァニール』の序文で規則擁護の論陣を張れたのだろうと考えられる。

4　田園劇の影響

これまで見てきたように田園劇は一般的には田園を背景として、そこに住む若い羊飼いの恋物語を描くことが多い。その恋が様々な障害に出会い妨げられる点では悲喜劇とも重なる。田園劇に多く見られるのは、自分の思いが相手から報われないまま、別の人からは慕われる。その人はまた別の人から恋される、という報われない恋の連鎖が描かれるのである。田園劇の作者はこのような恋の連鎖のテーマを開発して、それを特有の叙情性をもって描いていた。

これがのちの古典劇、特に古典悲劇の叙情的な描写に大きく影響を残している。例えば悲劇作者ラシーヌは多くの作品で、愛を描くに当たって田園劇風の愛の連鎖の扱い方を利用しながら描写しているのではないだろうか。彼の悲劇『アンドロマック』*Andromaque*（一六六七）の愛の連鎖を考えてみればよい。オレストはエルミオーヌを愛しているが、彼女はピリュスを愛しており、彼はアンドロマックを愛し、彼女は亡き夫エクトールに貞節を捧げているのである。

田園劇の鋭敏な愛の心理描写は、古典悲劇の繊細優美な心理描写に採りいれられているし、良い意味でのプレシオジテ（洗練）をもたらしたとも言い得るだろう。田園劇の中で羊飼いが時折使う（羊飼いはこんな言い方はしないだろうに）気取って持ってまわった表現は、のちにモリエールが揶揄したプレシオジテ（気取り）の表現にも通じるものがあるだろう。

V 結 論

十六世紀半ば以後には、古代からの悲劇・喜劇峻別の規則を初めとして演劇の各種の規則、制約など無視し、それらの制約を難なく飛び超えるような悲喜劇、田園劇が多数生まれ、観客に大いに迎え入れられていた。悲劇では、暴力、誘拐、決闘、殺人、変装など当時の世相を反映した血なまぐさい事件が多く描かれていたが、悲喜劇にも時にはそれが現れていた。一方田園劇では、悲喜劇と共通する要素も多々あったが、特に田園を背景に魔術、取り違え、思い違いなどが多く描かれて人々を楽しませていた。

主として悲劇で要求される古典劇の規則「礼節、真実らしさ、三単一の規則」などは苦もなく破られていた。「反（非）規則的な演劇」と呼ばれても不思議ではなかった。悲喜劇の語調・文体は様々で、ある時は重厚、ある時は軽快である。韻文と散文が混じることさえ許され、異なる社会階級の登場人物が同時に出て来ても許される。どちらかというと田園劇では叙情性がにじみ出ることが多く、そこに存在理由も見いだせたのであろう。両演劇ともに、主題の多くは妨げられた恋を若い主人公たちがいかに勝ち取るのかにあった。そこで恋愛情念の爆発、時には暴力行為も描かれ、主人公は外国にまでもあっさり行くのである。悲喜劇固有の劇的構造はないに等しいと言ってよい。ただ概して悲喜劇作家は、複雑な筋書き、数多くの事件、派手な場面が好きなようである。もっとも一六四〇年以後になると、その派手な場面も減ってくる。

悲喜劇と同様に田園劇も「古典悲劇」が隆盛になってくると衰退し消滅するが、演劇性を有していた悲喜劇は近親関係にあった悲劇に入り込み同化していくが、田園劇のほうは十七世紀末近くになって生まれるオペラに溶け込んでいく。フランスの宮廷は、血なまぐさい深刻な悲喜劇よりも、ひと時でも現実の窮屈な社会から逃れられる田園劇の観劇を好んでいたようで、田園劇はむしろ宮廷でもてはやされていた。また同時に宮廷では空想的な題材を扱う宮廷バレエにも関心を向けていたから、宮廷バレエの創作にも田園劇の影響は色濃く残り、その叙情性が生かされていく。

悲喜劇概観の初めに各氏の論考に基づいて悲喜劇の定義がいかに難解かを書いたが、結論を書くに当たってその感をさらに強くしている。つまり悲喜劇も田園劇も現代風に言うならば「何でもあり」の演劇だったからである。言い換えれば現代の演劇により近いものだったからであろう。

今日われわれが芝居を観に行くとき、悲劇、喜劇を区別することはまずないだろう。一本の芝居を見て泣きもし、笑いもするのである。一本の芝居に笑いと悲哀が同時にあっても何の不思議も感じない。劇中で暴力、変装、誘拐があっても、主人公が外国にまでも移動して行っても観客は想像する。そこに何の制約もないだろう。悲劇と喜劇が同時に込められた芝居でも、その筋書きが複雑であっても、観客は想像をたくましくして理解し、感じ取り、夢想して楽しむのである。その夢想は際限なく広がるし、主題も内容も千差万別なものをそのまますべて受け取ろうとする。悲喜劇や田園劇はもちろん幼稚な部分も持ち、そのままでは現代に通用はしないかもしれない。しかし一方ではこうして見てきたこれらの演劇は、現代的側面を十分兼ね備えたものだと言えるのではないだろうか。

（1）現代では「牧人」と聞いてもすぐに意味が分からない可能性もあり、また「牧歌劇」と聞くと歌劇（オペラ）と誤解される恐れもあるので、本書では「田園劇」の訳語を使うことにする。

（2）Raymond Lebègue : *La Tragédie religieuse en France, Les débuts (1514–1573)*, Librairie Ancienne Honoré Champion, 1929. 一一四頁の年表に「?」付きで挙げられている作品で現存はしない。Gaucher de Sainte-

Marthe : *Martyre de saint Laurent.*

（3） Charles Mazouer : *Le Théâtre français de la Renaissance,* Honoré Champion, 2002, p. 195.

（4） Gustave Lanson : *Esquisse d'une Histoire de la Tragédie Française,* Librairie Ancienne Honoré Champion, 1954（初版は 1920）. Raymond Lebègue : *La Tragédie < shakespearienne > en France au temps de Shakespeare,* in *La Revue des Cours et Conférences,* 1937. この論文はのちに同氏の著書 *Etudes sur le Théâtre français I,* Nizet, 1977 に収録されている。

（5） 『古代ローマ喜劇全集』第一巻 プラウトゥスI、東京大学出版会、一九七五、所収「アンフィトルオ」鈴木一郎訳、二二頁。この訳文もそのまま使用している。

（6） Fernando de Rojas : *Tragicomedia de Calisto y Melibea.* この作品は現代仏訳版がプレイヤード版『スペイン十六世紀演劇集』に収録されている。

（7） Giraldi Cinzio : *Didone, Cleopatra, Epithia.*

（8） Giovan Battista Guarini : *Compendio della Poesia Tragicomica,* 1601.

（9） David L. Hirst : *Tragicomedy,* Methuen, 1984.

（10） Roger Guichemerre : *La Tragi-comédie,* PUF, 1981, pp.17–18, および p. 225 (index des auteurs et des oeuvres).

（11） H. C. Lancaster : *The French tragi-comedy, its origin and development from 1552 to 1628,* Originally Published 1907, Reprinted by Gordian Press, Inc. 1966, chap. I et II.

（12） Henri de Barran : *La Tragique comédie françoise de l'Homme justifié par Foi.*

（13） Antoine de La Croix : *L'Argument pris du troisième Chapitre de Daniel.*

（14）Mlle des Roches : *Un Acte de la Tragi-comédie de Tobie.*
（15）Jean Behourt : *La Polyxene.*
（16）脇功訳『狂えるオルランド』上下巻、名古屋大学出版会、二〇〇一刊。
（17）Hélène Baby : *La tragi-comédie de Corneille à Quinault*, Klincksieck, 2001.
（18）L'Abbé d'Aubignac : *La Pratique du Théâtre*,（邦訳：オービニャック師『演劇作法』戸張智雄訳、中央大学出版部、一九九七）。
（19）ギシュメール前掲書一五頁。
（20）詳しくは中央大学人文科学研究所研究叢書『混沌と秩序—フランス十七世紀演劇の諸相』（中央大学出版部、二〇一四）の第一章『テュロス国とシドン国』論を参照されたい。
（21）J. Scherer : *La Dramaturgie classique en France*, Nizet, 1950, pp. 445–448.
（22）詳しくは中央大学人文科学研究所研究叢書『フランス十七世紀の劇作家たち』（中央大学出版部、二〇一一）第六章参照。他の劇作家についても同書を参照されたい。
（23）Jules Marsan : *La Pastorale dramatique en France*, Slatkine Reprints, 1969, pp. 335–345.

ジャン・メレ作

『シルヴィ』田園悲喜劇　五幕（一六二六年）

皆吉郷平・橋本　能訳

解　説

I　作者について

ジャン・メレ Jean Mairet（一六〇四〜一六八六）はブザンソンに生まれた。はやくに両親を亡くしたメレはパリに出て、グラサン学院に学んだ。一六二五年にモンモランシー公の知遇を得て、公のお抱え詩人テオフィル・ド・ヴィオーと知り合った。一六二五年上演の処女作の悲喜劇『クリゼイードとアリマン』*Chriséide et Arimand* は、テオフィルの指導のもとに書かれた。一六二六年に、公の所領シャンティイでその取り巻きの一人となった。その年、テオフィルが死去し、メレがお抱え詩人の職を受け継いだ。一六二六年、田園悲喜劇『シルヴィ』で一挙に文名を上げた。一六三〇年に当時なりの「三単一の規則」を守った悲喜劇『シルヴァニール』*La Silvanire ou la Morte-vive* を上演した。しかし、一六三一年に庇護者のモンモランシー公が、ガストン・ドルレアンの反乱に加わったとして死刑になった。代わって、ブラン伯爵がメレの庇護者となった。ブラン伯爵の後援するマレー座のために、喜劇『ドソンヌ公嬌艶録』*Les Galanteries du duc d'Ossonne vice-roi de Naples*（一六三二演）が書かれた。一六三四年に悲喜劇『ヴィルジニー』*La Virginie*（一六三三演）を書いているが、同年に『ソフォニスブ』*La Sophonisbe* が上演されて、大評判を呼んだ。この作品ではじめて悲劇に「三単一の規則」が適用されて、『ソフォニスブ』は古典悲劇の模範となった。しかし、一六三五年にマレー座で上演された悲劇『マルク＝アントワーヌ』*Le Mac-Antoine ou la Cléopâtre* は、オテル・ド・ブルゴーニュ座で上演されたバンスラードの『クレオパートル』*La Cléopâtre* との競作に敗れて、バンスラードがリシュリューの愛顧を受けることになった。一六三七年の「ル・シッド論争」では、コルネイユを敵に回すことになった。その後、リシュリューの歓心を買うべく、メレは三本の悲喜劇を書いているが、才能の枯渇を感じさせるものだった。一六四一年に上演された『シドニー』*La Sidonie* を最後に劇界から引退した。一六三〇年代後半にはフランスとスペインの戦いが激化した。メレは当時スペイン領だったフランシュ＝コンテを代表し、スペインの弁理公使として、ウェストファリア条約に基づく休戦交渉に奔走した。一六五三年にはコンデ大公を弁護した廉でパリから追放された。その後、ピレネ条約がなった一六五九年にパリに戻るが、晩年は故郷ブザンソンに帰って、一六八六年に没した。なお、劇作品は十二作、内、悲喜劇六作、悲劇三作、喜劇一作、田園悲喜劇二作がある。

Ⅱ　作品について

五幕韻文の田園悲喜劇『シルヴィ』*La Sylvie* は、一六二六年十月から十一月にオテル・ド・ブルゴーニュ座で上演されて、大成功を収め、メレはこの作品で演劇界の新チャンピオンとしてもて囃されることになった。この作品の構成は、二重構造になっている。一幕一場でクレタの王宮にいる王子フロレスタンはシシリアの王女の肖像画を見て一目惚れし、シシリア島を目指す。そして五幕になってやっと再び登場して、シシリアに漂着して、憧れの姫を手に入れる。この部分が、「田園悲喜劇」の悲喜劇に当たる。主筋となる一幕二場から終幕まではシシリア島での二組の恋人の遣り取りが田園劇風に展開されている。メレが、この作品を「田園悲喜劇」と称しているのはこのためである。

この作品はオノレ・デュルフェの『アストレ』などを参考にしているから、師テオフィル・ド・ヴィオーのアドバイスを得たのかもしれない。その魅力は、田園劇特有の肖像画や魔法のエピソードなど多くの見せ場があることだが、特に登場人物が交わす詩句の才気、抒情性は当時の作品の中でも飛びぬけていた。この作品をその後数十年間も有名にしたものは、一幕三場に挿入された「対話」と呼ばれた交韻二行の形式で構成された女羊飼いシルヴィと羊飼いの遣り取りであった。この「対話」は評判を呼んで、上演前にこの部分だけが印刷されて、宮廷に出回った。なお、この上演の十年前の一六一六年に、後のフロンドの乱の大立者コンデ公の父親がマリ・ド・メディシスの命令で逮捕された。その折、匿名で同じ形式の政治的小品『羊飼いダモンと女羊飼いシルヴィの対話』*Dialogue du berger Damon et de la bergère Sylvie sur les affaires du temps* が宮廷に出回って、評判を呼んでいる。

劇は牧歌的な雰囲気な中で繰り広げられているが、見逃せないものとして現実政治の反映の側面がある。親が身分違いの結婚に反対するエピソードや、横恋慕した羊飼いの姦計による羽虫のエピソード等は田園劇では常套的であるが、四幕一場に配された王と大法官の間での、国体護持のための結婚をめぐる対話は田園劇では場違いなものと言えよう。大法官はまさにリシュリュー枢機卿の如く語っている。主人公の王子テラームは国是に激しく反発する。宮廷人たちはテラームにガストン・ドルレアンを、王にルイ十三世を、大法官にリシュリューを、シルヴィにガストン・ドルレアンの愛人マリ・ド・ゴンザグを見立てて楽しんでいた。アントワーヌ・アダンが『シルヴィ』を田園劇というよりも「風俗喜劇」としているように、この作品には雑多な要素が包摂されており、単なる田園劇の枠に収まらない。若者と老人の対立、既成制度への反抗など、当時にあっても現代にあってもさまざまな見方・解釈のできる快作と言えよう。

本解説は、中央大学人文科学研究所研究叢書『フランス十七世紀の劇作家たち』（中央大学出版部、二〇一一年）の「第四章ジャン・メレ――演劇の改革者」（皆吉郷平）を基にしている。詳しくは、上記の論文を参照されたい。

『シルヴィ』*La Sylvie*

ジャン・メレ作　皆吉郷平・橋本　能訳

登場人物(1)

シルヴィ　女羊飼い
テラーム　シシリアの王子
フィレーヌ　羊飼い
フロレスタン　カンディ（クレタ）の王子
ティルシス　遍歴の騎士
メリフィル　テラームの妹
ドリーズ　女羊飼い
ダモン　シルヴィーの父親、羊飼い
マセ　シルヴィの母親
アガトクレス　シシリアの王

大法官
ティマフェル　隊長
小姓
衛兵

舞台はカンディ（クレタ島）とシシリア（島）(2)

第一幕

第一景

カンディの王子フロレスタン、ティルシス［、小姓］(3)

フロレスタン　戦乱の中で、何事にも
勇気を試そうとする気高い望みから、
お前は長い間宮廷を留守にして、
さまざまな異郷の地で、

時には名誉のために戦って、
つい最近帰国したが、
教えてくれ、ティルシス、他の目新しいものはともかく、
世にも稀な美女を見かけなかったか？
知っての通り、年相応に、われわれの気質は、
なによりも美しい女性を好むからな。

ティルシス　しばらくお待ちください。
（彼は小姓に耳打ちする）
耳よりも目に訴えて、
若者らしいお望みを満足させましょう。

小姓、すぐに戻れよ。あなたは驚くべきものをご覧になって、
見たことも、褒め称えたこともないと、
きっとお認めになるでしょう。

フロレスタン　そのような奇跡をはやく見たいものだ！
だが、あの小姓はもうさぼり癖か、
なかなかもどって来ないな。

ティルシス　　　　　　　　　　　　　　そんなにいらいらなさいますな。
ほら、大急ぎで戻ってきました。
ああ、この覆いの下にご覧頂くものは、
自然と芸術の偉大な競い合いです。
この絵は、かつて世界になかったほどの
美しいものをお目にかけます。
フロレスタン　この作品は生きている美女の肖像画というよりも、
すぐれた腕が作り出した成果だ、
これを描いた画家の巧みな技は、
決して人間をモデルにしなかったのだ。
嘘偽りなく美女の絵だが、
描かれたにしても、この美しさは度が過ぎるぞ。
ティルシス　これでも太陽を描くのに木炭を使っているようなものです。
フロレスタン　からかっているのか。
ティルシス　　　　　　　　　　　　　ありのまま申し上げています。
作り話ではありません、見たままの姿です。

フロレスタン　絵姿でも心を奪われているのに、本物だとどうなるんだ?
言い過ぎだぞ、ティルシス、まいったな。
この盾に描かれた絵は魅力的で、命とりだ、
この肖像画はますます、
言いようのないほど激しく恋の炎を掻き立てる。
ああ、この身の傷を早く手当してくれ、
この美しい太陽の輝く国がどこか教えてくれ、
とりわけその名前と生まれを知らせてくれ、
そうすれば、お前に深く感謝するぞ。
ティルシス　シシリアがその愛すべき幸運の住まいです。
この美しい星はそこで生まれ、そこで暮らしております。
その方の名を知る者は、メリフィルと呼んでいます、
シシリアの王の一人娘です。
フロレスタン　やっと安心してため息がつける、
堂々と愛する幸せを知ったからな。
僕と同じように王家の家柄だから、

その人に仕える名誉になおいっそう感謝しよう。
だが、その人に会って、その人を手に入れる栄光を、
神々が僕に与えてくれるだろうか？
ティルシス　使者を送りさえすれば、手に入れられましょう。
フロレスタン　その使節は、僕しかいない。
ある神がそれとなく出発をせかしている。
どんな人間が、この新しい計画から
僕を遠ざけようとしても無駄だ。
ティルシス　　　　　　殿下、できれば、
おやめください、その旅は辛くて、
お考え以上に危険です。
フロレスタン　危険は、愛と同じくらい魅力的だ。
戦闘に震え上がる臆病な兵士が、
王冠で額を飾ることなどできるか。
ティルシス　何が起ころうと、この愛の旅立ちを
そんなに早くなさいますな。

『シルヴィ』

フロレスタン　遅くとも二日後にはな、
今すぐにでも出発したいくらいだ。
ティルシス　なんたる愛の不思議な力だ！　こんなにも待ちきれないものなのか！
これほど愛していなければ、危険の因になる
潮の満ち干をもっと恐れるでしょうね、
どんなに穏やかでも、船は、
岩、風、空、そして陸地と戦わねばならないのですから。
フロレスタン　僕の恋の炎を消すには、
水夫が進む世界のどんな海であろうと、波風など取るに足りない。
潮は僕を動揺させたりはしない、僕が嵐の中で
死なねばならないとしても、それは恋の炎の中だ。
さらばだ、僕は港に船を見に行く、
そして海の上を走るのに一番手ごろなやつを選ぼう。

第二景

シルヴィ（一人）

シルヴィ　あんなにくよくよと悩んでいたのに、結局は時が来ると、
この恋の炎を疑うことも、認めることもできず、
あたりの岩に向かって、
愛の神が授けてくれる罪のない喜びを語ってしまうわ。
ああ、恋！　この言葉はなんと切なく、
心に快く、口に甘いものなの、
そしてなんと幸せなのでしょう、
金の矢を放って、あの人がこの心を勢いよく射抜く時、
その同じ矢が、私の胸を焦がす熱い想いと同じ想いを
テラームの胸に与えるなんて。
神々よ、あの時から私の日々は何と甘く流れたことでしょう、
私のため息に、何という喜びが混じったことでしょう、
そして罪もなく、妬みもなく、

愛に満ちた暮らしで最愛の果実を味わうなんて！
ただの女羊飼いが、自分の支配の下に、
国王として指図できる人を服従させるなんて！
世にも稀な好意のしるしだけで、
この心は驚きと喜びでかき乱される、
この混乱の中でさまざまな思いが浮かぶ、
そしてこの幸せは幻でしかないと思えてくる。
でも、こうして魂を甘くくすぐる話をしているうちに、
夜明けの顔がはっきり見えてくる、
森や野原の小鳥たちは、
光とともに再び歌い始める。
私の幸せのきっかけとなったこの森を、
もうじき日の光が貫く。
本当に、私の羊飼いさんが来るのを忘れたりしたら、
二人で語り合う楽しい一日がふいになってしまう。
この心は、私の胸に抱く不安にすっかり苛まれている。

とにかく、この暑さで美しい花が萎れないうちに、
いつもの習慣とお務めどおり、
あの人のために花束を作らなくちゃ。
急がなくては、太陽神の馬の息で、(4)
野原の至る所でもう湯気が立っている。
そこの谷では、二本のせせらぎが、
灌木に縁どられた牧場(まきば)を流れて、
自然はいつも新しい花を咲かせる。
ほらそこだわ、一番美しいのが選べるわ。
まあ！　目もあやに咲き乱れていて、(5)
確かに今はここでは選びようがないわ。
春の女神、フローラ、自然はあなたに
庭園や野原の絵姿を捧げました、
どうか、あなたの湿ったふところから、
特別に作られた、新しい花をまた咲かせてください、
その色は私の恋人の色に似て、

そこにはあの人と私の名前が一緒に読みとれて、
私の忠実さの決して破られない
誓いが表されているようだわ。
こんなふうに、西風の神ゼフィールはいつもあなたの美しさにため息をもらし、
こんなふうに、冬も、そして暑ささえもが、
あなたの王国を決して消し去りはしない。でも、この雑木林に
誰かが足を踏み入れたの？
いつかオオカミが私を襲おうとしたけど、
確かにあれ以来、一番不安を感じるわ、
たぶんあの羊飼いよ、ほんとう、そうだわ、
まったく感じが悪くて、しつこい人ね。
私に近寄ってくるわ、逃げようにも、
せめて隠れようとしても、その暇がないわ。

第三景

フィレーヌ、シルヴィ

フィレーヌ　彼女だ、花を摘んでいるぞ、

僕の涙で何度も濡れたこの牧場で。

一目見ただけで、この心を抑えきれず、

喉が詰まったように、言葉がでない。

身震いして、顔が蒼くなる。だが、それにしても時間を無駄にしたな。

チャンスは、使い道を知らぬ者から逃げてしまう。

対話⑥

僕の恋の炎と不運を生みだした美しい人よ、

今日のこの日が、僕よりもあなたにとって、もっと甘く、もっと幸せでありますように。

シルヴィ　図々しい羊飼いね、いつも私を煩がらせて、

お言葉をそのままお返しするわ、あなたからは何も望みません。

フィレーヌ　時とともにすべてが変わるように、
君のつれなさもいつか和らぐだろう。
シルヴィ　それは、このせせらぎが
急に向きを変えて、水源に向かって逆流する時よ。
フィレーヌ　いやむしろ、僕のため息を聞いて、
君の良心が自分の罪を責める時だろう。
シルヴィ　あなたの話には、我慢に我慢が必要ね、
さようなら、急いでいるの、行かなくちゃならないわ。
フィレーヌ　待ってくれ、僕の太陽、どうして！　こんなに長いこと追いかけているのに、
君と話す幸せを手に入れられないのかな？
シルヴィ　引き留めようとしても無駄よ。
私は太陽なんだから、常に進まなくちゃならないの。
フィレーヌ　太陽だって、水の中の気になる恋人を見ようとして、
そのさすらうコースを中断するじゃないか[7]。
シルヴィ　私だって、フィレーヌが波の下にいるのを見たら、
その炎が消えるのを見ようとして、そうするでしょうね。

フィレーヌ　正義の神々よ！　女羊飼いには、その足元で羊飼いが、
愛で焼き尽くされるのに耐えられるものなのでしょうか？
シルヴィ　でも、私が愛そうともせず、そうしたくもないと知ったら、
あなたの熱い想いは続くかしら？
フィレーヌ　君の苛立ちは何なんだ、どうか教えてくれ、
結局僕は、死かそれとも君の憐れみのどちらを求めたらいいんだ。
シルヴィ　もうお分かりの筈よ、私の心は氷なの、
だからこの心も、愛の矢なんか感じないの。
フィレーヌ　ああ！　誰も愛さないというなら、人も入らないこの暗い森が、
一日中その懐に君を引き留めたりするはずがない。
シルヴィ　私がこの森を好きなのは、本当は、その木陰が
愛の神の炎から私の冷淡さを保ってくれるからよ。
フィレーヌ　君のつれない仕打ちが口答えで僕を凌駕しても、
たぶん僕の変わらぬ気持はそれに打ち勝つに違いない。
シルヴィ　まだほんのひとかけらも持っていないのに、
すべてを手に入れようなんておこがましいわ。

『シルヴィ』

フィレーヌ　とにかく、君が気に入っている名前を教えてくれ、
　これからは君をそう呼ぶから。
シルヴィ　シルヴィと呼んで、悪女とでも呼んで、
　でも、それを恋人の名前のようには、絶対に使わないで。
フィレーヌ　神々よ！　港を目の前にして嵐がますます強くなり、
　僕の松明ともいうべき人がそばにいても、目がますます見えなくなるようだ。
シルヴィ　図々しい人ね、私の目があなたをお墓に入れると分かっていて、
　どうしてまだついてくるの？
フィレーヌ　運命はこんなことを望むのか、ひとでなし、君を愛しているのに、
　僕の目が君を墓場まで追っていくのが分からないのか？
シルヴィ　それじゃ、自分の不幸について自分だけを責めなさい、
　さもなければ、あなたの目に運命を責めるように命令なさい。
フィレーヌ　本当に、この二つの目が僕を惨めにする、
　でも、死の痛手は、君の美しさから来るんだ。
シルヴィ　そそっかしい人ね、そんなふうにして、
　まぶしくて目が見えないからといって、太陽のせいにするのね。

フィレーヌ　ようやく分かった、僕は死ななくちゃならないんだ、
　君の冷たさだけを物語りながらね。
シルヴィ　死だけを待ち焦がれている人は、早く死ねばいいのよ、
　とどめを遅らせるのは、卑怯だわ。
フィレーヌ　なんだって、君は変わらぬ愛をかわいそうと思わないのか、
　哀れなこの心が、君に焦がれて死にそうだというのに？
シルヴィ　そんな心が死ぬのは当然よ、こんなに私を
　悩ませた罪を悔い改めているならね。
フィレーヌ　せめて墓に入る前に、口づけだけでいい、
　僕の苦しみを癒してくれ。
シルヴィ　お互いの性格が変わらなくちゃね、
　氷と炎が口付けするなんてできないわ。
フィレーヌ　おお、心よ！　まさに嵐に打たれた岩だ、
　そこでは、あまりにつれない仕打ちに僕の愛が消えそうだ！
シルヴィ　岩に触れたら、船は難破する。
　でも、あなたの愛は決して私の心に触れないわ。

『シルヴィ』

フィレーヌ　その類い稀なものをもっと上手く言えば、
それは岩ではなくて、ダイヤモンドだ。
シルヴィ　驚かないで、私の欲深な仕打ちは、
その値打ちのせいで、それを大事にしているのよ。
フィレーヌ　せめて、君の尊い手で作られたその花束を、
口づけの代わりに、僕の誓いのご褒美にくれないか。
シルヴィ　あなたが期待していいのは、棘だけよ、
この花は、あなた以外の他の人のためにとっておくのですもの。
フィレーヌ　ああ、神々よ！　証人になってください、僕が艱難辛苦に耐えていることの、
それは堅いコナラの幹を裂くほどだ。
シルヴィ　それよりこう考えたほうがいいわ、あなたの馬鹿な話を
聞いていると、吹き出してしまうとね。
フィレーヌ　行くのかい、シルヴィ、ああ、シルヴィ！　ああ、僕の魂よ！
それが僕の恋の炎にふさわしい報酬だというのか？
戻ってくれ、美しい人、戻ってくれ、僕を助けるためでなくとも、
僕の嘆くのを聞いて、僕が死ぬのを見るために。

『シルヴィ』

思い上がった女羊飼い、つれなく逃げていく女、
お前の残酷さは、僕が生きているのを望まないというなら、
それに従おう、ただもうちょっと待ってくれ、
愛の矢をあと一本放たなければ。
でも、空に向かって話をしても無駄だ。
あの女はもう遠くに見えなくなった、
まるで歩き方までが軽蔑を示しているようだ、
人でなしの女が、鹿よりも早く逃げていく。
岩々、木々、せせらぎ、美しい花々、孤独、
お前たちは、僕の変わらぬ気持とあの女のつれなさを見ただろう、
今日、愛の掟の下で、僕ほど報われず、
これほど苦しむ者はいるだろうか？
初めて、あの女がその鎖で僕の心を虜にしてから、
刈り入れの時が二度過ぎた。
それ以来、敬意と愛のこもった褒め言葉で、
あの女を口説き続けてきた。

僕は、牧草地から何度もオオカミを追い払ってやった。
あの女のために何度も日陰を作ってやった、
緑で覆われた小屋がその証拠だ、
あの女を安全に守るため、僕のこの手で作ったのだから。
最近も、せせらぎが流れる小道に、
野菜畑を作ってやった。
それなのに、なぜこんなふうに心づくしが突きかえされるんだ、
こんなに残酷に僕を扱えるのか？
僕の情熱がどんどん激しくなると、
反対に、つれない仕打ちが増すようだ。
構うもんか、この目論見で死ななくてはならなくとも、
胸の内から情熱を捨てることはできない。
きっと幸せが僕のしつこさを哀れんで、
期待どおりにやってくるだろう。
とにかく苦しみの中で、不幸が、恋する男を
どこまで追い詰められるか、しっかり見極めてやろう。

第四景

メリフィル、テラーム

メリフィル　そろそろ時間だわ、牧人の服を着て、
お兄様が庭園を通り過ぎるはずよ。
この変装の理由が知りたくて、
とてもうずうずするわ。
少し前から、お兄様は田舎暮らしが気に入ってるけど、
それでも誰もついていくのを許さない、
そしていつもと違って、物思いにふけってばかり。
羊飼いの服を着て出かけるのが見えた。
とうとう、現場を押さえたわ、
ここで、お兄様の目的のはっきりした証拠を見つけたわ。
本当に純情で、ここにやってきた恋の企みは、
あまりに見え透いてるわ、
恥じることはないわ、似たようなことで、

愛の神はよく他のものに化けるでしょ。
お兄様より以前、大昔から、最も強い神様たちも、
変装して天から降りてきたものよ。
いえ、いえ、心配しないで、秘密を明かしても、
どのように話して、どのように黙っていればいいかは、十分心得ているわ。
テラーム　避けられない不幸なら許されるように、
隠せないことも明るみに出さなくては。
メリフィル　たとえ親しい仲であっても、
私の詮索好きが露骨で、ご不満でしょうね。
テラーム　いやそんなことはない、それどころか、僕の一番の後悔は、
長い間、お前に隠し事をしていたことだ。
メリフィル　私を打ち明け話の相談相手にしたら、
私の気配りと用心深さが絶対役に立つと思うわ、
それに心の重荷を下ろせば
気持が軽くなるわ。
テラーム　どうか分かってくれ、妹よ、長い間誰にも

征服されなかったこの心、
宮廷を飾る多くの美女たちでさえも、
愛を得られなかったほど
冷淡で自由だったこの心が、あっという間にため息をつき、
愛の王国の奴隷にされてしまったのだ。
メリフィル　その話は今聞いたばかりだけれど、
その原因を疑わずにいられなかったのは、今日に始まったことではないわ。
まるで一人になりたがっているような
不安そうな様子を見て、
心を変えた理由にぴったりの推量をするのは、
とても簡単だったわ。
でも、その人は誰、
そのような勝利を勝ち取る栄光を得たのは？
テラーム　お前にはとても想像もできない人だ、
お前がどんなに謎解きが上手でもな。
メリフィル　分かりません、でも、少なくとも
『シルヴィ』

あなたの愛と運命にふさわしい人なんでしょう。
テラーム　その通り。
メリフィル　　　お兄様の血筋にふさわしい
地位と身分の方でしょう。
テラーム　これ以上、あいまいなままにしておけない。
ここからは、僕の愛が、お前の沈黙を求めている。
ここからは、兄弟の情に免じて、
この秘密を守ってもらいたい、
それはお前自身の利害、お前自身の人生の半分にあたるほど大切なものなのだ。
おお、神々よ！　シルヴィという名を呼ぶと、うっとりせずにはいられない。
彼女は、金の鎖で僕を繋ぎとめる、
その鎖は神でさえも褒め称えずにはいられないだろう。
彼女の心と身体に授かった天の恵みは、
心と目を同時に魅了する。
かつておしろいをつけたこともないその素顔は、
化粧がもたらす魅力を知らない。

今日、宮廷が崇める女たちのように、
鉛白や石膏で顔を白くするのを見たこともない。
森の中のディアーヌ、水の中のアレティウーズ[8]、
彼女たちでさえも、これほどみずみずしく、美しい顔色をしてはいなかった。
それは、シシリアで一番気高い心、
一番従順な性格、最善の魂だ。
それに、なにか至高の善を思うなら、
彼女との語り合いに求めるしかない。

メリフィル　その方を愛らしくしている立派な長所は、
その選び方を誰からも非難させません。
たしかにその人には十分甘い魅力があって、
お兄様だけでなく他のどんな男の人からも理性を奪うのでしょう。
でも、王子が女羊飼いを愛するなんて、
それが偽りや行きずりの恋でないなら、
私の分別からは遠く離れていて、
とても考えられないわ。

『シルヴィ』

テラーム　ああ、妹よ！　心に秘めたこの新しい恋の炎の輝きを、
お前の心も持っていたら、
僕の汚れない目論見を禁止するどころか、
すぐにもお前にも分かるだろう、とても正しい判断だと。
お前は知るだろう、完全な愛の絆は、
王笏を羊飼いの杖と分け隔てなく結び付け、
そして愛し合う儚（はかな）い二人が、神々さえも羨ましがらせたのを、
要するに、恋は盲目というのが、お前にも分かるだろう。
メリフィル　そうだとしても、でも気をつけなくては、
その盲目のために、名誉が危険に晒されて、
そして、知らず知らずのうちに十中八九危険で
悲しい事態にまき込まれるわ。
お父さまの、王様の容赦のない怒りはご存じでしょう。
誰もが自分の気に入るようにするのを求めているの。
私を信じて、そうすればその計画はもっと上手くいくわ、
私の意見に従って、それを他に向ければね。

『シルヴィ』

テラーム　おお、天よ！　こんな侮辱の言葉を黙って聞いていられるか！
冷酷な妹、お前が僕を愛するとはそんなことか？
おせっかい焼き、僕を元気にするどころか、
僕を殺そうと考えていたのか？
メリフィル　お兄様の心が痛んでも、驚かないわ。
お兄様の幸せを望めば望むほど、気持を傷つけることになるのね。
テラーム　その幸せは自分のために取っておけ、僕から奪い取ろうとするものより、
もっと大きな幸せがやってくるなんてことがあるだろうか？
お前は恋の炎を消せと忠告するが、
それは、僕の魂より千倍も大切なんだ、
お前は僕に裏切りを勧めている、
それは結局は僕に毒を呑ませようとしてるんだ。
それが薬を勧めるやり方だとでもいうのか？
いや、いや、僕は、誰にも救いようもないほど愛してるんだ。
メリフィル　そんなことをしたら、お兄様を見殺しにすることになるわ。
テラーム　僕を傷つけた人なら、僕を治すこともできるだろう。

あの人の美しい瞳は、望む時に、
命を蘇らせることも、心を奪うこともできるんだ。
ほっといてくれ、ただ、あの焼けつくような愛の矢で、
これからも燃え続けるのを認めてくれ。
メリフィル　その熱狂が仕方のない病気なら、
一番いいのはほっておくことね。
それでも、よく考えて、
誰も知らないその恋の行方をいい方向に向けてね。
国王達が早耳なのは知っているでしょう。
テラーム　お前が僕たちの喜びに気を配って用心し、
そして、必要な時にお前の兄弟愛が手助けしてくれる限り、
僕たちには監察官も目撃者もいない。
メリフィル　私から掛け値なしの信頼を確実に得れば、
お兄様はためらうことなく自分の道を突き進めるわ。
喜びの果実を遅らせるような、愛の欲望に
強く反対するものは何もないのだから、

『シルヴィ』

ここで十分経験を積めるわ。

テラーム　確かに、僕の羊飼いはじっと待っていてくれる、
そうと知っても、僕の心は待ちきれずに、
彼女の希望がさしだす幸せを激しく求めている。
それじゃあまたあとで、僕は磁石のように、彼女のそばにひきよせられる。
忘れないでくれ、お前が僕を愛し、僕に忠実であることを。
いや、ここからそんなに遠くない所で、
毎日、神の高みにまで登れる場所を見つけたんだ、
そこの葉陰に覆われた小さな窪地で、
ルーヴル宮殿でも見られない世にも稀なものが見られる。
だが、シルヴィが来るはずだが、どこからやって来るんだ。
こんな時間になるまで、どんな邪魔が入ったんだ？
彼女が今日愛と記憶を失ったのではないかと、
疑いの念が僕に思い込ませようとする。
だが、前言取り消しだ、彼女の誓いを傷つけた、
僕が彼女に夢中なら、彼女のほうだって僕に夢中なんだ。

第五景

シルヴィ、テラーム

シルヴィ　（茂みの陰から出てくる）　あなたは、誓いを破らないって誓えて。
テラーム　ああ、僕の天使、すまない、君の悪口を言ってしまった。
シルヴィ　私があなたに苦しみを与えるのが好きかどうか、考えてみて。
あなたに罰を与える代わりに、花をあげるわ。
テラーム　僕のほうは、心に棘がささったよ、
お返しに、君に燃えるような口づけをあげよう。
シルヴィ　一人ぼっちで、私への恋を夢見てる臆病者が、
私になれなれしくしようとしたのよ、ここであなただけに許していることなのに、
それだけでももう十分不平を言う理由になるし、
本当に不愉快の極みだわ。
テラーム　なんだって？　シルヴィ、他の奴が望んでいるのかい、
君に恋い焦がれる僕一人だけの権利を？
シルヴィ　ついさっき、牧草地に一人で、

花の中で物思いにふけっていたら、
フィレーヌが、私を恋の悩みの相手だと言って、
お世辞で殺されそうになったわ。
テラーム　そんな奴が追いかけても無駄さ、
君から何も手に入れられないだろう。
シルヴィ　　心配しないで。
テラーム以外の誰かが、
シルヴィを手に入れようとしても無駄よ。
テラーム　　神々の誰だってそんなことはしないさ！
僕には、手に入れた幸せがとても大切だ。
それを誰かに譲るくらいなら、その前に命をなくしたっていい。
僕の魂、信じてくれ、君はいつか
僕の愛の果実のすばらしい稔りを見るだろう。
シルヴィ　ねえ、王子様、あなたのご好意にはすっかり頭がこんがらかるわ。
結局、図々しくあなたの思いに付け込んでいるんじゃないかって、怖くなるわ、
私はそれに値しないんじゃないかしら……

テラーム　　　　　　　　　　　　　僕への心配など打ち砕くんだ、ねえ君。
僕を喜ばせようとするなら、もうこれ以上言わないでくれ。
シルヴィ　神々にお願いします、この人の恋の炎を判断するために
私の心を無垢にしてください。
テラーム　　　　　　　君の心は、僕にはよく分かってる。
僕は、君の裸を見るほうがずっといいな。
シルヴィ　本当はもうちょっと慎み深い人だと思っていたけど。
でも、分かったわ……
テラーム　　　　僕は純真無垢だから、
こんなに愛があるんだよ。
シルヴィ　　　　　　というよりわがままが過ぎるのよ。
すぐにつれない仕打ちで楽しみたいんだ。
テラーム　それは分かってる、君は憔悴しきった僕を見て、
でも、もう太陽の巡りが半球の上高く昇っているのに、
逢瀬の半分もすんでいない。
涼んで休むのにちょうどいいよと、

『シルヴィ』

近くの林が、僕たちを誘ってる。
この花の中で横になろう、草と緑の葉が、
褥と隠れ場所を差し出してくれている。
この美しい緑のミルテの木は、
ちょうど哀れな恋人たちに腕を広げているようだ。
ほら、この同じ場所で、愛と自由をほしいままにして、
かつてヴェニュスが愛するアンシーズを抱いた。
ここでは、戦いを司る神が、
甲冑を脱いで、たわむれた。(9)
ここでは、どんな些細なものさえも僕たちを喜びに誘っている、
ここでは、生きる喜びを邪魔する者も
恋人の安らぎを乱しには来ない。
シルヴィ　本当にここは、見つけられる場所の中で、
一番すてきね。
テラーム　君のご機嫌を取るつもりはないけれど、
この場所の心地よさは、君がいるからだよ、

君の瞳は、それだけで、この場を明るくする。
僕がこの場所を気に入っているのは、君の美しさのためだ、
この森が暗い雰囲気に包まれているのは、
その木陰を君への贈り物にするためだ、
花の咲き乱れるこの雑木林の緑の奥では、
君の微笑みしか光を放たない。
山や野のそよ風の神ゼフィロスは、
君の声を聞こうと、息をひそめている。
君を喜ばせようと、ナナカマドの木々の中で、
小さなナイチンゲールたちが美しい声を競っている。
要するに、この風景はすべて、間違いなく、
君の美しい顔(かんばせ)だけを飾っているのだ。
シルヴィ　私を褒めそやすのに、好きなように言ったらいいわ、
あなたの言葉をなじったりしないようにせいぜい気をつけるわ、
あなたにふさわしいような美徳は持っていませんからね。
それに、あなたが望むなら、私は月になるわ、

私が光り輝くとしたら、他でもない、あなたの炎によるのですから。
テラーム　どうか、僕を喜ばせてくれ、こんな話はやめよう、
そして僕の病んだ心を癒してくれ、
お願いだから、恋の目くばせを注いでくれ、
君があちこちで男心を燃え立たせる
その熱いまなざしを一目、僕だけに送ってくれ、
何も言わずに、君を崇拝するこの唇が
雪花石膏のその胸に口づけの跡をつけるのを許してくれ。
おお、天にも昇るようだ！　おお、罪のない喜びよ、
お前たちは、取り乱したこの心をどこへさらっていくのだ？
僕の魂、僕の太陽、僕の守護天使！
ああ！　君の優しさが僕を喜ばせて、おかげで死にそうだ。
君が僕を生き返らせようとしなければ、
幸せのあまり気を失って、意識が薄れていってしまう。
シルヴィ　私が恋に甘すぎるって分かってるわ、
あなたにもっと厳しくしたほうが、もっといいんでしょうけど。

『シルヴィ』

この愛の有頂天が続いている間にあなたが死んだら、
間違いなく私があなたを殺した犯人てことになるわ、
それに、誰かが私たちを見てないか心配で、
私の喜びが半分になるわ。
この岩に耳があったら、
私たちのはしゃいだ話を聞かないわけはない、
黙っていたこのせせらぎが轟いて、
波の上に私たちの口づけを刻み付けるわ。
しまいには、ここの葉っぱも花も
いずれ劣らず、私たちの仲を明かす目にも声にもなるわ。
テラーム　何を恐れてるんだい？　愛の神さえも僕たちの仲間だ、
僕たちふたりを注意深く見守っていてくれる、
この小枝をわざとからませて、僕たちが口づけしているのを
太陽から隠したのは、愛の神だからね。
でも、どうしたんだ！　君はもう僕と別れようとするのかい、僕の女神様！
ちょっと待ってくれ、ねえ、急ぐことはないよ。

『シルヴィ』

太陽の熱気に顔を晒すことはない。
シルヴィ　これ以上ここに長居するわけにはいかないわ。
村に羊の群れを連れて行かなくっちゃ。
テラーム　どこに置いてきたんだい？
シルヴィ　　　　この川岸に沿って、
牧羊犬がしっかり守っているわ、
ここに長居し過ぎて、とても怖いの。
それが苦労の種よ、
家に帰ったら、叱られるのが心配だわ。
テラーム　二時間後には、この場所に戻ってくるね。
シルヴィ　かならずそうするわ。
テラーム　　　　それじゃ、さようなら。
シルヴィ　　　　　　　　さようなら。

第二幕

第一景

ダモン、マセ

ダモン　もう待っておれん、
残念だが、今はっきり耳にしたことを、お前に言わなくちゃならん。
事は重大だ、それもとりわけわれわれに関わりがある、
われわれを脅かすのが、心配なんだ、
嵐が近づき、凪を騒がせて、
港の中で難破する危険が確かに迫っている。
おお、考えのない娘、お前のふしだらな欲望が
哀れな両親を不安にさせるのだ！
マセ　神々よ！　この人は何を言ってるんでしょう！　命をかけてもいい、
この人は、シルヴィのことを遠まわしに言ってるんだわ。

ダモン、もうこれ以上私の気持をどっちつかずのままにしないで。
私の胸の内で千匹の蛇がうごめいているようだわ、
それに、私を驚かせて、悩ませる不安が
次から次へとこみ上げてくる。
私の心は不幸を予感して、
娘が自ら名誉を汚したと告げている。
本当なの、あなた？

ダモン　何も分からんのだ、お前。

マセ　本当すぎるくらい本当なのね！　おお、神々よ！　なんと恥さらしな！
これからは、私たちの家は、
決して消えない不名誉な非難に晒されるのね！
天よ、それよりも私たち三人一緒に死ねますように！

ダモン　マセ、悲しむのは、まだ早いようだ。
まだ無駄に悲しむことはない。
ただ、人が言っていたのだ……

マセ　あなた、何を聞いたの？

ダモン　シルヴィの美しさの毒のある輝きが、
王様の息子を思いのままにして、
恋する王子は、あの子との会話を楽しもうと、
離れてはいたが、あの子に話しかけて、あの子もその話を聞いていたらしいのだ。
時間、場所、相手を考えると、
すべて、あの年齢の娘にふさわしくない、
そして、王子があの子と会われたのは、
一緒に時を過ごして、あの子を誑（たぶら）かすためだったようだ。
わしには、それが悩ましくて不安なのだ。
マセ　あなたは本当におかしなことを教えてくれるのね、
そもそも、どうして分かるの、その不吉な話をした人が、
自分ででっち上げたんじゃないの？
たぶん、私たちにいやがらせをしようとして言ったんですわ。
ダモン　その男は誠実で、本当に目にしているのだ、
庭園で、何度もシルヴィと
羊飼いに変装したテラーム様を見かけたのだ。

マセ　あの方は、権力が与える特権は持っていても、
少なくともそれをむやみに振り回したりしたことはありません。
というのも、私が確かめたところでは、あの王子様は、
名誉を羅針盤にして、情熱を抑えて、
その性格、素行、心根は、
凌辱などという羽目を外すようなことはしませんわ、
私は心配などしていません。

ダモン　　　　　　おお！　わしの知るところでは、
お前には、今どきの悪ふざけをまるで分かってない！
教えてやるが、近頃は、お偉い人も、
色事では他の人間と変わらん、
本心を隠して、女たらしで、軽薄なのは、
われわれ羊飼いだけじゃない。
なあ、確かにあの移り気な方が、
年相応の行動と欲望に従って、
高い地位にもかかわらず、

『シルヴィ』

色情を抱いて、うちの娘を口説いたら、
その狂った恋の炎はどうなるんだ？
あの方の考えは、何を狙っていると思う？
本気で夫婦の絆か？
わしは、結婚相手にはあまりにもふさわしくないと思うぞ。
そんなことは、理性が求めるのを禁じている。
羊飼いだ、羊飼いを婿にしよう。
マセ　結婚相手でないのはよく分かりますけど、
あの方はとても良い人ですもの、あの子を弄ぶなんてありえないわ。
ダモン　こんな時に、良心に頼るとは、
知恵がないのか。
マセ　ほかにどんな目論見があるというの？
ダモン　あれの操を汚し、
われわれ哀れな家族に恥をかかせることだ。
マセ　私は娘の名誉を信じてます、
そして王子様の心が不実だなんてありえないと確信しています、

ですから私は非難にも恐怖にも無縁ですわ。
夢の神モルペウス[10]が眠りの中で私たちに描き出す夢から、
なにがしかの前兆を引き出せるなら、
これからお話ししたいと思っていることからも、
はっきり言えます、私が間違っていなければ
二人の愛情は私たちの役に立って、それをあるがままに、
素直に受け取ってやれば、良い結果を迎えるだろうと。
ですから、その結末が私たちを喜ばせるに違いない話を
お望みなら、よく聞いていて。
ダモン　夢から生まれた喜びなど空しいものだ。
マセ　夢いつわりにもなにかしら人を引き付けるものがありますわ、
それも特に、見定めのつかない不幸への恐れの中を
心が漂っている時にはね。
昨夜、影を晴らそうと、
天は数えきれない小さな火を瞬かせて、
私たちの苦しみを静める魔法使いのケシの粒は、

あらゆる生き物の感覚を麻痺させようとしていました、
まさにその時です、広い平原で、
あの子が羊の群れの中にいるのが見えました。
私の知るかぎり、かつて天上に太陽が作られて以来、
その日はもっともよく晴れ渡っていました。
空は至る所、一点の曇りも、雲ひとつもなく、平穏で、
輝く青空の下で、あの子の美しい顔が見えました。
その時、突然、暗く不吉な風が、
黒雲で太陽を覆いました。
心地よい林は、恐怖と闇に包まれて、
一転して不吉なものになりました。
深い夜の闇の中で、
突然のつむじ風が、大音響とともに、
二度三度、私に空しくぶつかった後で、
激しい力で娘を運び去っていきました。
私はただ見ているしかありませんでしたが、空はすっかり暗くなり、

すぐ近くなのに、あの子の姿は見えなくなりました。
視覚を失って、耳を澄ましていると、
絶えず、あの子の弱々しい嘆きの声が聞こえました、
その悲痛な調子は私の所まで届いて、
今にも死にそうな人のようでした。
その時、本当に、本物の恐怖が、
常日頃あの子に持っている愛情に取って代わりました、
だから、危機に陥った時そうするように、
あの子を全力で救おうとしました。
私の助けでもう安心と思ったその時です、
突然重苦しい感じがして、
あの子に確かに迫った死から救い出そうと、
もう一歩、あの子のほうに進もうとすると、
ガラスの上を滑るようだったり、
足が地面に貼り付くようだったりして、
あの子の声が呼ぶほうにまっすぐ歩くどころか、

激しい風が、時には私を後ずさりさせました。
こんなどうしようもない状態では、なす術もなく、
額には冷や汗が流れていました、
突然、天に明るい光がさして、
稲妻のすぐ後に雷鳴が轟きました、
その後、豪雨と大量の細かな霰が
雲を裂いて降り出しました。
その時、確かに、多くの恐ろしいものが、
不安と恐怖で私の心を揺り動かしました。
ダモン　お前が確信を持って期待する根拠になるという
美しい夢が、それか?
いやはや!　どうみても、
心配と苦しみしか示してないじゃないか?
マセ　ここまではそうよ、ちょっと不吉ね。
でも、ちょっと待って、残りを聞いて。
私は恐怖の中にいたの、その時一条の光が

『シルヴィ』

靄を通して差し込んで、
空中に銀色の光をまき散らして、
その場のものを元の色に戻したの。
善き神々よ！　至る所、喜びで、
あらゆるものが、私の目に心地よいものになったの。
まるでつむじ風など吹かなかったかのように、
草木も花もなぎ倒されていなかったわ。
過ぎ去った嵐のすさまじい跡は、
拭い去られて、毛ほどもないの。
死んだか、そうでなくとも瀕死の
シルヴィと出会うのではないかと恐れていると、
それどころか、あの子が別の服を着て、
雌羊のそばで木の下に座っているのが見えるの。
若い男が恋人にするように、
一人の羊飼いがあの子に寄り添って、愛撫しているの。
あの子はその男の人の髪を指ですいて、

望みと願いが一致したのを示していたのよ。
そこへ近寄って見て驚いたのは、
あの子を取り巻くどこもかしこも豪華で、
その服は、贅を尽くした輝きを放ち、
何もかも厳かで、威厳に満ちていたわ。
かつてこんなにも輝く美しさを目にしたことがあるかしら、
かつてこれほど長い間私の目を惹きつけたこともないわ。
「お母さん」あの子は私を強く抱きしめて、こう言ったの、
「もう風を怖がらなくていいのよ、安全な場所にいるのだから。
あの羊飼いを見て、あの人よ、
私に用意されていた死の恐怖から私を引き出してくれたのは。
あの人がこの豪華な服をくれたの、
私がひたすら愛しているのは、あの人一人なの」
微笑みながらこの言葉を語り終えると直ぐに、
大勢の人が野原に現れて、
男の羊飼いたちと女の羊飼いたちが口々に歌いだしたの、

そのいくつかの歌はそれでも簡単に分かったわ。
男女入り混じっていましたが、顔には尊敬の念を表して、
自ら進んで、私たちに挨拶したの。
その後で、男たちが分かれて集まり、
その羊飼いに計り知れない敬意を表したわ。
一方、娘たちは、一番年上の女性に倣って、
あの子に向かって話しかけ、
羊飼いたちが膝を屈したのと同じように、
女羊飼いたち全員が、同時に私たちの前で頭を下げて、
最後に、とても美しくて、とても背の高い一人の女の人が進み出て、
シルヴィの額を花飾りで飾りました。
こうして太陽が戻り、
鶏の煩い歌で、私は目覚めたの。
ダモン　わしがどんなに教養がないからといっても、
こんな馬鹿げた世迷言には引っかからんぞ、ばかばかしい。
そんな縁起かつぎに迷わされたりせんぞ。

『シルヴィ』

そんなものは相手にせず、わしの分別が手本を見せてやる。

マセ　ダモン、私もあなた同様分かってますわ、
ふつう夢のお告げは、想像の産物に過ぎないのを、
でも、認めるべきだわ、上手く当たった予言があるように、
このお告げも的を射ていると。
ご近所に一人の女の人がいるけれど、その人なら、
私の夢が何を告げているか、すぐに説明してくれるわ。

第二景

ダモン、マセ、フィレーヌ、シルヴィ

ダモン　やれやれ、とにかく、神々にお任せしよう、
われわれの運命を定めて、最善のことをしてくださるのだから。
それでも、ひそかに罠を仕掛けて、
あの狂気じみた恋を思いとどまらせよう。
一番いいのは、あの子を結婚させることだ、

釣り合った相手を探すことだ。
マセ　牧神パンにおすがりして、あの子が私たちの言うことを聞いてくれれば、
十分な財産で、あの子を安楽にさせられますからね。
ダモン　この集落のフィレーヌは、とても裕福な羊飼いで、
いつもあの子に恋い焦がれてる。
何度も、あの子を妻にと私に頼んでいた。
その気持がまだあるなら、
結婚させたほうがいい、たいして気兼ねもいらんしな。
マセ　確かにフィレーヌはとても親切な青年だし、
とても家庭的な人だわ、でもシルヴィが、
この縁談に、私たちと同じ気持を持つかどうか心配だけど。
ダモン　持とうが持つまいが、あの子の願いはわれわれ次第さ。
親の決めたことに従うさ。おい、ちょっと黙って、
その羊飼いだ、我々のほうへやってくる、
なにか思いつめた様子だ。
マセ　私たちのほうを見るそぶりもないわ。

彼はわざとそうしてるのかしら？

ダモン　わざとだと、全然違う。

分からんのか、草木に目を取られているのは、
心に刺さった隠れた棘を見ているからだ。
さあ、深い物思いから解放してやろう、
その心の中に胆汁がますます浸み込んでいくぞ。(11)
そこの羊飼い君、君のことが心配で、
歳にまったく似合わぬその気分を紛らせてやりたいのだ、
息子よ、わしがどんなに年寄りで、どんなに気兼ねがあっても、
君の悩みを追い払うのに役立たねばならん。
君も、老いが生み出す悲しみを持たないのだから、
自分を手本に、年寄りを救わなきゃならん。
率直に、包み隠さず言ってくれ、
君の心にその新しい変化をひきおこしたのは、誰かね。
どんなオオカミがその牙で、君の羊小屋に、
狂暴さへの恐怖を刻み込んだのだ？

フィレーヌ　人を殺すバシリスク[12]が不意を突いて、
その目で僕の心に毒を流し込んだのです。
ダモン　何たることだ！　バシリスクとは！　だが、驚きだ、
そんな蛇がこの国にいたとは。
マセ　元気を出して、私の息子、あなたの病を治す
木の根を知っていますよ。
ダモン　わしも、猛毒の解毒剤になる
呪文をいくつも知ってるぞ。
フィレーヌ　あなたたちの木の根も呪文もお知恵も無駄です、
この血管の毒はけっして取り除けません、
それはたくさんの喜びと一緒に私を苦しめるのです、
癒えたら、欲望も失ってしまいます。
ダモン　その病気の原因は分かってるのかね？
マセ　言ってくれなきゃ分からないわ、
もっとはっきりした言葉で、そして意味が分かれば、
想像の産物も隠された不安も薄れてゆくわ。

『シルヴィ』

ダモン　わしには、彼の心をむしばんでる毒が分かる。
すべては恋の神秘でしかない。
シルヴィを探しに行け。
マセ　　　　　　　　さあ、その前に
この方に気晴らしをさせたら。
ダモン　　　　　　　　わしの言うとおりにしろ。
気の毒な羊飼い君、それじゃ邪悪なバシリスクの
凶悪な目くばせが君を病気にしたというのか、
だが、われわれが君を救えると思わんか？
フィレーヌ　僕が確実に信じられるのは、死ぬことです。
ダモン　いや、そんなことで君は死なない。ここへ来い、シルヴィ。
フィレーヌ　神々よ！　なぜ僕の命にかかわる罠を仕掛けるのですか？
ほら、あの同じ目です、生き生きとした魅力で、
恋を濾過して僕の五感に毒を塗り込んだんです。
ほんのささいなまなざしで、僕を焦がれさせたり、身震いさせたりするのです。
シルヴィ　もっとよく言ってほしいわ、私のまなざしは誰も苦しめたりしなかったわ。

羊飼いはまだ生きているわ、嘆くほうが間違いよ。

フィレーヌ　その通りだ、フィレーヌが死んだと思っているなら。

ダモン　さあ、さあ、ここで無駄話はやめよう。
この羊飼いが生きているのは、お前に恋い焦がれてのことだ、
わしの意志でお前に命じているが、それだけじゃない、
今後身を委ねるのにふさわしい人だぞ。

フィレーヌ　僕は嘆いてはいても、遠慮なく思い通りに、
この攻撃で、障害を打ち破らなくちゃならない、
だから、女羊飼い君、聞いてくれ、君こそが当の相手で、
そして君のつれなさが嘆きの種なのだ。

シルヴィ　何を言ってるのか、さっぱり分からないわ。

フィレーヌ　　　　　　　君は、魂と同じく
耳も知性も持っているだろう。

マセ　ダモン、私たちはこの場をはずしましょう、私とあなたがいると、
二人の打ち解けた話し合いの邪魔にしかならないわ。

フィレーヌ　頑固な女羊飼い君、結局いつまで、

哀れな恋人を苦しめるんだ？
君は、僕の魂が受けた苦しみを知っているだろう、
君の鎖に繋がれてもう二年、
心を焼き尽くす炎は分かってるだろう、
君のほかには誰も恋の炎をつけたりできなかったし、
そのうえ、恩知らずで美しい恋の相手のせいで、
墓の灰をかぶせても、消せないんだ。
シルヴィ　これからは、ご満足のいくように、
あなたが模範的な愛し方で愛してくれていると思いましょう、
そして、あなたの胸に抱く苦しみを、
そうとも知らず引き起こしたのがとても残念だわ。
天が私の証人です、反対に、あなたを避けて、軽蔑することで、
あなたの傷を癒してあげるわ。
フィレーヌ　おお、それが病気を癒すやり方か、不幸の
つれない仕打ちを数えきれないくらい増やすというのか！
シルヴィ　　　　　　　　　　　　　　　でも、それが必要なんでしょう。

フィレーヌ　必要、それはそうだ、死にかけて
憔悴しきった僕の人生を終わらせたいと思うなら、
そして、恋する惨めな男を救い出そうと、
すぐに墓に葬ろうとするのならね。
よし、分かった、生きているフィレーヌが君を苦しめるというのなら、
せめて死ねば喜んでもらえるだろう。
シルヴィ　思い違いしているわ。
フィレーヌ　　　　　　　　　どうして？
シルヴィ　　　　　　　　　　　　　羊飼いさん、それで、
あなたが死んでも、私を喜ばせはしないからよ。
ダモン　さて、この子は少しは扱いやすくなったかね？
フィレーヌ　前と同じです、それどころかますます手に負えません。
ダモン　なんだと！　ここに来てから、
君はこの子の心をまったく和らげられないのか！
相変わらず冷たい仕打ちで一杯だというのか？
フィレーヌ　彼女は相変わらずシルヴィで、僕もやはりフィレーヌのままです。

『シルヴィ』

ダモン　ああ、たしかに、娘よ、お前の愛の頑なさは、
わしの命を奪うか、さもなければ、わしから憐れみの涙を奪うかだ。
この子を大目に見なくては、まだ若くて、愚かで、
愛が幸せに対する暴君だと思っているのだから。
しかし時が、もっと大人の判断をさせるに違いない、
そしてわしは自由奔放な気持に軛を付けなくはならん。
その間、立派な羊飼い君、勇気をなくしてはいけない。
長い嵐の後には長い安らぎがやってくる。
それまでは、わが家で、この子の父親の住まいで、
婿が持つことのできるあらゆる権利を手にするのだ、
信じるんだ、変化はあまり目に見えないが、
あの子が、わしに対する敬意に従うと。
フィレーヌ　ありがたいお告げです！　でも、期待はしませんが、
ああ！　あまりに大きな安らぎと幸せのお約束に、
お父さん、なんと感謝したらよいか、分かりません。
ダモン　さらばじゃ、わが息子よ。

フィレーヌ　　　　　　　　失礼します。
ダモン　　　　　　　　　　　安心していろ、わが婿よ。

第三景
ダモン、シルヴィ、マセ

ダモン　あの気の毒な青年の運命に同情せずにはいられん。
シルヴィに説教しなくては。
娘よ！
シルヴィ　何ですか？
ダモン　　　　あさはかな馬鹿娘め、
笑ってるな、笑いごとじゃないぞ。
何が大切か、分かってるのか？　はっきり言うが、
わしの決断がお前には絶対だ、
強情な気持を抑えて、
お前は、フィレーヌともっと近づきにならねばならん。

シルヴィ　出来る限り、お父様の希望に沿うようにします。
ダモン　それが、お前がしなくてはならないことで、わしが聞きたかったことだ。
シルヴィ　ですけど、どうか、考えてちょうだい、
私はそんな年でもないし、そんなに早く結婚する気もないの。
ダモン　おお、なんと馬鹿げた言い訳を思いついたものだ！
シルヴィ、お母さんも同じように言っていたぞ。
若いころ、お前と同じように、わざとらしく、
束縛が好きでないようなふりをしてたが、結構喜んだものだよ。
マセ　まあ、まあ、おしゃべりな人ね、そんな無駄話はもうやめて。
昔のことを話しても、もう時は戻ってこないわ。
ダモン　本当にそうだ、だが、お前にとっても
思い出はまだ甘いだろう。
マセ　　　　　　　　それほどでもありませんよ。
私の純潔は、その時自由を失ったんですからね。
ダモン　娘よ、お母さんが言うことなど信じるな。
わしの望んでる果実だけを実らせるのだ。

羊飼いと結婚すれば、お前は満足するはずだ、
それで、お前の欲望を募らせる若さが、
お前に教えてくれるだろう、愛の神本人が子供なのだと。
シルヴィ　ああ！　なぜそんなに早く不幸せにならなくてはならないの？
蛇と同じくらい、結婚が嫌いなのに。
ダモン　おめでたい奴だ、お前は気に入るさ、
最初の夜から、その果実の甘さをお前に味あわせてくれるのだから。
シルヴィ　お母さんが頼みの綱で、期待できるただ一人の人よ、
ああ！　こんな結婚話からお父さんの気を逸らせて。
マセ　ダモン、この子の気持は変わらないわ。
それくらいなら死を選ぶって、言ってるわ。
ダモン　とうとうわしを怒らせたな。
実の親に向かって感謝の気持もないのか？
この子の幸せとわしの満足のためばかりじゃあないんだぞ。
マセ　それにはこの子が納得する必要があるわ。
自分の口から、望みを言わせなきゃ。

『シルヴィ』

事の成行きはこの子に掛かってるんですから。
ダモン　もうわしに話しかけるな、わしの言ったとおりにするんだ、
そしてわしの意志で、事を運ぶぞ。
シルヴィ　それより女神ディアーヌに
残りの人生を捧げさせて。(13)
ダモン　　　　　　　お前はまったく宗教が分かってないな、
女神はお前のような奴を決して受け入れない。
フィレーヌを婿にしろ。
シルヴィ、王子との結婚など望むな、
わしが、この弦でどんな旋律を弾いているか考えてみろ。
そしてお前は、理由もなくそれを歪めて、
お前は卑劣にも王子の欲望をそそり、
わしの思いを台無しにして、お前の軽はずみが
王子とわれわれの恥を表沙汰にすることになるんだぞ。
マセ　ダモン、冷静になって、興奮して話さないで。
夫婦の絆を嫌って、

良い夫婦になれない人たちがどれほどいるか、
ご近所を見れば分かるでしょ。
たしかに、初めは、
もっと優しく扱わなくちゃと思いますよ。

第三幕

第一景

フィレーヌ、ドリーズ

フィレーヌ　おお、見る目のないフィレーヌよ、情熱がお前を弄ぶ。
これからは、お前の救いはもはや策略しかない。
お前にも分かるだろう、野心に駆られた高慢な女は、
お前の定めに従おうとしない、
そして、ああ、王家の盛大な豪華さにあこがれて、
期待に胸弾ませて、欺かれる。

哀れな娘は裏切られて、わが身の栄誉として差し出されたものが
不吉な魅力であるのも知らない。
死に誘うダイダロスの迷宮(14)の罠を見せてやれ、
そこでは、釣合の取れない、行き過ぎた炎に誘われるから、
賢明で高邁な精神の力で、
危険な一歩から彼女の純潔を救ってやるのだ。
お前なら簡単にそれができる、あの王子が他所でも
見せかけの好意を示しているのを、彼女がすこしでも信じてくれたら。
辛辣な侮辱に傷つけられても、彼女の寛大な心は、
常軌を逸した軽蔑の念を消してくれるだろう。
かくして、ひそかに、たやすく
お前は、彼女の憎しみをお前への愛に引き継がせられるのだ。
だが神々よ！　僕の願いによい機会が巡ってきた。
僕を愛しても、まったく愛されない娘が、
まっすぐこっちにやってくる、
きっと身を焦がす恋の炎を僕に語るためだ。

今度ばかりはあの女を苛めないように気をつけなくちゃ、
お前の罠を仕掛けるのにうってつけなのだから。
ドリーズ　ああ！　今日はなんていい日なのかしら、
私の憧れる女たらしの羊飼いに会えるなんて。
一人で、物思いに沈んで、私を見ようともしない。
できるだけそっと近寄りましょう、
羊飼いさん、まだ夢を見てるの、愛の神が私に、
ぼんやりしてるあなたの物思いの流れを断ち切るのをお許しになったのよ。
ねえ神様！　この人が何を考えているか、いったい誰に分かるかしら？
フィレーヌ　　　　　　　　　　　　　　　　　　　　　　誓っていうが、
嘘偽りなく、君のことを考えてたんだ。
ドリーズ　私をですって、フィレーヌ、私を、あなたが私を！
もっと辛い最期を遂げさせようと考えてたんでしょう、
それだったらあなたは本音を語ってるのよ。
フィレーヌ　いやいや、僕はひどい仕打ちをやめたんだ、
もう浮気者でも、ましてや偽善者でもない。

『シルヴィ』

これからは君のいいところを認めようと決めたんだ。
ドリーズ　お世辞を言って、私をからかってるの？
フィレーヌ　この口は、今は心の告知板なんだよ。
真面目な愛に値打ちがあるのは、それが自然に生まれた時だけさ。
ドリーズ　ああ！　私があなたを本気で愛してるのが分かったのね。
フィレーヌ　君の気持は分かり過ぎるくらい分かってるよ。
でも、君の愛情が完全だと確かめるために、
僕のためにこれからすぐに一仕事してくれないか？
ドリーズ　あなたのために何ができるの？　フィレーヌ、できないことなんてないわ。
私を好きに使って、ただ命令して、
あなたの足元で死ぬことがお望み？
フィレーヌ　　　　　　　　　　とんでもない。
天が僕をがさつな人間に生まれさせたのは、
こんな世にも稀な愛情を確かめるためさ。
僕は何も望まない、ただ、何食わぬ顔で、
森の近くに君の羊の群れを集めて、

羊飼いが通るのを、気をつけて見張ってくれないか?
そいつは見慣れない男で、若くて、背が高く、
ブロンドの巻き毛、涼しい目元で、広い額、
ユリや雪の白さも見劣りするほどの
とてもぱりっとした亜麻の服を着ている。
ドリーズ　その人を見かけたら、何をすればいいの?
フィレーヌ　近寄って、やさしく受け答えしてくれ、
羽虫が目に入ったふりをして、
二、三度息を吹きかけるように頼んでくれ。
特に忘れないでくれ、十分分かっているだろうが、
少し離れて、突然こう言うんだ、
風で痛みが増したと。
それで、君の愛情が嘘か、真か、
はっきりした証拠になるわけだからね。
ドリーズ　その羊飼いが私の頼みを無視したら……
フィレーヌ　それはありえない、彼は躾がいいから。

『シルヴィ』

ドリーズ　あなたは私をからかってるんじゃないの？

フィレーヌ　　　　　　　　　　　　　　　ああ！　いや、誓ってそんなことはない。

ドリーズ　それでもずいぶん無鉄砲なやり方ね。

フィレーヌ　まさにそうだ、ほら僕たちの愛の証しがすぐそばだ。

ドリーズ　訳を話して。

フィレーヌ　　　あとで教えるよ。

君は仕事をしてくれさえすればいいんだ、さようなら、時間がないんだ。

ドリーズ　ちょっとでも背いたら、私を責めるのね。

フィレーヌ　頑張って、牧神のパンのおかげで、うまくいくさ、

ここまでは僕の願いどおりに、事はうまく運んでいる。

シルヴィを探そう、そして彼女の心の中に、

嫉妬の絵図面を巧みに引いてやろう。

（彼は退場する）

ドリーズ　愛の神よ、あなたを巧みに描き出した人々は

あなたに子供の心と身体を与えました、

あなたの心を苛立たせることも、

あなたの心を和らげることもなかなかできません、
あなたが私を燃え立たせてからずいぶんになるけれど、
あなたの好意を求めてもいつも無駄でした、
今、あなたは私の悩みに心を動かして、
恋人ゆえの私の苦しみに彼を関わらせようとしています。
こうして、あなたはこの仕事とご褒美を結びつけているわ、
そして思いもかけない時に、幸せをもたらそうとしているのね。
さあ、ここだわ、もうじきやってくるはずの人を見張るのに、
いなくちゃならない場所ね、
この企みは簡単だけど、危険ね。
ああ！　私の恋の行方はあなた次第よ。

第二景

シルヴィ、フィレーヌ

シルヴィ　正直に言うわ、愛しているの、

他所の羊飼いを、決して変わらぬ愛で。
だから、私に甘いことを言っても時間の無駄よ。
あの人が毎日私以外の他の人に誓いを立ててるって、
愛の情熱で無理やり迫って、
信じ込ませようとしても無駄。
あなたの嫉妬深い悪意は、とても卑劣で、そらぞらしくて、
私の気持を変えられないし、迷わせもしないわ。
フィレーヌ　僕は本当のことを言ってるんだ。
シルヴィ　　　　　　　　　　　　　全然信じられないわ、
彼の大罪を、この二つの目で見なくちゃね。
フィレーヌ　それなら、前もって言っておくよ、君が何も見ようとしないか、
それとも彼の浮気に疑いを挟もうとしないかのどっちかだってね。
シルヴィ　あなたが予告した通りにならなかったら、
すぐに覚悟を決めてね、私と二度と会わないって、
そしてそのご立派な企みを繰り返し考えてみるのね。
フィレーヌ　そうならば、僕の魂に取りついた愛の炎が消えてしまうよ、

彼の浮気を見せられず、
君の疑い深さに打ち勝たなければね。
君はこの小さな林に隠れているだけでいいんだ、
そこなら身も心も木の茂みの中だからね。
シルヴィ　すぐにびっくりするものが見られるのね！
フィレーヌ　さあ、正体を現すのが見られるよ。

第三景
テラーム、ドリーズ、シルヴィ、フィレーヌ

テラーム　希望と幸運をもとめて厄介な連中が王家にやってくるが、
やっと奴らから離れられた。
僕は大勢の廷臣たちも巻いてやった、
奴らの口の悪さには我慢できない。
孤独が僕の供回りだ、
従者も小姓も放り出した。

『シルヴィ』

このちょっとした目論見に、連れはいらない、
愛だけが僕と一緒で、影だけが僕についてくる。
供回りが大勢だと過ちを犯すものだ、
帰りには影もいなくなっているだろう、
もう太陽が地平線に傾いて、
少しずつ夕暮れの波に沈んでいくのだから。
だが、あの若い女羊飼いは僕に何をしてほしいんだろう？
ドリーズ　すいません、羊飼いさん、痛くて、
あなたに助けてほしいんです、ご迷惑でしょうが、
はやく苦痛を和らげて頂きたいのです、
お礼にバラを一輪差し上げますから。
テラーム　何がお望みだい、女羊飼いさん？
ドリーズ　　　　　　　　　　　　ああ！　たいしたことではありません。
飛んできた羽虫が落ちてきて、
どういうわけか目に飛び込んできたんです、
とんでもなく痛むんです。

あなたに助けてほしいのです。
テラーム　喜んでするよ、ちょっと目を開けて。
ドリーズ　もう一度、羊飼いさん、そっと息を吹きかけて。
テラーム　まだ痛みが続いているかい？
ドリーズ　おさまって、和らいできました。
シルヴィ　おお、裏切り者の王子！　あなたの獣のような行いが、
卑劣にも忠実な私に勝利するのね！
ドリーズ　そこの静かな片隅でもう一度息を吹きかけてください、
そこなら風が冷たくて、痛くないわ。
フィレーヌ　やっと分かったかい、真実に反してまで、
僕が起こったことに手を貸していなかったことが。
苦い経験を通じて、この学習から学んで、
君はこれからはもっと賢くなれる、
フィレーヌのような恋人を選ぶことでね。
シルヴィ　この出来事が教訓になるわ。
フィレーヌ　さようなら、たぶんいつか僕をもっとよく思うようになるよ。

『シルヴィ』

シルヴィ　私の目にした恐怖よ！　呪われるがいい。
フィレーヌ　神々よ、満足です、罠は上手くいった、
まさに期待していた通りだ。
時が、残りの仕上げをしてくれるはずだ。
シルヴィ　ためになる不幸、役に立つ遭難よ！
ああ！　私の理性は海辺でお前を祝福するわ、
お前の残骸に乗って、理性は港に辿り着けるもの。
善き神々よ！　私の運命には何と奇妙な奇跡があるのでしょう！
恋の病は、耳から入って、
いままで私の心に毒が回っていたのに、
でも今、目にしたものでもう治っている。
一方が自分を見失わせたけれど、こうしてもう一方が救ってくれた。
こうして、この二つの感覚の力を体験したわ。
ああ！　彼がやってくる、何もなかったかのように、
今したばかりの腹黒い罪などどこ吹く風。
おお、裏切り者の王子、裏表のある卑しい魂、

そして一言でいえば、おべっか使い。

テラーム　あんな小さな羽虫でずいぶん手間取ったな。
あの女神のように美しい人のためにやってきたのに、
僕の愛がさぼっていたと、きっと責めたてて、
たぶん僕を出迎えても、好意をあまり示さないだろうな。
ほら、本当にしびれを切らして、
野原に立つ岩を背にして、じっと待っている。
愛の神よ、先に飛んで行け、忠実な伝令よ、
彼女に僕が遅れた言い訳をしろ。
いや、行くな、お前が彼女のそばから
離れないのは分かっている。
それにあの意地悪が僕を馬鹿にする気なら、
会えば、こう言うかもしれない、
嘘つきだ、宮廷の浮気者だと。
つまりは、愛のない彼女に会うことだろう。
うまくやり過ごさなくちゃあ。

『シルヴィ』

おお、僕の天使、その岩から降りてくれ。
君の心は、もう十分すぎるくらい冷たいから、
簡単にそんな様子ができるんだろう、
君は冷酷になって、いやもしかしたら
正気をもう失ったのかな。
君は一言も答えないね、僕は、君が声も
動きもなくしたのかと無邪気に思ってしまう。
本当に岩になったのなら、
こだまのように、一言返事をしてくれ、
それでどうしたのかよく分かるから、近寄って、
その愛らしい岩に千度口づけさせてくれ。
シルヴィ　いや、いや、あなたは私から何も期待したりしないで、
下々の者が王子様に払うべき敬意以外には。
あなた自身のせいで、いつも抱いていた愛は、
敬意の言葉に変わってしまって、もう愛を感じないわ。
愛の神よ、騙された娘のお人よしの心が

軽はずみに抱いたのは、不吉な愛だったのね。

テラーム　いとしく美しい人、誰が君を愛さずにいられよう、

君のつれない仕打ちさえも魅力なのに？

シルヴィ　不正の学校でペテンが教える

そんなきれいごとの台詞など、もううれしくもないわ。

テラーム　シルヴィ、僕を柩に押し込めたいなら、

そのつれない態度で苦しめるだけで十分だ。

その冷たさはどこから来るんだ？

シルヴィ　　　　　　　　あなたはご存じのはずよ、

嘘つき、そうさせたのはあなたじゃないの。

テラーム　びっくり仰天だ、君の言っていることが

まったく分からない、僕はすぐにも死んでしまいそうだ。

シルヴィ　私の嘆きの理由が分かり過ぎるほど分かっているくせに、

大きな罪に嘘を付け加えても無駄よ。

テラーム　僕に分からせるどころか、その話で、

前よりもっと訳が分からなくなるよ。

『シルヴィ』

シルヴィ　そうよ、誠実な自由にあふれた私の愛は、
あなたのふしだらな愛には純粋すぎたわ。
あなたのような人には、放埓な火種を焼き尽くす
断固とした心が必要だったのよ。
生きなさい、勝手に生きるがいいわ、
シルヴィは元の生活の歩みに戻りますから。
テラーム　おお、神々よ！　もうおしまいだ、つれない女が逃げていく。
ああ！　何という事態に僕は追い込まれたんだ？
この不幸な出来事は、僕を何という窮地に追い込むんだ？
われわれの繁栄は変化に支配されている、
そして特に、そう特にだ、夜から朝にかけて
恋の行方はあっというまに変わるのだ。
さっきまで予測できた自分一人の幸せの中で、
もし天がもう少し幸せを長続きさせていたら、
僕は途方もない喜びをゆっくりと味わっていたのに、
それは幻のように消え失せた。

今、すべてが僕を傷つける、すべてが僕に微笑んでいたのに。
僕は一瞬にして絶頂から深淵に投げ込まれた、
そして、すべての恋人の中で一番幸運だった僕が、
何の罪もないのに、一番不幸になった。
美しい木々、美しい花々、そしてお前、僕の苦しみと同じように、
どこからとも知れない源から湧き出してくる澄んだ泉よ、
お前たち、僕が恋の虜になった時の最初で唯一の証人たち、
お前たちは僕の愛を生まれた時から見ていた、
ここにきてお前たちに話しかけるのは、
恋人から許しを得て、仲直りするためだ。
こういうのも、実のところ、彼女の意地悪なまなざしに匹敵するほどの
おそろしい毒針を、死も持っていないからだ。
お前たちは彼女に語ってくれ、そんなにも厳しく僕を非難するのは間違いだと、
僕の心は彼女のほかには誰にも愛の炎を持たないと、
彼女に気に入られる幸せが僕のもっとも甘美な関心事なのだと、
そして、要するに、僕をこんなふうに扱うのは間違っていると。

木々よ、お前たちにお願いする、青銅のようなその固い樹皮に、
僕が耐え忍んでいることを刻んでくれ。
花々よ、死は僕の顔に悲しみを表しているが、
僕の愛のために悲しみの彩りで化粧してくれ、
そして、お前、水鏡よ、ちょっとお前の鏡を動かさないでいてくれ、
そこに僕の姿にふさわしい場所がある、
その水の底に、身を焦がす恋人の
すばらしい絵姿を彼女が認めるように。
このように歳月も決してお前の源泉を干上がらせたりはしないし、
愛のほかには決してお前の流れを妨げるものはないのだから、
お前の畔に描かれた花のドレスは、
これからは輝きも色合いも変えたりはしない、
結局、お前の苦悩の元となった川の精ナイアス[15]は、
決してお前の銀の宮殿を立ち去りはしない、
ナイアスは、いつも川の畔で髪を乾かしている、
そして、お前の波紋がいつもその美しい体を抱きしめている。

だが、山からふもとに落ちてきた影が、
もう僕に煩わしい帰還を求めている、
日の光とともに、僕はもう帰らなければならないのか？
これ以上引き延ばして何の役に立つのだ？
僕が何を望み、どう考えようと、宮廷は、
穏やかな安らぎから喧噪へと僕を呼び戻す。
美しいこの地よ、お前たちを見捨てる過ちを
仕方ないと許してくれなくては。
僕の青白い顔から認めるだろう、
お前たちから離れるのは、自分の身を切るようだと。
そして、お前、森の中、茂みの中で、
昼も夜も、お前の情け深い歌を歌い続けろ、
ナイチンゲールよ、セファールの恋人の曙の女神に会いに行け(16)、
そして僕の代わりにこう伝えてくれ、明日、
日の出に彼女も王子を見つけるだろうから、
もっとも美しい色模様を広げて見せるようにと。

第四景

シルヴィ、ドリーズ

シルヴィ　絵空事の話、恋の想いよ、
馬鹿げた恋の炎を二度と掻き立てないで、
元の状態に引き戻さないで、
そして、消された肖像画をもう描き直さないで、
これからは忘れたいと思っているのだし、
その思い出は夢より儚いものになるはずなのだから。
不実なテラーム、卑怯なペテン師、
あなたは王家の心を歪めて見せているのよ、
そして、その行いで、栄光に満ちた家系に
卑劣で、恥ずべき汚点を残している。
悪魔は偉大だわ、こんなふうに私の愚かさに
勝利するようにあなたに促したのだから。
そんな名高くてご立派な勝利で、

あなたの名前が歴史に残らねばならないの？
ああ、王子、高潔な愛にふさわしからぬ恋の相手、
宮廷の悪徳に毒された奴隷、
懶惰と欺瞞に犯された魂、
あなたはなんて上手に、ああなんて巧みに私を騙したの？
でも、おお、無益なだけの報われない物思いたちよ、
私の不幸を求めるあの裏切り者の恋人のことは、
もう話さないでって頼んだはずよ。
なぜお前たちは彼の姿を運んで来るの？
不人情な子供たち、一致団結して、
今日、あの人のように私を裏切りたいの？
いいえ、いいえ、お前たちが私の安らぎと栄光を望むなら、
すっかり記憶をなくして、
これからは私に幸せや不幸について話さないでね、
要するに、決して私に何も語りかけないで。
誰かやってくる、口を閉ざす時だわ。

『シルヴィ』

ドリーズ　女羊飼いさん、こんな寂しい場所で何をしてるの？
村へ帰る道を取らないの？
もう、羊飼いはみんな、葦の笛の音を合図に、
山や野原の至る所から立ち去ってるわ。
さあ、あなた、行きましょう、一緒に行くから、
こんな時間に一人でいるのを見られたら、
何か悪いことが起こって、嫌なことがあると思うわ。
あなたの悲しみの種を話してみて。
シルヴィ　いつも一番大切にしていた雌羊が、
普段と違って群れを離れたから、
丘の上で涼んでいたの。
ドリーズ　うまく探せた？
シルヴィ　　　　　山にも谷にも、
私が行った牧草地にはどこにもいなかったわ。
ドリーズ　それなら、そんなに心配することないわ、
よく起こることだけど、あなたにも分かるでしょう、

きっと若い羊飼いが、あなたから盗んで、
あとであなたに羊を返して、
それでせいぜい大きな感謝の印を
手に入れようとしたのよ。
シルヴィ　誰かが私を騙そうとしたのなら、
絶対、挨拶代わりに罵ってやる。
そんななれなれしさに私は感謝したりしないわ、
さんざ心配させて歩かせたんですから。
ドリーズ　恋の策略を非難したりしちゃいけないわ。
愛されたくてそうしたんだから。
狙った目的を達するためには、
そうした抜け目なさは使っても構わないのよ。
今では、羊飼いたちは愛と巧みな罠を
ときどき使いすぎるけれど、
あなたの気を紛らせるために、歩きながら、
ある羊飼いのおもしろい話をしてあげるわ、

『シルヴィ』

その人は私たちのご近所じゃないけど、
私はとてもその人の役に立ったのよ、
それも毎日あなたが目にしている人、
正直言って、その人に恋い焦がれてるんだけど、
その人は、百匹の羊から取れる羊毛の儲けで、
裕福なの、つまり、フィレーヌのことよ。
もう遅いわ、ゆっくり行きましょう、
あなたに初めから終わりまで話してあげる、
後で他の人に言わないって約束してくれればね、
だって、私の立場が悪くなるもの。
シルヴィ　その込み入った話はすごく気になるわ。
フィレーヌがここで、
悪意と嫉妬の矢を放ったのかしら?
私はもうすっかり怖くなったわ。

第四幕

第一景

国王、大法官、ティマフェル

国王　人は誰も宿命の命じるままに、
生まれた時から墓に向かう、
そして、自然の法のご加護と同じく、
われわれの命をつなぐ神々の絶対の力は、
死の襲来をわれわれに余儀なくさせる。
死は王たちの喉元にも投げ槍を突きつける、
わしは、自然の流れに従って、
間もなく墓に入らねばならないことは分かっている。
心は落ち着かず、重苦しく、冷え切って、
かつてそうであったように、躍動したりもしない。

わしの人生の先が限られる前に、
息子を婚姻の床に就けて、
子孫たちにとって不滅の者となり、
せめて神々に近づく幸せを持ちたいものだ。

大法官　陛下、その幸せの後で全国民がため息をつきましょう、
そしてあなた様の帝国を支配する守護神は、
この上なく重要で正当な目論見を
陛下の御心に吹き込みました、
あなたさまの祖先から生まれた子孫を見たいという欲望が
疑いなくあなたさまを突き動かしているうえに、
近隣の同盟国との利害がわが国をいっそう強固にして、
いっそう好誼を深めることになりましょう。
両国の国王の間のふさわしい婚姻は、
しばしば王国を他国と結びつけ、
外国が画策する企みを消し去り、
国内でひそかに謀反人が企む陰謀を打ち破ります。

その幸せでシシリアを安泰にしてください、
そして長く待たせることで、この国を悩ませないでください。
テティス[17]を取り巻く多くの富める国々は、
われわれに十分有利な結婚相手を提供するでしょう。
中でもキプロスは、使者を通じて
王女をどうかと絶えず申し出ております、
他の国々よりも、もっとも重要で、
もっともふさわしいかと愚考いたします。

国王　それは、何よりもわが意志に適うところだ。

大法官　陛下、強い絆で
ふたつの強力な王権が固く結ばれれば、
その時、われらの隆盛は限りないものとなりましょう。

国王　だが、わしの心には、一抹の疑念がある。
先刻、わしはテラームにその事を提案した。
わしはこの件でいろいろと試みた。
しかし、王子は無関心で、事は思い通り運ばなかった。

そこで当然だが、気がかりが生まれたのだ。
人目を忍ぶ恋に捉えられて、気乗りせず、
釣り合わぬ愛の気儘さが
夫婦の絆への嫌悪を掻き立てているのではないかと。
しかしながら、わしが満足しようがしまいが、この件について、
賢いティマフェルから知ることができよう。
帰ってきたな、どうだ、
息子は、この縁組をどうにか納得したか?
ティマフェル　あの方にその気があるとはとても思えません。
むしろ、お気持はまったく離れております。
私はとことんできる限りのことはいたしましたが、
無駄でした。
国王　いずれにせよ、王子は何を望んでいるのだ?
ティマフェル　王太子殿下の望みは、国王陛下にわがままを許して頂き、
二、三年気兼ねなく暮らし、
心配もせず、ほどほどに大目に見てもらって、

若者たちの楽しみに浸ることです。

国王　そうか、それで王子は、自らの気まぐれを
わしに見逃してもらい、許して欲しいわけか、
それなら、事は間違いなくまったく別の方向に向かうだろう。
わしの意向は他にありえん、王子は悔やむことだろう。
日の出前には、自らの過ちと
わしの憎しみを分からせてやる。

大法官　陛下、私は王子様の育ちのよさを信じております、
どんな障害が王子様に道を踏み外させましょうと、
事がシシリアに関わるとお知りになれば、
なにも難しいことはないと存じます。

国王　その方にとっては、この不始末は隠された謎だろうが、
わしを巻き込んだその理由を、わしだけが知っている、
いや、いや、災いをその根元から探りたいのだ、
そして毒が生まれた所から薬を引き出したい。
ティマフェル、聞け、わしの庭園から離れた、

弓の矢が届く距離の二倍か、三倍の所にいる
女羊飼いのシルヴィと会うのだ。
明日、死罪の廉で連れて来い、
そして秘密を保て、命と同じくらい事は重大だぞ。
ティマフェル　陛下、朝早くに戻ってまいりましょう。
国王　謀反人め、お前に教えてやろう、わしの持つ権力が、
遅かれ早かれその反抗を罰するのを、
お前の無分別のためにわしが鋭い苦しみを抱いて、
新しい罰を用意しているのを。
大法官　国王陛下が力を用いて、
王子様の過ちを厳しく裁こうとすれば、
裁判官としては、腹も立ちましょうが、
父親の立場としては、お気持ちを安んじられましょう、
それに、若さが、王子様の過ちの共犯なのです。
国王　それは過失の言い訳にはなっても、刑罰の言い訳にはならん。
そうして若さは罪の口実になっても、

反逆を助長することになる。
稲光の一撃によらずに、
大地に広がる猛火を付け火した者は、
どんなに若くとも、そのために
己の身を焼く炎の激しさを感じねばならないのだ。(18)

大法官　愛は若者の心の中では奔流です、
止めようとすると、いっそうあふれかえります、
終わらせるには、ほっておくしかありません。

国王　それでは、手をこまねいて、助けもせずに
この愛の行方を見ていろと言うのか？

大法官　いいえ、もっと穏やかな方法で救い出しましょう。
高潔な心に、力ずくでは何もできません。

国王　仮に王子の心がそうであったとしたら、
まったく身分にふさわしくない相手を恋し続けて、
どんなに少なく見積もっても、その過ちを我慢することになろう。
しかし、あのような意気地なしは、柵（しがらみ）に捕らわれて、

シシリアの光輝ある名を汚すだろう。
王女の代わりに、羊飼いを愛するのか、
田舎娘だぞ。

大法官　この行きずりの恋は、
長く続くようなものではありませんから、
少しの辛抱で、すぐに終わります。

国王　我慢するだと！　親心で我慢しすぎたくらいだ。
わしの恥辱と破滅をこれ以上どう心配しろと言うのだ。
赤子のうちにこの怪物の息の根を止めて、
せせらぎのうちに奔流を干上がらせるべきだった。
言ってくれ、どうしたら分かるのだ、いつの日かメランコリーの病が、
王子をどんな無分別に導いていくのか。
今日わしが死んだら、たぶん明日には
あの美しい魔法使いが王笏を手にする、
ヨーロッパは、厚かましい女が愛の神の翼に乗って、
わしの王座に上るのを見るのだ！

大法官　そのような一大事は決して見ることはございません。
国王　いや、わしはそれを妨げられる、
　あの娘を三途の川に送ってやるのだ。
大法官　ああ、陛下！
国王　　　　　あの娘は国家そのものを転覆させるだろう、
　国家があの娘を殺さなければな。
大法官　それは病気を悪くするだけで、治すことにはなりません。
　王子様が強い愛情を抱いていらっしゃるのに、
　あの娘が死ぬのを見たら、王子様はどうなさるでしょう？
国王　希望とともに愛も失うだろうな。
大法官　それ以上です、命も失うでしょう。
国王　恋の相手が死ねば、心配の種に悩まされることもなくなるのだ。
大法官　ありきたりの愛し方ならそのとおりです。
　ですが、激しい恋の炎に身を焦がす時は、
　恋の相手が消えても、火は弱まりはしません。
　遺灰は火を保ち、ますます火を掻き立てます、愛される者のために、愛する者として。
しかし、そんなところまでいかないでしょう。
あなた様が行いの手本にしている神々が、
あなた様に教えています、
栄光の最初の一歩は、慈悲から始まると。

国王　むしろそこで、わしの栄光が終わらねばならぬ。
わしとあの二人の救いは、彼らをうまく罰することだ、
見せしめとなる罰で彼らに思い知らせれば、
以後、わしに気に入られようと気遣うようになる。
わしの揺れ動く心は何を求めているのだろう?
あの娘を死なせたら、先立つ死が
息子に悲惨な結末をもたらすかもしれん。
魔法の手段を使うのがよかろう。
ともかくこの一組の恋人たちは死なぬ。
しかし、息子が苦しまねばならないのは、死以上の苦しみなのだ。
この過ちに釣り合った刑罰を下すには、

心の最良の部分を苛まねばならん。

第二景

テラーム、シルヴィ

テラーム　今朝もまだ君が不機嫌だったら、
僕は命を落としていただろう。
僕の運命が持ち直したのは、死神パルカ(19)の力によるものじゃない。
君が勝手に始めて、勝手に終わりにしたんだ。
ああ！　君が冷酷に語り、
僕の愛を邪険に扱った時、
僕の顔色がどれほど変わったか、覚えているかい？
シルヴィ　それがうわべだけだとは、思わなかったの？
テラーム　いや、そう思ってしまったのは、君が僕を苛める理由が
分からなかったからさ。
でも、君の顔つきを窺うやいなや、

不吉な前触れに恐怖を覚えてしまった。
特に、君があの小さな谷の奥に入っていった時は、
それがどんなに深刻か、よく分かったよ。
確かにその時、僕が忠誠を誓ったのに、
君には確信が持てなかったんだね。
シルヴィ　そう、私が間違っていたわ、でもあなたに言わなかったかしら、
目にしたものでどれほど我を忘れたかを、
いつ、どんな手で、ペテンが仕組まれたかを？
要するに、私がどんなふうにして騙されたか、よく分かったでしょう。
テラーム　結局、僕は死んでいたよ、小細工が下手で、
犯人が親切じゃなかったらね。
シルヴィ　この話は長すぎたようね、
夜明けから一緒なのに、
ずっと今まで続いたのよ。
おしまいにしましょう、あなた。
テラーム　　　　　　　　そうしよう、心配の種さん。

『シルヴィ』

シルヴィ　王子様、あなたは浮かない顔をしてるけど、何か悩み事でもあるの。
まだ私を愛しているなら、それを教えて、
そしてあなたの悩みの種を分けて頂戴。
テラーム　僕の悲しみは、ただ不安から来るんだ。
僕が恐れているのは、僕たちの幸せの行方なんだ、
上天気の後に雨が降らないかってことさ。
王が僕にした申し出と、
険しい顔が恐怖を与えてるんだ。
シルヴィ　でも、王様は何を望んでいるの？
テラーム　　　　　　　　　　　　父が期待していること、
しかし、それに応えるのを僕の気持が拒んでいること。
シルヴィ　　あなたに結婚させたがっているのね。
テラーム　　　　　　　　　　　　　　　　君に約束するよ、
決してテラームからは、父の望みは叶えられないって。
シルヴィ、そんな不幸が起こって、
他の男が美しい君を僕から奪おうとしたら、その前に、

そこの巨大な墓には、
名高い戦いを挑んで、勇気が天まで
轟いた巨人が横たわっているけれど[20]、
そこに、炎の代わりに氷が入ることになるのだ。
信じてくれ、君の美しさへの僕の情熱は、
嘘や物珍しさからは程遠い、
そして、愛情の証として、口先だけの輩、
愛が阿りの言葉であるような
恥知らずな追従者、偽善者、嘘つき、
僕はそんな奴らの仲間ではない。
僕の愛は絶対別物だ。
すべてを食らい尽くす時間も、僕の愛には糧となるのだ。
シルヴィ　あなたに対して、王様の力は多くのことが可能よ。
テラーム　僕は、障害を理解しているつもりだ、
だが、攻撃されればされるほど、怒りを爆発させる性分だ。
シルヴィ　それじゃ国益はどう……

『シルヴィ』

そんなことは気にしないよ。

テラーム

僕は家臣を愛している、彼らのためなら何でもする。

でも、国是が僕を不幸にするとすれば、

それは、君でさえも忠告するのをためらうような

軽率で行き過ぎた行いの最後の結末だ、

黄金の玉座に座って、崇拝する群衆から

ひざまずいて崇められるわが身を見て、

喜びの大河を泳ぎ、

苦悩からくる心の動揺から解放されるなんて考えられるかい？

いや、いや、ゆるぎない幸せが、

輝くような財産や名誉の上に築かれるのは稀だ。

その人個人に結び付いた真の満足とは、

豪華な王冠とはかけ離れている。

僕に関しては、今日王子の身分を

羊飼いに変えた自分を見たとしても、

君と生涯を過ごせるなら、

どんなに満たされた王も僕を羨むだろう。
だから、まるで二つの太陽がこの国で眠り[21]、
目覚めるのを見るように、
君は僕の太陽だから、君がいなければ、
この空しい偉大さなど煩わしいばかりだ。
シルヴィ　なにより私のために持っているその愛が、あなたの身に
王様の怒りを決して招かないようにして欲しいものだわ。
テラーム　決心はついた、僕は諦めない。
神々が良き秩序を与えてくださるのを期待しよう。
暑さが厳しくなった、
くつろいで話せる木陰を急いで探そう。
シルヴィ　そこの古い楡の木陰は、
古くからあって、まったく人目につかないわ。
テラーム　そこはどれくらい僕の熱を冷ましてくれるかな、
ああ！　どこにいても同じように胸を焦がしているけれど？
ここの水が微妙に渦を巻いているのが分かるかい、

僕たちが年輪を重ねるのと同じだね、
大切に扱わないと、
まるで時間が軽い足取りで過ぎ去っていくようだ。
僕たちに教えている教訓だよ。

シルヴィ　皮肉屋さんね、あなたの言いたいことは分かるわ、
でも、ちょっと待って、話を聞いて、
少なくとも愛についての話の種にはなるのですから。
自然が林を装わせる季節でした、
異国の羊飼いがこの牧草地にやってきました。
この国と穏やかな気候の美しさが
たちまちその人を虜にして、私たちの中で暮らそうとしました。
その人の行いと家事の切り盛りの良さが評判になって、
ご近所の皆に知られるようになりました。
誰もがその人を慈しみ、たくさんの富が、
満ち潮のように常にその家に流れ込みました。
ところが、ある祭りの日のことです、

みんながそれぞれ頭に美しい花を飾って、
子羊や雌羊の世話をやめて、
晴れ着を着込みました、
まさにその日のことです、愛の神がその人の顔に視線を投げて、
その人から自由な振舞いを奪ってしまったのです。
テラーム　ところで、君は、その思い出話の中で、
牧人たちの名前を言わないのはわざとかい？
シルヴィ　その羊飼いの名前は、裕福なニカンドル、
娘の名前はデリー。ねえ、最後まで話を聞いて。
この新参者の恋人は、愛の神がかつて放った
最悪の矢に射抜かれて、家に戻りました、
こうして、羊飼いは羊小屋の世話も忘れて、
もはや羊たちに目もくれず、
群れと飼い主の仲は少しずつ悪くなりました、
羊飼いは昼も夜も見えない炎に身を焦がして、
飲み物も食べ物も喉を通らなくなりました、

『シルヴィ』

この奇妙な変化がどこから来るのか、誰にも分かりませんでした、
とうとう、もはや眠ることも休むこともできなくなりました、
ところがある晩、羊飼いはその女羊飼いと運よく出会いました、
胸に迫る苦しみから、震える声で、
苦悩の極みを訴えずにはいられません、
その娘の前に跪づいて、憐れみを乞いました、
さもないと、死が悲しみを癒したでしょう。
一言で言えば、この純情な女羊飼いは、
すぐさま行きずりの恋を受け入れました。
彼は悲しみをすっかり拭い去って、羊の群れを
心を込めて世話しましたが、それは確かに必要なことでした。
生まれたばかりのこの愛は明るみにでて、
誰もが知るところとなりました。
二人はかなり遠くまで羊を連れて行きましたが、
二人の考えと同じように、羊たちもいつも一緒でした。
やわらかい樹皮に、デリーとニカンドルの二人だけの名前が

刻まれているのが見られました。
親密な仲になったある日、
愛の炎に取りつかれたニカンドルは、
嘘で固めたありとあらゆる噂話に唆されて、
女羊飼いの名誉を激しく責めたてました。
彼女は、心がそんなに堅固ではなかったので、
長い間、拒み続けていましたが、しまいには屈服しました。
それ以来、あれほどまでに激しかった羊飼いの情熱は
日に日に冷めて、弱くなりました、
それで、わずかのうちに、この不実なペテン師は幻滅して、
彼女をもはやまったく愛さなくなりました。
あなたに考えてほしいのは、憂鬱のあまり
分別を欠いたデリーが正気を失ったことです。
彼女は理性を失い、
男の過ちに対する激しい恨みから　狂気に陥りました。
そしてついに、計り知れない絶望に駆り立てられて、

彼女は岩から身を投げました。
彼女の命を奪った不吉な出来事が、
周囲を恐怖で満たしたので、
この岩は、悲劇の舞台となったと
言われるのに耐えられなくなりました。
この殺人で自分が非難されないように、
エコーは他の岩に身を隠しました、
こうして愛はデリーに名誉と命を代償とさせたのです。[22]
テラーム　ああ！　彼女はシルヴィほど利口ではなかったんだ！
いや、もっと利口でなければいけなかったんだ。僕たちのすぐそばで、
楽器の甘い音が聞こえてくるね。
シルヴィ　それは昨日のペテン師よ、きっと
風笛を奏でながら、愛を歌って楽しんでいるのよ。
テラーム　奴が近づいてくるようだ。
シルヴィ　　　　　　　　　　私もそんな気がするわ。
テラーム　ここで会いたくないな。

『シルヴィ』

だから、レモンやオレンジ、ザクロの木々の間を
散歩してくるよ。
シルヴィ　私は、あの人をからかうために、待っているわ。
そして今日こそすっかり自由の身になるためにもね。
テラーム　どうか、早く引導を渡してくれよ、
せめて僕が恋煩いで死ぬのを望まないならね。

第三景

フィレーヌ、シルヴィ、ティマフェル、テラーム、ドリーズ

フィレーヌ　この野原で、僕の涙の訳が見えないのか?
逃げろ、花に隠れた蛇から逃げろ。
惨めな羊飼い、その毒がお前を苦しめる、
それなのに、まだお前は近づきたいのか。
しかし、何ということだ、向こうの地平線に隠れて、
どんなに遠ざかっても、もはや傷を治せないのか、

『シルヴィ』

致命的な攻撃で僕を傷つけたあの目は、
セファールの矢と同じ力がある。[23]
諦めるよりも、気高く堅固な岩となって、
沖合の海に身を投じなければならない。
僕が身を焦がす美しい人、君は氷でしかない。
君には憐れみの入り込む余地さえもないのか。
結局、僕は自分の運命を決めてほしいのだ。
君は僕に、墓場か、それとも安息の地のどちらかを開かねばならない。
僕は両膝をついて、最後の宣告を待っている。
シルヴィ　そんなに重大な命令を与えるには、
もう少し考える時間が必要だわ。
フィレーヌ　どうして不幸の糸を引き延ばすんだ?
ただ一言、神託を下し、
僕に即座に生か死を与えて、
誰の目にも見える奇跡でこの地を名高いものにできるだろう。
シルヴィ　そんなこんがらかった話は我慢ならないわ。

もう話をやめるか、他の話をして。
フィレーヌ　では、君の気持を変える希望は閉ざされているのかい？
シルヴィ　小蠅を見ずに夏の暑さを過ごせたら、
私の気持を和らげられるかもしれないわ。
フィレーヌ　笑え、せいぜい笑うがいい、意地悪な女だ。
シルヴィ　　　　　　　　　　　　　　　　　　　笑わなくちゃね。
本当にあなたのペテンを笑わない人がいるかしら？
分かってるでしょう、羊飼いさん、ペテン師が騙されて、
捕まえようとする人が、結局、捕まえられるのよ。
もうこれ以上続けるのはやめて、ペテンはばれたのよ。
フィレーヌ　おお、天よ！　足元の大地はなぜ裂けないんだ！
なにもかも僕を傷つけ、破滅させる。
シルヴィ　　　　　　　　　　昨日あなたがした卑劣な行いは
否定できないわ。
フィレーヌ　その通りだ、僕は失敗した、だが言わせてくれ、
君自身が、この不実な行いに手を貸していたんだ。

かつて僕が誠実さで手に入れようとしたものを、
策略を用いて、僕に求めさせたのだから、
そして言わせてもらえば、動機が良ければ結果は許されると、
理性が君に命じたはずだ。
シルヴィ　せめてもっとうまく矢を放てばよかったのに、
あなたがしたよりももうちょっと上手にね。
フィレーヌ　悪だくみが暴かれずにすむはずはなかった、
子供の愛の神が思いついたことだからな。[24]
シルヴィ　初めてあなたに優しくしてあげてるのだから、
あなたは罰として追放されるしかないわ。
フィレーヌ　僕を君の伴侶として結びつけようとしたのは愛の神だ、
その神を前にして、そんな横暴は承服しかねるよ。
恩知らず、君も罰し方と同じくらい、
報い方も考えるべきだったのだ。
シルヴィ　それがよく分かってるから、あなたから離れなきゃならないのよ。
ティマフェル　女羊飼いさん、待ってくれ、そんなに早く歩けないのでな。

シルヴィ　何がお望みなの、みなさん。
ティマフェル　　　　　　　　　　　お前さんの名前を知りたいのだ。
シルヴィ　名前はシルヴィ、父はダモンよ。
ティマフェル　お前さんを探していた、一緒に来てくれ、
私についてくるように命じる、国王がお前さんを探しているのだ。
フィレーヌ　どうか、皆さん、王様がこの人に会いたいという
理由を教えてくれませんか？
僕たちもそれで少しは安心できますから。
衛兵　おい、お前の知ったことではない、
国王たちの行いは、偉大な神々の行いから
推し測らねばならない、人間が批判するのは許されないのだ。
シルヴィ　フィレーヌ、こんな惨めな有様ですから、
あなたにお願いしなくちゃならないわ。
このことを父と母に知らせに行って、
それとあちこちに散らばった私の羊の群れの世話をしてくれない。
フィレーム　ドリーズが近くにいるから、その仕事はやってもらえる。

『シルヴィ』

僕は、君がどこに連れて行かれるのか、ついていくよ。
テラーム　ちょっと待てよ、あの煩い奴が、
まだそこにいるかもしれない、構うもんか、それだけのことだ、
見かけようが、どうだろうが、僕の炎は辛抱できない、
これ以上長く待っていられるもんか。
遠くに見える楡の林の緑の葉むらは、
僕の太陽を隠す栄誉を担っている。
隠す、と言ったが、それは間違いだ、きっと、
あの意地悪な娘は、別の道を取ったんだ。
おお、シルヴィ！　君をどこに探しに行けばいいんだ。
身を隠すのは、僕から逃げるためか？
ああ！　君の悪ふざけのために僕は恋い焦がれてるんだ。
なぜ君は、熱愛する相手を殺そうとするんだ？
だが、誰もいない、僕の声が混じり合うのは、
そよ風のかすかな音だけだ。
神々よ！　身も凍る恐怖で、胸が締め付けられる。

この不安な気持は、どこから来るんだ?
しっかりしろ、何が起こったか、やってきた娘に聞こう。
女羊飼いさん、昨日のことを覚えているなら、
シルヴィがどこにいるか、どうか教えてくれないか。

ドリーズ　あなたには防げないわ、彼女はさらわれたの。
四、五人の兵士に捕まったの。
お願いしても岩のように耳を貸さずに、
お役人たちは王様の意向だと言っていたわ。
私は、家族にこの不吉な話を知らせに行かなくちゃ。

テラーム　薄情な父親、人非人の暴君、
お前の野蛮な手からこの雷は落ちたのだ。
できもしないことを考える年寄、お前の暗い悪意が
謂れもなく僕たちの平和な喜びを乱している、
邪魔立てが、完全な愛を煽りたてるだけだということが、
がさつな人間には分からないのだ!
おお!　僕の慎み深く美しい人を傷つけようとするなら、

悲惨な事件をたくさん見せてやる。
だが、苦悩の真っただ中だというのに、なんで呑気にしてしてるんだ?
走ろう、お前の心を泥棒たちから奪い返せ、
狂った企みを後悔させろ、
そして、あの美しい捕虜を自由の身にしろ。

第五幕

第一景

フロレスタン、ドリーズ、フィレーヌ

フロレスタン　なんと温暖な気候なんだ、この美しい国は
さまざまな物で僕の目を驚かせる。
さっき、波で岸に打ち上げられた時は、
無人島の岸にいるように思ったが、
飢えが僕の力を奪い、

その激しさのあまり死にそうだった。
だがどうやら、この土地は豊かで、
肥沃さでは並ぶものがないに違いない。
まるで耕作地が近くの丘にこう語っているようだ、
うちの麦の穂を見てごらん、君たちのブドウを見せてごらんと。
この長い山並みは、なんと目を楽しませるのだろう、
それはこの美しい田園の王冠となっている。
この目新しい土地の様子と名前を
教えてくれる人に会いたいが、
あそこの近くの森で物音がする、
あの野辺に農民が見える、
だが、船旅のために体は衰弱して、疲れ果てて、
正直いって、一歩も進めない。
この林に人が来るのを待ちながら、
泉の勢いのよいせせらぎに耳を傾けていよう。
目で見るかぎり、

ここは神々の住まいに思えてくる、
というのも、こんな美しい風景が、
人間のためにかつて描き出されたなんて思えないからだ。
しかし、比べようもないこの場所の涼しさと
この水の音が僕を眠りにさそう。
ドリーズ　激しい苦しみと熱い思いのさなかにあっても、
あなたは私の声を抑え、黙らせようとするのね。
残酷な人ね、他の誰に涙を向けろというの、
あなただけが、私の苦しみに終わりを告げられるのよ？
嘆きを禁じ、苦しみを与えるのは、
自然の掟を犯すことにならないの？
ああ！　フィレーヌ、フィレーヌ、情け知らずの羊飼い、
天は公正よ、私のために復讐してくれるわ。
フィレーヌ　君の変わらない愛情にはまったく心打たれるね。
だから僕は子孫を作り、
ドリーズ、思いやりを持ち、誓いを破らず、

『シルヴィ』

君の愛に報いなくちゃならない。
だけど、君も知るとおり、僕の心は他の相手に結びついていて、
決して愛を分かつわけにはいかないのだ。
ドリーズ　もうこんな話はおしまいにしましょう。
死がすぐに私の救いになるわ。
この刃はあなたのつれなさで赤く染まり、
束縛とともに私の命を断ち切るの。
私の最後の苦しみの孤独な証人であるエコーよ、
かつて今の私と同じ立場にあって、
氷のような魂に恋の炎を拒絶されて、
哀れな魂は絶望に陥ったのね、
その時は、狩人のナルシスがお前の実りのない望みの相手で、
その人のために波は火を燃え上がらせたけれど(25)、
運命は、愛ばかりでなく、不運さえも、
私たちに等しく共通のものにしたのよ。
いつか私の運命を尋ねられたら、

言っておくれ、冷たいフィレーヌが私の死の原因だと、
言っておくれ、私の自由と理性を奪ったうえで、
今日、そのつれない仕打ちが私から命を奪うのだと。
フィレーヌ　おお、神々よ！　君はどうしたいのだ？
ドリーズ　　　　　　　　　　　　　ひどい人ね、
狂気の一撃に私の命を委ねておいて、
なぜ、私が自分の血を絞り尽くすのを望まないの？
なぜ、私が自分の刃でとどめを刺すのを望まないの？
あなたが私から奪い取った刃の先に、
あなたを空しく愛して求めていたものがあるのを知りながら。
いえ、いえ、不幸な星のしつこい力にもう逆らわないで、
それが私の宿命を生み出したのですから、
ただ私の愛情の報酬として、
私の最期を自由に選ばせてちょうだい、
あなたに気に入られるためには死がふさわしいのですから。
フィレーヌ　君の変わらぬ愛にもっとふさわしい報酬をとっておくよ。
『シルヴィ』

ドリーズ　遠い昔の日々が地平線からやってくる、
果実は、どんなに遅く実っても、結局は実る季節がある、
毎年の麦の収穫、毎年のブドウの取り入れが
その時期になると酒倉と穀物倉を満たす。
でも、あなたがドリーズにずっと約束してきた果実は、
不毛の畑で作られて、決して実りはしないのね。
フィレーヌ　この娘はなんてしつこいんだ！
この娘の期待を満足させなくちゃな。
ここへおいで、僕の愛情を君に見せるから、
そして君の悲しみの半分は、僕も感じているのを見せるから、
僕のつれない人が運命を断ち切られたという
知らせが入ったりしたらすぐにね、
恩知らずな女がどこまでも僕を苦しめ続けるなら、
君を選んで、あの女を捨てると誓うよ。
もうこれ以上君を騙し続けるのはためらわれるからね。
だが、もうちょっと我慢してくれ。

ドリーズ　どうか神々が、この恍惚の時を
すぐに私の満足で終わらせてくれますように。
フィレーヌ　ドリーズ、お昼だ。
ドリーズ　　　　　　　　それがどうしたの？
フィレーヌ　ちょうど真上から太陽が僕たちを見ているからさ。
あの太陽の神が日の光で決して貫けない
そこの安全で涼しい林に入ろう、
おや！　あそこの泉のそばの草の上に
立派な身なりの男が横になっているぞ。
ドリーズ　もっと近くで見てみましょうよ。若い兵士だわ、
朝早くから、月桂樹の木陰に身を置いているのね。
フィレーヌ　騎士だよ、彼らはありとあらゆる所で、
愛と戦いの新しい種を探してるんだ。
離れて、目を覚ますのを待とう。
フロレスタン　おお、いとしい幻覚よ！　おお、快いまぼろしで
僕の五感をくすぐる慈悲深い眠りよ、

『シルヴィ』

お前は、その夢をなぜもっと長く見せてくれなかったのだ？
甘い幻想のために、僕が自分の手でお前に、
草で覆われた芝生の祭壇を設えてやるのに。
美の王女、崇められるメリフィル、
君は、夢の中で、僕を歓待してくれた！
生い茂ったこの雑木林に誰かいるのか？
君たちの安らぎを邪魔しに来たわけではない、
友よ、心配するな、君たちに危害を加えたりはしない、
僕は異国の者だが、昨晩船の難破で、
この見知らぬ岸に打ち上げられたのだ。

フィレーヌ　あなたは、大歓迎されますよ。
この国の人々は礼儀正しくて、従順ですから。

フロレスタン　この国はどこだ？

ドリーズ　　　　　　　　シシリアです。

フロレスタン　なんと！　シシリアだと！　信じられん。
ここがそうなのか、疑いの念が理性と入り混じる。

まるまる三日間、われわれの帆船はさすらって、
波を支配する風のまにまに漂った、
長い間、嵐が続いて、
確かな航程をたどれなかった。
僕の計画を手短に語れば、
僕はカンディの島を出発して、
この心地よい国に近づこうと急いだ、
羊飼い君、君の言うとおり、今、そこにいるわけだ。
その結果、なぜだか分からないが、海の神ネプチューン(26)に逆らって、
運命は僕を目的地に到着させたのだ。
それで、君たちの美しい王女、天の神々が
彼らの宝の中でももっとも美しい装飾で飾った
優雅と美の奇跡、
つまり、メリフィル姫は健在か?

ドリーズ　とてもお元気で、すぐ近くのお城にいらっしゃいます、
そこで夫となる方を待っていますが、それもお兄様の心配事次第です。

『シルヴィ』

フロレスタン　よく分からないが。

ドリーズ　　　　　　　　　　　お父様の王様は

ご子息が女羊飼いを愛されたのに腹を立てて、

二人を罰するために、

これから申し上げますが、魔法をかけられました。

その呪いの魔力の働きで、

王子様は、時おり女羊飼いが死んだと思い込み、

そう信ずるあまり、非の打ち所無い恋人たちにしか

分からない苦悩に苦しんでおられます。

一方また、哀れなシルヴィのほうも、

王子様が自分の腕の中で命を失ったと信じ込んでいます。

彼女は泣き叫び、虎や熊でさえも

心打たれることを語っています。

フロレスタン　冷酷な国王、残忍な老いた父親は、

この世にも稀な愛に心動かされないのか？

ドリーズ　運命の賽が投げられてから七、八日たって、

王様はご自分の厳しさを後悔されて、
二人を正気に戻そうとなさいました。
でも、魔法使いには為す術もありません。
この上ない勇気を備えた騎士以外には、
この不幸の流れは止められません、
そして、その騎士に、婚姻の厳かな定めによって
王女様が与えられるはずです。
すでにもう、沢山の騎士が、この魔法を解いて
手柄を立てようと試みましたが、駄目でした。

フロレスタン　神々よ！　何と嬉しいことでしょう、
この驚くべき事件が、僕の未来の栄光の種になるとは。
羊飼い君、これ以上時間を無駄にするのはやめよう、
僕は今日、その二人を喜ばせたい。
僕は途方もない天分に恵まれているから、
その横暴な呪力から二人を解放しよう、
さあ、その城はここからすごく遠いのか？

『シルヴィ』

フィレーヌ　この丘の後ろ、二百歩の所です。
ご案内しましょう、お見受けしたところ、
お腹が空いていらっしゃるようですね、この道は、
小さな村に通じています、そこで私たちの持ち物で
あなたを歓待いたしましょう。

第二景

国王、小姓、テラーム、フロレスタン、シルヴィ、メリフィル

国王　お前たち、その深い叡智が
世界のもろもろの事を司る天上の者たち、
わしの運命の支配者よ、世界でもっとも悲しい
この王に目を向けてくれ、
しかし、神々にどのような慈悲を願えるのだ、
自分の血族や一族に慈悲を垂れぬ者に。
いや、いや、苦しむしかない、憤った神々は

十分に耐え忍んでいないと、わしの苦しみを増すに違いない。
身の毛もよだつ責め苦の忌まわしい作者、
信じがたい苦しみのおぞましい作り手、
つまり、己の息子の殺人者よ、お前の冷酷さへの後悔が、
お前に千の死を与えねばならぬ、
そして怯え続けるこの心に、お前の記憶は
たえず罪の卑劣さを思い起こさせるに違いない。
わしがどれほど不幸であろうと、どんな精霊がわしの分別を失わせたのだ、
どんな地獄の怒りがこの理性を狂わせたのだ、
無実の者に誤って復讐しようと、
強力な魔法を使おうと望んだ時にか?
その時からだ、人間から見ても神々から見ても
わしがまったく忌まわしい者になったのは。
わが民草は、その卑劣な行いに苛立っている。
わしは、恥辱と後悔から身を隠さねばならぬ、
だが、できればわしを亡き者にしようとする

『シルヴィ』

暴動など少しも恐れはしない。
わしは待つしかない、あの卑しい下民どもが
怒りにかられて、寝室にまで押し入って、
わしの喉を、暴君のように切り裂きに来るのを、
そしてその後で王笏が異国の者の手に渡るのを。
わしは、運命が用意した血に染まった矢に、
今すぐ自分の首を差し出そう。
理性と時間が、十分教えてくれた、
蔑まれながら死ぬ術を。
しかしながら、命が燃え尽きる前に、
わしは元の元気な息子にもう一度会えたら、
そして勇敢な戦士の力で、
この横暴な魔法の呪いが破られた後なら、
その全き幸せの中で、いまなおこの身の内にある魂は、
老いさらばえたこの体から悔いなくきっと離れられよう。

小姓　陛下、二人の恋人は、過酷な不幸の中で、

まもなく痛ましい恨み言を始めようとしています。
一陣の風が、聖なる燈明を吹き消しました、
いつもの嘆きの声の前触れです。
国王　今日はしっかりと聞くとしよう。
わしの苦悩を増すことにしかならないが、
テラームの哀れな声の調子は、
わしの魂を突き刺す短刀と同じだ、
禿鷹や毒蛇と同じだ、
わしの心の中で千の死を感じさせる。
二人の哀れな姿を見ただけで、
わしは非業の死が近いのを感じる。
テラーム　さあ、さあ、眠り過ぎだ、君は目を覚ましたくないのか？
東方の太陽は眠っていなければならないのか？
熟睡している君、起きなさい、その怠惰と
君の瞼を重くする眠りを追い払いたまえ。
君は僕に何も答えない。おお、強力な愛の神よ、

『シルヴィ』

彼女は命のともしびを失ったようだ。
僕の魂、僕のシルヴィ！　ああ！　死が彼女の聞く耳を失わせた、
僕の腕の中で、彼女は冷たくなって、動かず、体が重くなる。
横になった彼女の顔に塗られた死の色が、
花にも例えられるその顔から
バラ色を消し去って、鋤の刃で刈り取られて、
畝の中に横たわる干からびた花のようだ。
僕の破滅は間違いない、もう疑いようもない。
ああ！　どんな神が彼女をよみがえらせてくれるのだろう？
死が、彼女の口を閉ざした、
彼女の体全体が木の幹のように微動だにしない。
神々よ！　なぜあなたはいとしいこの体を、
神聖な宝の中でももっとも美しい装飾で飾ったのだ？
なぜ彼女にこんなにも美しい印を与えたのだ、
この体をこんなにも早く死神パルカのなすがままにさせるためか？
そして、お前、裏切り者の愛の神、

『シルヴィ』

彼女の時の流れを断ち切る一撃をなぜ逸らさなかったのだ？
その体のあちこちに触れるこのため息が、
せめてその活力と熱で、
もはや氷でしかなくなったこの尊い体に、
魂と血色を取り戻させられたら！
しかし、こんな無力な言葉では、苦悩が僕を押し流すばかりだ、
死んだ僕の女羊飼いの命は返ってこない。
人間の運命を支配するあなた方、
人の生死を左右するあなた方、
偉大な神々よ、僕が言うように、あなた方は、
美しい彼女を僕に返せるはずだ、死が彼女を襲った時のまま。
さあ！　あなた方の誰が彼女をよみがえらせてくれるのだ？
今ここで、請い願わねばならないのか？
なんたることだ！　あなた方のもっとも美しい作品を、
死が無礼にも侮辱したのを見ようともしないのか？
あなた方がこの作品を思いついた時のように、

それを生き永らえさせるためにあなた方の力を見せてくれ。
不死の者たちよ、僕があなた方の心を動かそうと足掻いても空しい、
その間、僕は血に染まった傷口を目にするだけだ、
それは人殺しの短刀が彼女の胸に作ったのだ。
おお、怒り狂った目論見のあまりに残酷な結果だ！
どんな野蛮な手、どんな憎むべき心が、
このような忌まわしい殺人を企てたのだ？
僕にはあまりにもはっきりと確信できる、
父親の怒りが、このような罪深い行いを実行させたのだ、
この哀れな生贄の喉を切り裂いたその罪は、
僕の愛情だけにあるのに。
残虐な暴君、青銅か鋼鉄の心、
肉を喰う獅子よりも千倍も残酷な
父親よ、お前は息子のはらわたを切り裂く、
お前は葬儀を見るのが酷く好きだからだ、
僕はお前を満足させてやろう、虎よ、流れ出す僕の血を見ろ、

『シルヴィ』

あふれる血に酔いしれに来い。
嘆かわしい運命の力から僕を解き放つ
心地よい刃は見つからないのか？
僕が自分を殺したいという欲望の中にいるのに、
手助けしてくれる者はいないのか？
おお、死よ、お前の手が恐ろしいものかどうか、教えろ。
この不幸な王子はお前に獲物を差し出すから、
拒んだりするな、それに、遅かれ早かれ、
僕はお前の投げ槍の力で倒れるのだ。
だが、並ぶ者のないその怒りを求めても無駄だ、
この無慈悲な奴は僕に目も耳も貸そうとはしない、
訴えようにもまるで近寄れない、
罵ってみてもまったく駄目だし、懇願しても尚更だ。
この苦しみが死神のパルカを驚かせて、
ただ一人僕には、怒りを捨てたのだから、
僕の心のすべてが目から流れ出るまで、

天の傑作に涙を注ごう、
愛の帝国の世にも稀な残骸の上で、
僕のひ弱な体が萎えはてて息を引き取るまでは。
かつて清らかな炎を燃やした清純な心、
そこに愛はもっとも美しい小部屋、人を寄せ付けない隠れ家を設えて、
僕たちの傷ついた魂は、二人の共通の思いを、
保管所のように、そこに収めた。
純潔を神聖とみなす心よ、
ああ！　こんなふうに虐殺された君を見るとは！
僕も、全身にこんな深手を負って、
墓場に入れないものか、
そうして、僕の肉体は君と身を寄せ合い、
恋する僕の血は、君の血と混じりあう、
この大きく開いた傷口を見るにつけても、
僕にはこの思いもかけない出来事が理解できない、
これまで二人はただ一つの魂を持っていたのだから、

一人が死んだら、もう一人もまた生きるのをやめなければならないはずだ。
それなのに、彼女は死んだ、そしてお前、卑怯なテラームよ、
彼女の血の気のない冷たい体に、お前は自分の魂を引き渡さなかった。
待ってくれ、僕の女羊飼い君、待ってくれ、君についていく、
永遠の夜の闇の中まで。
墓の恐怖が至る所から僕を襲ってくる。
もうおしまいだ、僕は死ぬ、力が抜けていく。

国王　最後には愛と哀れみの行いが
いつかわしの心を二つに引き裂くだろう。
このうめき声とこの弔いの嘆きが
この心に鋭い痛みを与える！
神々よ！　わしの不幸な歳月の流れを止めてくれ、
さもなければこの辛い運命をはやく終わらせてくれ。

小姓　陛下、一人の勇敢な戦士がここにみえて、
運を天に試みるのを望んでおります。

国王　それでは、その者に言え、

『シルヴィ』

好きな時に試みよと。
結局、いつ天は、時宜を得た助けで、
わしに幸運の種を生む者を送って、
事を解決してくれるのだ？
騎士殿、広まっている噂で、わしの苦悩を
そなたも知らぬはずはあるまい。
わしの不幸の悲しい噂は、
地上の至る所に等しくまき散らされているからな。
そなたは、この魔法を終わらせた者に
公に約束された褒賞を知っておろう。
この大仕事は非常に危険で、
少なくとも猛く高邁な魂が求められているのだ。
フロレスタン　神のご加護により、必要なものはすべて備えております、
われわれは普段の倍以上の働きができます。
陛下、この肖像と一緒なら
幻覚も、亡霊も、魔法も恐れはしないとお約束します。

この盾に守られていれば、地獄全部でも
私を怯えさせたりできないと自負いたします、
さもなければ、私は、恋人たちが錯乱の極みに語る
妄想を聞く気にもなれないでしょう。

国王　わしの息子が、自分とわしの後悔を語り終えたばかりだ。
今度は女羊飼いが語り始めよう。
物音を立てずにいよう、ほら目が覚めた。

フロレスタン　この不思議がどんな結末を迎えるか見ていましょう。

シルヴィ　なんということでしょう、私のテラームの姿は、
眠っている男というよりも、まるで死人のようだわ。
おお、テラーム、テラーム！　ああ、神々よ！　この人はまるで木の幹のよう、
口を利かず、動かず、大理石よりも冷たい。
その目はどんより濁って、白目を剥いて、半分閉じて、
眠っているのではなくて、死んでいるようだわ。
かつて誰が考えたでしょう、死が無礼にも、あなたの若さに
こんなにひどい乱暴を揮うなんて、

『シルヴィ』

そして、悲しい出来事のせいで、こんな美しい太陽が、
よく晴れたお昼に西の空に沈むなんて?
この島は、あなたの死で破滅を迎えています、
間もなくそこに不毛の砂漠を見るでしょう、
そして、とりわけ私たちの畑は、あなたが自由に
通っていたのに、きっと見捨てられるでしょう!
恋する小鳥たちは一斉に嘆いて、
森の木々にあなたの不幸ばかりを語りかけ、
花咲く林は、まるで真冬ででもあるかのように、
悔やみながら、緑の服を脱ぐでしょう。
私たちの通い慣れた心地よい泉でさえも、
なぜ野原で喪に服しているのかを知って、
今度は自分も同じように悲しみを示そうと、
インクか血液以外は流さなくなるでしょう、
そして、耳を楽しませるあの甘美なせせらぎも、
聞くに堪えないものとなって、耳を傷つけるでしょう。

『シルヴィ』

その流れが触れて、草花の根元から幹の先まで届くと、
たちまち枯れてしまうでしょう。
そしてあなたへの忠実さを示し、
私の貞節が自分しか手本がないのを示すために、
命とともに私の憔悴を終わらせて、
私の激しい気持を涙に込めましょう。
お願い、暗い岸辺で私を待っていてね。
私の魂はすぐにあなたの影に寄り添って、
黄泉の川の渡し守カロン(27)が二人を一緒に渡してくれるわ、
あの幸せ一杯の野原で満ち足りて暮らしましょう。
私は信じています、そこでなら、もっとも美しい魂が
私たちの災いに同情して、私たちの愛の炎を褒め称えるでしょう。
そして激しく燃え盛る忠実な精霊が、
変わらぬ愛のご褒美を私たちに残してくれるでしょう。
いとしい恋人よ、気をつけないと、
あなたの死出の旅を、きっと私が遅らせてしまう。

時が迫っている、死よ、私の息の根を止めて、
この手でできないことをして。
私を傷つけるあなたの慈悲深い投げ槍も、私にはあまりに優しすぎます、
テラーム、私は愛と衰弱のあまり死にそうよ。

国王　騎士殿、二人の恋人の哀惜の念が、
ダイヤモンドのように頑な心を和らげることはないのか？
そなたの武器で可能か？
そして涙で大理石を溶かせるのか？
わしと彼らの不幸を今日で終わらせるために、
どうか全力を尽くしてくれ。

フロレスタン　陛下、一時間も経たないうちに、
私の試みが二人の運命を好転させるとお約束します。
私は死ぬ覚悟で全力を尽くして、
魔法の呪いが解けるところまでまいる所存です。
この足で、その企てに励んでまいります。

国王　天がその行いを嘉したもうように！

そして、わしはそこの祭壇の近くに引き下がり、
神にご加護を求めよう。

フロレスタン　フロレスタンよ、この試練にお前の勇気を
最後まで発揮すれば、この攻撃で好機が生まれるぞ。
僕の心の苦しみ、僕の目の無上の喜び、
僕にとって神々のものよりももっと貴重な肖像画よ、
この危険な戦いで勝利が僕を呼んでいる、
僕の勇気に新しい力を吹き込め、
お前の助けで、勝者の額を、
すぐに栄光の月桂冠で飾れ。
さあ、お前の庇護の下に、何も恐れず進もう、
神々は、お前を嘉したもう。

（ここで階段を上る）

恐ろしい相手だ、身の毛もよだつ幻覚だ！
勇気よ、これはみなただの幻にすぎぬ。
微粒子のように空中を飛び交う

『シルヴィ』

このあまたの怪物のような亡霊はいったい何なんだ？
キマイラ(28)の精霊、子悪魔、邪悪な亡霊、
お前たちは、暗い冥界になぜ戻らないのだ？
おお、神々よ！　僕を支えてくれ、落雷の一撃が、
僕を三段目から床に叩き落とした！
構うものか、だがもう一度昇らねばならなくても、
必死で死を乗り越えねばならん。
霰の攻撃が、僕の頭に降りかかる。
おびただしい投げ槍と矢が、僕を止めようとする。
だが、なぜ立ち止まらなくちゃならないんだ？
こんな目くらましは大した恐怖を与えはしない。
こんなおぞましい光景にも震え上がらずに、
断固として、あらゆる障害を打ち破らなくちゃならん、
悪霊よ、この攻撃で、何が何でも
僕が一番上の段まで昇るのを見ろ。
人間のあらゆる恐怖、怨霊、死の影たちよ、

さあ、闇の宮殿に戻れ、
お前たちの入り乱れた怒号も余計な攻撃も、
今の僕にはもう通用しない。

声　騎士よ、この試みを終わらせたければ、
恐れず、さらに高く昇れ、そして
そこの、丸天井に取り付けられた水晶を砕け、
そこにこそ魔法が隠されているのだ。

フロレスタン　僕の前のこの影は、石柱の上の胸像のように、
魔法のガラスに近寄るのを妨げている。
だが、なんということだ、お前には許せるのか、空しい疑いの念が
今、お前の手から勝利を奪おうとするのを？
いや、いや、今度こそ奴らをこの場から引き離せ、
こいつらなど物ともせずに忌まわしいガラスを壊すのだ。
惑わされなければ、魔法は消えてなくなる。
前触れもなく空中に大きな物音が沸き起こった、
痛ましい叫び、丸天井の震動、

『シルヴィ』

そして真っ暗やみ、それらが僕の疑いを晴らす。
激しい動揺とともに明かりが戻った、
それはあらゆる出来事を確かなものに変える。

国王　騎士殿、騎士殿、どうか助けてくれ、
ああ、もうだめだ。

フロレスタン　　国王の叫びが聞こえた、
早く助けに行かなくては。

国王　天がわしを死なせようとしている。

フロレスタン　国王陛下、どうなさいました、そんなに青くなって。

国王　この地獄の一団がなした騒ぎ、
とりわけその最後のを聞いて、
突然の恐怖でわしは気絶しそうになった。

フロレスタン　陛下、あなたに残された努力は、
これからは不吉なことをすべて忘れることです。
天は、呪いと一緒にあなたの苦悩も終わらせました。

国王　褒め言葉は今は後にしよう、

さあ、恋人たちに会いに行こう、もう二人が
一緒にため息をついているのが聞こえるようだ。
テラーム　おお、シルヴィ！
シルヴィ　　　　ああ、テラーム！
テラーム　　　　　　　君なのか、僕の太陽、
眠りの宮殿を明かりで満たすのは？
今の僕たちの状況に確信が持てなければ、
まだこの世にいると思うだろう。
しかし、ここは死者の王国ではないのか？
僕たちの精神は肉体を離れなかったのか？
シルヴィ　今のこの状態ですっかり混乱してしまったわ、
そして、みせかけで目を惑わされていないなら、
私たちは今、この世に戻って、
見て、話して、生きている。
ここには、黄泉の国の渡し守カロンもコキュトスの川[29]もないわ。
テラーム　僕の天使、死者は決して甦ったりはしないんだよ。

冥界は、決して出ていけない場所なのだから。
国王　さあ、これが不当な運命の名残だ、
この常軌を逸した状況から救い出してやろう。
テラーム　この年寄の霊はなんだ、うぬぼれた横柄な態度で、
僕たちの前に図々しく立ちはだかっている。
国王　息子よ、お前が陥った思い違いを捨てなさい。
テラーム　おお、情け知らずの父親だ、お前の罪深い魂は、
永遠に争おうとここまでやってきたのか？
僕たちの受けた苦しみでは満足せず、
冥界でもまだ悩ませようとするのか？
出て行け、この幸いな世界で平穏に過ごさせてくれ、
僕は父親だとは認めない。
フロレスタン　ねえ、君は死者の列に入ってはいない、
明かりと物音で十分かるだろう、
僕たちは神経と骨でできた生身の体で、
見たり、触れたりできるんだ。

テラーム　この景色は、当てにできない夢に過ぎない。
シルヴィ　でも確かに、私たちは生きてると思うわ。
国王　息子よ、その幻覚はあまりに長く続いたのだ。
だが、お前たちの苦しみの種はもう尽きた。
この長く続いた魔法は、お前たちの胸中に
偽りの死で、ひどく辛い苦しみを与えたが、
多くの悪霊にもかかわらず、
魔力が解けるのを見ることができたのは、
この勇敢な戦士の輝ける武具の不屈の力によるものだ、
この戦士から、お前たちは全き満足を受け取り、幸せを得たのだ。
声　テラームよ、汝に告げる、汝とシルヴィは、
生命の働きを決して失わなかった。
その貞節によって、娘の身分の低さと
不平等はなかったものとせよ、
そして、その徳に王冠の褒美を与えよ。
神々の意志はそのように命じる。

『シルヴィ』

シルヴィ　偉大な王子様、あなたにもはっきり聞こえましたね、
この天の声が下した思いがけない神託が。
この幻想に、もっと言えば、この狂乱の中に、
あなたは留まるのですか、
私には、自分が生きているのがよく分かります。
テラーム　僕も、いや、とても喜んでいるよ。
とにかく、降りよう。
国王　　　　　　息子よ、頼むから、
罵りの言葉は一切捨ててくれ。
お前に苦しみを感じさせたのは間違いだったと認めるから、
それに見てのとおり、後悔しているのだから。
テラーム　もう洪水の話はやめましょう、嵐は過ぎ去りました。
しかし、陛下、私の考えを一言申し上げますが、
結婚が速やかに執り行われることが許されないなら、
私たちを元の状態に戻してください。
国王　喜んで同意しよう、それに神託も、

婚礼の床に奇跡を約束しているのだから。
この変わらぬ愛の姿は十分に徳が高く、
身分の低さを償うものだ。
シルヴィ　陛下、私をあなたの取るに足らぬ端女(はしため)として受け入れてください。
国王　わが娘よ、立ちなさい、今からはこの娘を王太子妃と呼ぶように。
テラーム　二人の恋人の救い主よ、僕たちを殺そうとした
呪われた魔力から救うために、
地獄がその黒い扉を開いた恐ろしい軍勢を、
あなたは決して恐れなかった、
この女羊飼いと僕がこれから手に入れる
あらゆる宝を、あなたが手にしてください。
フロレスタン　偉大な王子よ、お分かりのとおり、名誉は、
運命に苦しむすべての人々を救うことを求めています。
私は義務の掟以外には何も果たしておりません。
ですから何の利益も受け取るわけにはいきません。
国王　ここにきわめて些少ながら褒美がある、

『シルヴィ』

これをそなたの類い稀な手柄のために受け取ってくれ。
フロレスタン　陛下、真実、驚いております、
何の値打ちもない自分が、このような褒美を頂けることを。
国王　娘よ、これからは一心に励むのだ、
恩知らずに染まらぬようにな、
この勇敢な戦士を然るべくもてなせ。
わしの不幸な運命が終わったのはこの方のおかげだ、
この方さえよければ、お前の正式の夫とするのだ。
フロレスタン　王女様、私の心はあなたの生贄となっておりました、
初めて、この運命の肖像画が
祖国で私の心の自由を奪ってからは。
お分かりください、あなたの絵姿に百度も賛辞を呈しておりましたが、
海の猛威に身を晒し、
私の船と船員が難破の憂き目を見たのも、
自ら、あなたにお会いするためでした、
ところで、私の素性を明かせば、

神々によって、私は王家の血筋に生まれました、
私はカンディの王の息子、王家のただ一人の跡継ぎで、
王座にはまったく何の妨げもありません。
メリフィル　偉大な王子様、その行いが生まれを証拠立てております、
たとえあなたが王家の血筋でなかったとしても、
あなたの勇気は決して葬り去られずに、
永遠に王笏と王冠の代わりとなりましょう。

第三景

フィレーヌ、ドリーズ、ティマフェル、国王(30)

フィレーヌ　王様、すでに噂が平野一帯に広がっています、
若い戦士が陛下を苦しみから解放したと。
私たちが参上いたしましたのは、この心地よく、
そしてとても心待ちされていた変化を見たいという望みからです。
そして、あなた方二人の魂が戻ったのを見て、これ以上の喜びはありません、

われわれの羊の群れが半分増えたほどです。
テラーム　信じてくれ、羊飼いの友よ、
作り話ではない君の友情に感謝している。
それに、絶えず君を苦しめてきた人は、
二日後には王太子妃の地位に就くのだ。
シルヴィ　フィレーヌ、もう希望を捨てるのよ、
私を手に入れようと思っていたことをね。
もっといいことをなさい、私の言葉を承諾して、
喜んで女羊飼いのドリーズと結婚なさい、
彼女の愛情はよく分かってるでしょ。
テラーム　　僕も、できる限りのことをするよ。
フィレーヌ　王子様とあなたのために、何をしたらよいのでしょう?
ドリーズ　ああ!　こんなお世話になって、どうしたらいいのかしら?
悲しみが決してあなた方の喜びを悩ますことがありませんように、
満足の念が、欲望を上回りますように、
つまりは、天がいつも、新たな幸せで、

新たな喜びの種をあなた方に贈りますように！

シルヴィ　さようなら、幸せに生きて、なにも心配したりせずに、
王子様があなた方を大切にして、幸せにしてくれるわ。

衛兵　厩舎前の後庭に、群衆が詰めかけて、
どうして門が閉まっているのかと不平を申しております、
あの者どもの望みは陛下にお目にかかることです。

国王　万民と幸せを分かつのは当然だ、
さあ、子供たちよ、さまざまな儀式で
お前たちもしばらくは別れ別れだ。

――幕――

訳注

（1）登場人物の順序は、オノレ・シャンピオン版に拠った。
（2）初版本には場面の指示はない。プレイヤード版によって付け加えた。
（3）初版本には小姓の名前はない。プレイヤード版によって付け加えた。以下、〔　〕中の人物は、校訂版と

他の版を参照して適宜補った。

(4) ギリシア神話によれば、太陽神は馬車に乗って天をめぐる。

(5) とりどりの色(émail)は、純潔と貞節の象徴であるユリの花を指す。

(6) メレが一六二七年匿名で発表した『喜劇あるいはフィレーヌとシルヴィの対話』に手を加えて、この場面に使った。

(7) ギリシア神話、太陽神は大洋の神の娘で、水の女神と結婚していた。一日天をめぐった後、太陽神は夜には海上または海底の宮殿で休んだとされている。

(8) ギリシア神話、ディアーヌは、月と狩りの女神。アレティウーズは、ディアーヌのおつきの一人、シシリア島の泉の精とされている。

(9) ヴェニュスはギリシア神話の女神、トロイの一介の羊飼いのアンシーズと結ばれ、二人の息子がトロイの勇将アエネイアスである。またヴェニュスは、軍神のマルスを恋人とした。

(10) ギリシア神話の夢の神で、夢に宿るものに形を与えるとされている。

(11) 古代ギリシアの医師ガレノスの説で、血液・リンパ液・黄胆汁・黒胆汁の四つの体液の配分が人の心を支配するという。

(12) バシリスコスともいい、古代ギリシア・ローマの伝説上の爬虫類で一にらみで人を殺すとされた。

(13) ディアーヌはギリシア神話の狩りの女神ディアーナ、処女神アルテミスと同一視されることが多い。

(14) ダイダロスはギリシア神話の有名な大工で、牛頭人身の怪物ミノタウロスのために迷宮を作った。

(15) ギリシア神話、泉や河のニンフ。

(16) ギリシア神話、セファールは曙の女神の恋人。

(17) ギリシア神話、海の精ネレウスの一人。シシリアが島で、海に取り巻かれていることの婉曲な表現。
(18) ギリシア神話、太陽神の子ファエトーンが、父の馬車を暴走させたため、ジュピテルの雷火を受けることの引喩。
(19) ローマ神話の運命の女神、ギリシア神話のモイラと同一視される。
(20) ギリシア神話、神々と争った巨人を指す。
(21) 二つとは現実の太陽とシルヴィを指す。
(22) 物語を挿入するこの手法は、小説、特に『アストレ』による。
(23) ギリシア神話、ケパロス（セファール）はアッティカのケパリダイ族の祖、けっして的を外さない投槍を持つといわれる。
(24) ギリシア神話、愛の神をさす。
(25) ギリシア神話、水の精エコーは狩人ナルシスを愛していたが、ナルシスは泉に映った自分の顔に恋をする。
(26) ローマ神話の海の神、ギリシア神話のポセイドーンと同一視される。
(27) ギリシア神話、冥府の河の渡し守とされ、死者の霊を冥界に運ぶとされた。
(28) ギリシア神話のキマラ、ライオンの頭、山羊の体、蛇の尾をもつ怪物。
(29) ギリシア神話、冥界の河ステュクスあるいはその支流アケローン川。
(30) この場面にはシルヴィ、テラーム、フロレスタン、メリフィル、小姓、衛兵が登場するが、どの版本にもこの登場人物以外に指示がないので、あえてそのままにした。

ジョルジュ・ド・スキュデリー作

『変装の王子』悲喜劇　五幕（一六三五年）

冨田高嗣・橋本　能訳

解説

I　作者について

ジョルジュ・ド・スキュデリー Georges de Scudéry（一六一〇～一六六七）は女性作家マドレーヌ・ド・スキュデリーの兄で、海軍軍人の家に生まれたが、早くに両親を失った。ラフレーシュの学院を卒業後、軍隊に入り、三十年戦争のピエモンテの戦いで戦功を挙げた。一六二九年に退役し、ランブイエ侯爵夫人のサロンに出入りした。宰相リシュリューの庇護もあって、一六三〇年から六〇年ころまで社交界の寵児の一人となった。最初の劇作品は悲喜劇『リグダモンとリディアス』*Ligdamon et Lidias* で、一六二九年から三〇年にマレー座で上演されて、好評を博した。この頃からブラン伯爵の庇護を受けて、悲喜劇を次々と発表した。本書に収録した『変装の王子』もその中の一作である。同じころに、異色作として劇中劇の『役者たちの芝居』*La Comédie des comédiens*（一六三二演）がある。

一六三四年にジャン・メレの悲劇『ソフォニスブ』がマレー座で上演されて、大成功を収めた。これに刺激されたのか、一六三四年末にスキュデリーも悲劇『セザールの死』*La Mort de César* をマレー座で上演し、好評を博した。しかし、スキュデリーの作風に合わなかったのか、悲劇の作品は二作にとどまり、その後はもっぱら悲喜劇を書いている。一六三七年にコルネイユの『ル・シッド』が上演されて、大成功を収めた。スキュデリーは、『「ル・シッド」に関する批判』*Observations sur le Cid*を書いた。この批判がきっかけとなって、「ル・シッド論争」が起こった。

一六四〇年代に入ると、マドレーヌ・ド・スキュデリーが小説『イブライム』*Ibrahim*を発表した。ジョルジュも執筆に協力した。一六四二年、ランブイエ侯爵夫人の働きかけで、マルセイユの要塞司令官に任命された。二年後、妹と一緒に任地に赴いたが、期待したほどの収入は得られず、「王のガレー船の船長」という名誉職を得るとパリに戻った。一六四八年にフロンドの乱が起こるが、スキュデリーはコンデ大公側に味方した。一六五〇年、アカデミー・フランセーズの会員に選ばれた。しかし、一六五四年に政争に巻き込まれて、パリにいられなくなり、コンデ家の親類の領地グランヴィルに赴いた。一六五五年に、一万一千行に及ぶ英雄詩『アラリック』*Alaric*を出版した。翌年、ルアーヴル総督の縁戚のマルタンヴァ嬢と結婚した。一六六〇年にパリに戻って、長編小説『アルマイド』*Almahide*（一六六三年刊）の執筆に専念した。一六六七年五月一四日、脳卒中で死去した。

スキュデリーの作品は、詩作品など多数ある。劇作品は十六作あるが、その内、喜劇二作と悲劇二作を除けば、他の十二作はすべて悲喜劇であり、生涯を通じて悲喜劇を書きつづけた。その意味で、彼はバロック演劇の旗手であり、一六三〇年代の時代の流行を生き続けた人物といえよう。

Ⅱ　作品について

五幕韻文悲喜劇『変装の王子』*Le Prince déguisé* は、一六三五年にマレー座で上演されて、同年に出版された。出典はギリシアの小説『プリマレオン』とイタリアのマリーノの小説『アドンヌ』によるとする説が有力である。スキュデリーは、自作の『アルミニウス』*Arminius* の序文の中で大成功をおさめたと自賛している。また、ドービニャック師の『演劇作法』にも取り上げられ、ポワッソンの『ラ・クラース男爵』の劇中でも題名が挙げられているほどである。

この時代の他の悲喜劇に比べて、この作品は規則への配慮、興奮させる筋立て、スペクタクルな舞台設定に富んでいる。筋立てもめまぐるしく変化する波乱万丈の展開で、民衆を前にしての神殿での儀式、夜と月光に照らされた庭園とその場での魔法、宝物を掘り出す場面や、鎧兜による変装と決闘など、舞台上での見所にも不足はない。恋人を前にしての主人公のスタンスの朗誦、王子の庭師への変装と認知、恋人同士の自己犠牲の争いなど、ロマンチックな設定も芝居に花を添えている。

この劇はさまざまな見せ場を盛り込んでいるが、一方で、主人公に恋する庭師の妻の想いなど、登場人物の心理的な葛藤も見逃せない。主人公クレアルクは、女主人公アルジェニーの父親に直接手を下したわけではない。しかし、状況設定としては、クレアルクはアルジェニーの父の仇であり、彼女は『ル・シッド』のシメーヌと同じ立場に立たされている。彼女の母親もまた、娘を法律に従って処刑するか、母の情に従って許すか、ジレンマに陥って、芝居の興味を掻きたてている。この点で、悲喜劇の代表作であるコルネイユの『ル・シッド』の先行作品としての特徴が見いだせる。『ル・シッド』が当時最大の当たりを取ったが、そのことがスキュデリーの嫉妬を招いて、「ル・シッド論争」を巻き起こしたとも考えられる。『変装の王子』は、スキュデリーの劇作品の特徴のよくあらわれた作品であり、悲喜劇の多くの要素をちりばめた典型的な作品で、その代表作の一つといえよう。

なお、この解説は、中央大学人文科学研究所研究叢書『フランス十七世紀の劇作家たち』(中央大学出版部、二〇一一年)の「第六章　ジョルジュ・ド・スキュデリー――バロックの騎士」に負うところが多い。筆者の浅谷眞弓氏に感謝の意を表するものである。

『変装の王子』*Le Prince déguisé*

ジョルジュ・ド・スキュデリー作　冨田高嗣・橋本　能　訳

登場人物

クレアルク　ナポリ王アルトミールの息子
リザンドル　シシリアに住むナポリの貴族
フロレストル　クレアルクの侍臣
ロズモンド　シシリアの女王、ポリアント王の未亡人
アルジェニー　シシリア王国の唯一人の後継者
テオティム　シシリアの大祭司
アルシャヌ　パレルモの神殿の司祭
フィリーズ　王女のお気に入りの侍女
リュティル　女王の庭師

メラニール　　リュティルの妻
アンテノール　　シシリアの大法官
アリスト　　女王の護衛隊副官
　　四人の隊員
アルミール　　アルジェニーの小姓
シシリアの廷臣たち
試合の審判
シシリアの民衆
トランペット奏者たち
舞台はパレルモ(1)

『変装の王子』

第一幕

クレアルク、リザンドル、フロレストル、ロズモンド、アルジェニー、フィリーズ、テオティム、アンテノール、アリスト、廷臣たち、護衛隊、民衆、アルシャヌ、アルミール

第一景

クレアルク、リザンドル、フロレストル

クレアルク　（王子はしがない騎士の服装である）
リザンドル、顔を隠せ、ここでは誰が見ているかわからん。
もうそんなに恭しくするな。
愛が僕を呼んでいるのだ、
このもくろみが知れたら、僕の命がないと思え。

リザンドル　お言いつけどおり、丁重な物言いはやめましょう。

クレアルク　人目もある、そのほうがいい。

この企てだが、今度ばかりは相当難しい、
シシリアではどこでも身分を隠さないとな。
だが、お前に計画を教えたのは、
家来の身分とはいえ、父がお前を友と思っているからだ。
父が国王であるナポリはお前が生まれた国だし、
その王笏は僕の手に入るのだから、
別の君主に仕える身とはいえ、
お前にこのもくろみを手伝ってもらわねばならん。
リザンドル　故郷や両親への愛や王子様への敬意は、
この心の中に生きております。
他国の海辺に移り住んでも、
私の心はいささかも変わりません。
祖国から離れたこの身を、
運命が巻き込んだのも、自然の成行きと申せましょう。
殿下、どうか信じてください、
たとえ死んでも精一杯忠勤を尽くします。

『変装の王子』

クレアルク　僕がお前のことを忠実で用心深いと思っているのは、
この打ち明け話で分かったろう、
こんな危険な国で、
お前を恋の行方の連れにしているのだから。
リザンドル　私が驚き悲しんでいるのは、この顔からもお分かりでしょう、
王太子殿下がこのような場所にいらっしゃるのを見て、震え上がっております、
ここでは、あなたの幸せが不安と入り混じります、
なぜこの地においでになられたのですか、訳が分かりません。
クレアルク　なんだと、お前は戦いの理由(わけ)も知らないのか、
この戦いで大地は血に染まり、
炎と刃が恐怖をまき散らした、
そして、国王の最期で戦いは終わり、
シシリアは涙を流して、その死を惜しんでいるのだぞ。
リザンドル　その不幸は誰もが知っていますが、その理由は隠されています。
そのためにさまざまな憶測を呼んでいます。
しかし、確かなことは何一つ知らされていません。

あなたの武具を輝かせたその功（いさおし）で、
多くの血と涙が流れましたが、
私にはまったく見当もつきません、
と申しますのも、当時私は財宝がもたらされるこの幸せな国[2]にいたからです、
そして、あなたの軍隊が戦いでどんな勝利を得ても、
遠く離れていたためにその名声は伝わりませんでした、
ですから、あなたから戦いと恋について
聞かされても、納得がいきません。

クレアルク　はっきり分からせてやるから、よく聞いてくれ、
思い出すのもつらいが、この話の悲惨な結末が、
期待も願いも打ち砕き、
多くの不快な思いでこの心を責めたてる。
僕が生まれ故郷の岸辺を離れた宿命の日から
六年の歳月が流れた、
見聞を広めたいという欲望が奔流のように
僕を急き立てて、遍歴の騎士の服を着せたのだ。

こうして僕は変装して、国から国へと流れ歩いた。
途中、それぞれの王侯の宮廷を訪ねて、
僕を遠くまで連れて行ったこのもくろみから、
統治の技を学ぼうとした。
結局、全ヨーロッパを回り歩いて、
この美しい情熱は、心を燃やすものもなくなって消えてしまった、
もはや好奇心の興味を引くものもなくなった。
僕は求めていたものを手に入れたと思った。
それまでのさすらいの旅に十分満足して、
もと来た道を戻ったが、考えが変わった。
宿命に強いられ、愛の神に導かれて、
メッシナ(3)に着いた、そして宮廷を見に行った。
そこで、あの神が僕の心に勝利した。
この地で、僕は初めて恋の炎に身を焦がした。
あの美しい顔(かんばせ)の魅力に不意を突かれた。
この目を奪われ、この心を射抜かれた。

『変装の王子』

僕はたちまち甘く抗しがたい力に苦しんだ。
そしてとうとうすべてを語ろうと、アルジェニーに会おうとした。
僕は彼女を見て恋をした、
一目見た瞬間、僕は恋する男になったのだ。
彼女に近づいたとき、僕の心にはなんの備えもなかった、
そして理性に逆らって、砦は陥落した、
あの瞳はすべてを燃えあがらせて、
一目で、僕の背中を押してくださった。
それで僕は激しく灼熱の恋に身をさらされ、
すぐにポリアント王に近づいて、
僕の名前と胸の痛みを告げようとした。
しかし、やはり理性はその声を押しとどめ、
父の力を思いださせた。
しかし、分かるだろう、恋人なら誰でも望むように、
父の望みが僕の助けとなって、
この幸せの願いは叶えられると思った。

それで、シシリアを離れるやいなや、
父に申し出れば、簡単に片がつくと思っていた。
父は僕が選んだ相手に賛成して、その気高さを褒め称えて、
燃えるような願いを拒みはしなかった。
それどころか、すぐに僕の苦悩を終わらせようと、
望み通り、家臣の一人を走らせて、
王女を求めたのが、国王にとっては不運となった。
それが僕の過酷な運命の最初の一撃だ。
というのは、ポリアント王に下ったお告げが
この結婚の目に見えない妨げとなったのか、
僕の人柄からくるものか、わが王家に関わるものか、
何かほかに理由があったのか、
さもなければ、ただの気まぐれがその憎しみに口実を与えたのか、
あの残酷な男は相手にもせず、期待は無駄になった、
そしてわれわれの使者のおもむきを知っても、
冷たい言葉を返しただけで、

公式の謁見も許さなかった。
それが父のアルトミールの癇に障り、侮辱に腹を立てて、
僕がどんなに気持を和らげようとしても、
父は彼を罰して、復讐してやると誓った。
すぐに強力な艦隊を配備して、
水先案内人の手に航路をゆだねて
乗船した、僕もやむなく従ったが、
船団は追い風を受けて、波を切って進んだ。
ポリアント王は、騒ぎを知っても、
決して勇猛さを失わず、迎え撃とうと決めて、
シシリアの沿岸をひたすら進み、
港の入り口を閉ざそうとした。
ついに、われわれはカルドンヌの真近かで攻撃を開始した。
一瞬にして全軍がもつれ合い、戦いの火ぶたが切られた。
いたるところ、騒音、流血、恐怖、そして死が、
心にまで響き、目に飛び込んできた。

多くの帆船の衝突が雷鳴の大音響となり、
遠い陸地にまで轟き、
たゆたう波音に応えて、
それに瀕死のうめき声が混じるようだった。
兵士の放つ長く鋭い叫び声には、
悲嘆と歓喜が混じり合った。
衝突した艦船は見るも恐ろしい状態で、
誰もが、攻撃し、反撃し、なすべきことをなした。
ある者は互いに素手で戦い、それぞれ力を尽くし、
殺した相手を引きずっていた。
血みどろの死体が何千も水に落ちるのが見えた、
また身分の隔てなく、死神パルカ(4)の手が触れた。
海の面(おもて)は、身の毛もよだつようだった。
そこには哀れみを誘わないものはなかった。
ある船は沈み、またある船は大破したが、
捕獲を恐れて、自ら火を放った、

そして太陽も厚い煙に覆われて、
双方の軍は、誰の目にも見えなくなった。
火は他の船にも燃え広がって、
水の中に数えきれない火柱が立つようで、
それが空中高く揺らめいて、
逆巻く波のただ中に高く昇っていた、
その時、この哀れな国は、
ゆるぎないエトナ山に対して揺れ動くヴェスヴィオ山[5]のように見えた。
戦の神ベローナ[6]は、どちらの船長に味方するか、何度も考えを変えた、
戦いの行方は分からず、形勢も定まらず、
女神の心は揺れ動いた、しかし、その優しいまなざしが、
とうとうわれらに勝利を告げた。
われらのほうが力に勝り、穴のあいた多くの船が、
風に流されて、ちりぢりに浮かんでいた。
ポリアントは、もうこれまでと見て取り、
憤怒と激怒、激高と苦悩に囚われて、

運命にもてあそばれた哀れな船の
舳の向きを変えようとしたが無駄だった。
しかし、家臣が戦いに精も根も尽き果てたと見てとるや、
自ら逃亡して、軍旗を下した、
彼は逃げた、しかし、燃える瞳は、
恐怖をいささかも表さず、
武力は失っても、気力は欠けていないことを示して、
いまだ勝利者の足元で吠えたてる獅子のようだった、
我こそは偉大な国王と、国を取り戻そうと、
逃亡した艦隊を集めて、
今ひとたび戦いを挑み、さらには、
戦況が変われば運命も変えられると思っていた、
振り返れば、震え上がっていた人々も、
彼を見倣って、周りに集まってきた。
しかし、運命はその掟を決して変えず、
ふたたび大敗した。

『変装の王子』

ここに至って、最後の望みを失い、
彼は自ら捕虜となった。
われらは海岸に野営して、
日の昇るのを待って戻ろうとした。
その時、父は勝利に乗じて、
家臣を進軍させて、栄光をさらに推し進めようと考えた。
しかし、僕の愛はそれに賛成せず、
父を海に退かせ、立ち退かせた。
ところが、その間も、服従、
名誉、義務、敬意、助力や好意、
こうしたものを、勇敢な捕虜は受け入れようとしなかった。
僕はその勇気を憐れみ、運命の巡りあわせを責めた。
多少の自由さえも与えて、
気高い心から憤りを取り除こうとした。
だが、こうした計らいも無駄だった。
死のほかは、何も安らぎを与えるものはなかった。

彼はあっけなく十日ほどで命を落とし、
それとともに僕の望みも潰えさった。
亡き人の妻ロズモンドは、
相変わらず反抗の狼煙(のろし)を挙げている、
この不幸の後、愛すべきアルジェニーは、
僕を知ることもなく、このうえない憎しみを抱いたようだ。
それで、僕は激情に駆られてはいたが、
自らの進むべき道に従って、
高名な人物のために執り行われるしきたりどおり、
葬儀とともに丁重に遺体を送り返した。
僕は、生まれた愛が消え去ったと思ったが、
時が味方してくれるのを期待した。
しかし、たしかにこの考えはあまり理屈に合わない。
運命の神に逆らうこのもくろみは、決して許されるものではない。
僕は後悔に苦しんだが、
苦しみは大きくとも、甘んじて受けるしかなかった。

要するに、なんと言ったらいいのだろう、会えないのが気が気でなくて、
運を天に任せてみようと決心した。
そして僕の悩みを引き起こす魅惑に満ちたあの瞳が、
恋する僕を磁石のように引き寄せるのだから、
死ぬか、嵐を乗り越えるかしかないのだ。
リザンドル　あなたがパレルモにいるのは、勇気がいることです。
そして、あなたの身を心配するのは、理由がないわけではありません。
あの国王は毒殺されたと思われているからです。
クレアルク　天は僕の心を見そなわし、僕の無実をご存じだ。
リザンドル　しかし、未亡人はそのことを知りません。
差し出された首の褒美として、復讐を果たした者に、
姫を与えると約束しています。
そして、まさに今日の朝、女王は誓いを新たにして、
自ら正当な願いを証言しようと、
墓前で夫に呼びかけて、
苦しみを表して、愛情を示そうとしています。

『変装の王子』

クレアルク　さあ、リザンドル、何が起ころうと、
お前は僕の意志に従うのだ。
忠告は受け取った、しかし、もうこれ以上はいらぬ。
その神殿へ案内しろ、もう理屈を言うな。
リザンドル　殿下、あなたを急き立てるその熱情をもう少し抑えてください。
クレアルク　クレアルク、お前は幸せ者だ、お前は恋人に会いにいくのだ。
忘れるな、名誉は危険の中にある、
気高い計画を変えてはならぬ。

第二景

アルジェニー、フィリーズ

アルジェニー　こんな誓いはもうたくさん！　今日の日はたまらないわ！
私が運命を責めるのは当然だわ、
結婚が墓場となり、
死神のパルカだけが婚礼の松明をもたらすなんて！

血に染まった男が夫となり、このアルジェニーが
悲劇の贈り物になるなんて、ああ、なんて身勝手なのでしょう！
お父様の亡霊、どうかお鎮まりください！
あなたの怒りが消えますように、さもなければ私の身にふりかかりますように！
私が不幸の種なのですから、死ぬのは当然です。
この血筋は、生まれたままの清らかさです。
あなたの安らぎのために生贄にしてください。
限りない悲しみに満ちた心が求めているのはそれだけなのに、
悲しみに憑かれたこの魂は、
厄介な心配事を責め苦として生み出すのです。
フィリーズ　姫様、度を越したお苦しみはおやめください。
不幸は恐れるにはあたりません、おそらく根も葉もありません。
女王様が願ってもなんの役にも立ちません。
クレアルクには家臣がいて、その命を守っています。
王太子の首は大切に守られた宝です、
命令したからといって、容易に取れるものではありません。

『変装の王子』

そんな途方もないことを考えても、
王座を手に入れるどころか、お墓に入ることになります。
お前の言うように終わらせてくれますように。

アルジェニー　ねえ、私のフィリーズ、天が大それた事を、
黄金の王冠を求める亡者たちは、
私ではなくて、私の国をほしがっているのです、
その者たちがあの若い戦士の腕で倒されて、
月桂樹に守られた額が危険を免れますように。
これが私の熱い願いです、このつらい苦しみの中で、
母の願いとまったく対立していますが、
高邁な王子が助かって、
私の不幸な運命の流れを留めてくれますように、
このたまらない運命が、多くの不幸の果てに、
過ぎ去った苦しみに匹敵する安らぎを与えてくれますように。
結婚の夢が奪われたのですから、
死ぬか、さもなくば思いのままに生きられますように。

第三景

アルミール、アルジェニー、フィリーズ

アルミール　おでましの時間です、女王様が下りてこられました。
階段の下でお待ちです。

アルジェニー　私をお呼びなの。

アルミール　　　　　はい、二度も。

アルジェニー　法律が不当であろうと、それに従い、
気持を抑えて、不満を押し殺し、
厳しい束縛の軛（くびき）をつけねばなりません。
参りましょう。この苦痛は避けられないのですから、
心を決めて、耐えることにしましょう。

第四景

テオティム、アルシャヌ

テオティム　(復讐の神の神殿が開かれる)

聖なる火に風を送れ、この炎は示している、
いまだ憎しみは収まっていないと、
そして、この不吉な祭壇の前にいる者たちと同様に、
死を求める欲望によって心に炎が燃え上がっていると。
糸杉の枝(7)は用意できたか?
イチイの枝と分けてあるか?
松脂はあるか?　冥界の館から亡霊を呼び出すための
忌まわしい松明は二本あるか?

アルシャヌ　必要なものはすべて用意できております。

テオティム　物音がする、女王様のお出ましだ、火をつけよ。
御前では跪いて、腕を挙げて、目を伏せよ、
祈願するまで、わしを見てはならぬ。

第五景

リザンドル、クレアルク、フロレストル、テオティム、アルシャヌ

リザンドル　柱に身を隠してください。

クレアルク　　　　　おお、クレアルク、なんという幸運だろう、
あの美しい死神パルカの手に掛かって死ねたら。
アルジェニーの心が、この願いを許すなら、
僕は死んでも悔いはない、喜んでそうしよう。

第六景

ロズモンド、アルジェニー、フィリーズ、アンテノール、アリスト、
テオティム、アルシャヌ、クレアルク、リザンドル、フロレストル、
廷臣たち、護衛兵たち、民衆、アルミール

ロズモンド　司祭殿、儀式を始めなさい。

テオティム　一同、平伏せよ。

ロズモンド　　　　　　　　　　跪きなさい、アルジェニー。
テオティム　（火の中に捧げものを投げ入れて、跪く）
冷酷な女神よ、このたびは私の声を通して、
狂乱した心が示すところを聴け。
その願いを叶えて、慰めを与えよ、
血に染まった女神、容赦ない復讐の女神よ。
王妃は御身の祭壇の足下にひれ伏している。
死を招くまなざしをもって敵を見よ。
この燃え立つ剣で命を奪え。
今日、正当な望みをかなえよ。
理性に導かれ、激怒を燃え上がらせて、
刃によって毒殺の罪を罰せよ。
（彼は王の墓のほうを向く）
そして、汝、名高き王家の亡霊よ、冥界から出でよ。
ロズモンドがゆるぎなく誠実であるのを見に来い。
その苦悩と非の打ちどころなき愛を認めて、

そのため息と願いを聞き届けよ。
ロズモンド　(墓の一角にすがる)
私は厳粛な誓いをなそう、王女アルジェニーが
婚姻の絆で結ばれるのは、
クレアルクの首を差し出す者のみ、
その者だけが王女を得るであろう。
今この時に私がなした誓いに背くことあらば、
亡霊よ、即座にこのロズモンドを亡き者とせよ、
そして愛すると言っておきながら怖気づき、
褥も墓も裏切ったと責めに来よ。
テオティム　儀式はこれで終わりです。
しかし毎年お続けいただかねばなりません。
女王陛下、お立ち下さい。
ロズモンド　このいとしい遺灰が今や冷たくなろうとも、
この儀式は私の炎をいや増す、この場を離れるのも
悲しみがもたらす気持があればこそです。

（宮廷の人々は退場する）

リザンドル　ああ、計画を変えて、ここから立ち去ってください。
クレアルク　事は決した、天がそれを望んでいる。
僕が死ぬか、さもなければ、僕の大胆さ、
僕の愛、僕の巧妙さ、僕の執念が、
僕の愛情に僕の幸せを釣り合わせねばならない、
そしてクレアルクが生きながらえるか、イクシオン(8)のように死ぬかだ。
あの美の星は、僕の勇気を奮い立たせる。
あの人の顔を見ると、力がみなぎってくる。
どんな不幸がこの身に降りかかっても、
あの人を得るためなら、できないことは何もない。
神は偉大で気高いもくろみを僕に吹き込んだが、
それはひとつの国以上の幸せを約束している。
お前たちが助けてくれれば、この苦しみも終わりを告げよう。
（彼は側近に語る）
お前は、町で金、武器、馬を守っていろ。

僕が寝ている間も離れるな。
宝石類だけは全部よこせ。
リザンドル　このお宝で何を手に入れようというのです。
クレアルク　太陽だ、それこそが真珠と金を生み出すのだ。

第二幕

アルジェニー、フィリーズ、メラニール、リュティル、クレアルク、リザンドル

第一景

アルジェニー、フィリーズ

アルジェニー　かつてヘレネを奪ったあの名高い羊飼い(9)も、
このように平原のただ中に現れました。
粗末な衣服を着ていても、あの者の顔立ちは私を驚かせます、
その眼には高貴なものがあります。

あの者の態度と物腰に気が付きませんでしたか、
その話しぶりは、ギリシアにおいてでも人を恥じ入らせることでしょう。
礼儀正しく、丁重で、礼儀に叶い、愛想がよくて、
ああ、こんなに貴い捧げものは大切にしなくては！
あの者が水をやる花壇の花も色褪せます、
そして運命は私に戦いを挑んでいますが、私は運命に感謝します。
あんな庭師はめったにいません、
とにかく、もっと高い身分にふさわしい男です。

フィリーズ　姫様、たしかに、イタリアのこのあたりでも、
あんなに礼儀正しい者をかつて見たことがありません。
あの男は心も姿かたちも魅力的で、
まるで小説の中の羊飼いのよう、
奇才、奇跡、造化の妙は、
歌声でも絵画でも表せません。
たしかに、目をみはるのは、あの者が自分の国から遠く離れているように、
身分からもかけ離れていることです。

飾り気のない美徳を愛するなら、
あなた様が見つけたその場所を探すほかはありません。
そしてきびしい世間がふさわしい評価を与えれば、
運命も、あの者を高い地位につけるのに苦労しないでしょうね。
アルジェニー　身勝手な民衆はがさつで、欲深で、
これほどまでにたぐい稀な長所に目も向けません、
判断に欠けて、評価しないのも仕方ありません。
でも、見る目のない輩の仲間入りはやめましょう。
美徳を慈しみましょう、それはどこであれ大切にされるべきです、
それを高く評価したからといって、非難されることはありません、
美徳を持たなければ、身分の高さも軽蔑に値します。
それはあらゆる賢い人たちの唯一つの目標です。
ポリカンドルの身分が卑しくとも、
その評価があの者に与えられた報酬です、
なぜなら、そのまなざし、その言葉に
女性の美と男性の勇気が見いだせるからです。

『変装の王子』

でも、太陽が沈み、一日が終わろうとしています。
さあ、庭園に夕映えを見に行きましょう。
そして、そこで思うまま夢見るために、
まず、母上の部屋を訪ねましょう。

第二景

クレアルク、リザンドル

クレアルク　（庭師の服装）
やれやれ、事は予想どおりだ。
運命は微笑んで、好意を示してくれた。
すべて順調だ、リザンドル、天は穏やかに
願いを叶えて、すべてを容易にしてくれた。
僕は欲張りのリュティルに餌をまいてやった。
リザンドル　恋する男というものはなんと抜け目なくてずる賢いのでしょう。
クレアルク　僕は今、あの美しい心の星たちに会えるのだ、

『変装の王子』

絶対の君主たち、すばらしい勝利者たち、
輝く太陽たち、それは人に好かれる技を持ち、
われわれを照らす太陽さえも、毎日色褪せさせる。
そのうえ、光栄にも僕の言葉を聞いてもらえるとは、
こんな大きな幸せを得て、何を恐れることがあるのだ。
あの人の目にとまり、あの人に会えた、ああ、なんたる喜びだ。
そう、アルジェニーと会える恋人の幸せを見てくれ！
リザンドル　でも、リュティルをどうやって騙したのですか？
クレアルク　僕が思いついた大胆な計画でさ、
入り口であの庭師を見て、すぐに近寄った、
簡単に事が運んだので、僕は有頂天になった。
やつが挨拶を返したから、わきに連れて行った、
そして僕が庭師で、
それも、いい腕で、
魔法が教えてくれた秘密で
この庭園に宝が隠されているのが分かったと言った。

その時、もうやつの心が動くのが見て取れたから、
大昔の王の話をした。
記憶にある名前を思い浮かべて、
僕はこう言った、その一人が、この場所に
宝を隠したが、悪魔がそれを見せてくれた、
そして、夜のしじまの中で、
秘密の儀式を行って、
精霊たちにご加護を願って、呪文をとなえれば、
そのおかげで獲物を集めてくれる、
そして、地中奥深くに封じ込められた
沢山のすばらしい物を分け与えてくれる、
ただし、望み通りに目的を遂げたかったら、
僕を雇って、時間をくれなければと。
やつは欲に目がくらんで、言うなりになり、分別を失った。
釣り針に掛かって、餌を呑み込み、
獲物への期待から、頼んでも無駄だろうと思っていたものを

僕に与えずにはいられなかった。
僕は庭に忍び込んで、夜になると仕事に取り掛かって、
魔法をかける時間のふりをして、
一人で庭に行き、一番奥まった場所に、
持ってきた宝石を埋めた。
それから、好きなだけ時間を稼ぐために、
やつの前でそれを少しずつ手で引き出した、
悪魔は僕の呼び声に応えたが、
いっぺんに全部は手に入らないと言ったというふりをした。
こうして、幸運が始まり、苦しみは終わった。
毎日王女が散歩するのを見かけるが、
たびたび僕に声をかけてくれて、拝むことができる。
教えてくれ、僕の心はこれ以上何を期待すればいいのだ、
望みにふさわしいのか、それとも嘆かねばならないのか。
リザンドル　運が上向けば上向くほど、恐れねばなりません。
　運がもたらした幸福は、見かけだおしの幸福です。

『変装の王子』

はじめと終わりではまったく違います。
移り気は人を嘲笑い、気まぐれは人をだまします、
そしてわれわれの幸せは、運命の車輪の回転しだいです、
ですから、まさにわれわれはその過ちを質して、
必要に応じてその好意と時間を使い、
貴重な好機を逃さないことです、
そうすれば高邁な魂にとって、すべては容易になります。
ですが、機会をないがしろにすれば、二度と巡り合うことはありません。
幸運に感謝するなら、敬意を払うことです。
クレアルク　お前の忠告と友情は受け取っておこう。
さあ、ここで別れよう、この愛の言葉を役立てるために、
僕のもくろみが呼んでいる。
（かれは手に一枚の紙を持っている）
リザンドル　大胆で危険なもくろみですね。

第三景
メラニール

美男子の魔法使いさん、あなたは何をしてるの？　何を考えているの？
私の心が燃え上がっているのを知らないなんて。
なんて見る目がないの、その勝利者の美しい目は、
地面の中は見抜けても、決して心の中が見えないなんて。
あなたは宝物を探してるけど、あなたの心はとっくにそれを手に入れているのよ。
東方の国がどんなにきらびやかでも、あなたには敵わない。
あなたが一目みてくれるほうが、黄金すべてよりもずっといいわ。
私の宝は、そのまなざしだけ。
ええ、あなたの美しい目が何気なくこちらを向けば、
苦しみは消えて、喜びがわくわ。
そして、その絶対の支配者が私の気分を意のままにする、
あなたを女たらしと呼ぶのは、そのせいよ。
でも、なぜ、その強い力をもっと上手に使わないの？

『変装の王子』

なぜ、愛を人に与えても、自分のためには用いないの？
美男で、情け深く、魅力的なのだから、正しい人にもなってね。
私が恋をしているのを見て、そして恋人になって。
恋に狂った熱い心を受け入れて。
私の話を我慢して聞いて、その言葉を読みとって、
ため息が語ることに耳を貸して、この想いを聞いて、
私の心の安らぎを奪った魔法使いさん。
でも、あの人は何もしてくれない、あの人のつれなさは相変わらず。
命を捨てるか、慎みを捨てるかだわ。
尊敬、恐れ、恥じらいよ、お前たちはここから立ち去れ。
結局はこっちから話さなくては、愛の神がそう命じている、
そして私たちを傷つける苦しみをはっきりと見せなくては。
心を開けば、口も開けるはず。
あのつれない人に見せましょう、ぐずぐずせずに、
あの人を熱愛している女を愛するかどうか聞いてみましょう。

第四景

クレアルク、リュティル

クレアルク　昨晩はいい月夜でした、
呪文で月を虜にすることができました。
美しい銀の輝きも私の魔法で色褪せて、
影は念の入る仕事を隠してくれました、
そのおかげで、他の誰よりも強力なこの手は、
悪魔からあなたの分け前を受け取ることができました。
ご覧ください、この杯がどれほど目を楽しませるか。
材料もさることながら、出来映えもすばらしいでしょう。
リュティル　おお、幸運の出現に感謝しなくては。
クレアルク　私の善意がお分かりいただけなくとも、
私の友情がどんなものか、いずれ分かっていただけるでしょう。
リュティル　自分の取り分は懐に入れて、お前の分を取っておこう。
クレアルク　さあ、行ってください、誰かやってきます。

リュティル　千里眼のアルギュス(10)の先手を打って、取り押さえてやるか。
クレアルク　さもなければ、お前が取り押さえられるか、私が命を失うかだ。
さあ始めよう、恋の相手がやってきた。
(彼はこの台詞を小声で言う)

第五景

アルジェニー、フィリーズ、クレアルク

アルジェニー　御覧なさい、あの者の手の動きはなんて優雅なんでしょう。
こんな仕事よりも、剣術がふさわしいわ。
何をなさっているの。
クレアルク　　　　花を植えております、
さまざまな色の花が咲き乱れていますが、
これも世界で一番美しい瞳に気に入ってもらうためです。
アルジェニー　お日様のことを言っているのね、あなたにお報いくださるわ。
クレアルク　そのお言葉は花を侮辱するものです、我慢なりません。

花々に口が利けたら、わが身を捧げているのは、
あなた様のために生まれて、あなた様のために死ぬためで、
そう知っていただければ、これに過ぎる幸せはないのです。
（彼は彼女に花束を差し出す）
アルジェニー　まあ、なんて礼儀にかなった物腰でしょう！
クレアルク　　　　　　　　　　　　　　そんなことは、誰も教えてくれません。
森では、才気も育ちません。
この国では、知り合いもなく、
学問もまるでなく、何一つ物を知りません。
アルジェニー　そうはいっても、お前にはこの地の物事が分かっています。
クレアルク　手前どもは、才気はありませんが、見る目は持っております。
アルジェニー　何が言いたいのですか。
クレアルク　　　　　　　　　見る目がないというものです、
あなた様が備えていらっしゃる美しさのお側近くにいて、
あなた様の魅力に匹敵するものが
世界にないことに驚かず、知らずにいるとしたら。

どんな礼儀知らずにも分かることで、
知らないふりするのは、罪というものです。

フィリーズ　なんてことでしょう、森で育ったというのに、こんなに筋道が通っているなんて。

これは魔法使いです、姫様、この場を離れましょう。

アルジェニー　あなたの話にはうっとりするわ、あなたの身の上を、
そんなふうに、話してくれますか。

クレアルク　ああ、姫様、そんなことを知りたがるものではありません。

私を導く星は、気まぐれです。

不幸な話くらい、厄介なものはありません。

あなた様は、私にも私の運命にもご気分を害されることでしょう。

私が自分の宿命と出生を隠しているのは、
人に知られないほうがいいからです。

（この台詞は二重の意味がある）(11)

アルジェニー　ポリカンドル、あなたの生まれがどうあろうとかまいません。

あなたを生んだ人たちについては尋ねません。

その人たちに欠けているものがあるとしたら、それはあなたの長所に花を添えます。

私は、この泉水が大好き。
その波に、大理石の象牙の色が照り映えているわ、
のどが渇いているけれど、飲む器がないわね。
クレアルク　王女様、しばらくお待ちください。
アルジェニー　ああ、あの者と話していると本当に気が晴れるわ。
この一日が終わるのが惜しいくらいだわ。
フィリーズ　姫様、本当に、私もただただ驚くばかりです。
戻ってきました、何を見つけてきたのでしょう。
クレアルク　（泉水で杯を洗う）
この器はたいしたものではありませんが、きれいに洗いました。
王女様、これでお飲みください。
アルジェニー　（飲んだ後で次のように言う）
　　　　　　ああ、あなたはこの器を侮辱しているわ。
こんな立派な品は見たことがありません。
クレアルク　私の国のガリア(12)にはさまざまな遊びがございます、
その時、詩の朗誦で賞品にもらいました。

アルジェニー　その詩を覚えていますか。

クレアルク　　　　　　　　記憶しています。

アルジェニー　語ってくれますか。

クレアルク　　　　　ああ、身に余る光栄です。

（彼は小さな声で次の台詞を言う）

勇気をだそう、幸せな恋人よ、ここまでは順調だ。

あなた様のお言いつけに従って、姫様、始めます。

スタンス(13)

美し(うま)国ギリシア、
若き皇子(みこ)は恋すれど、
愛しき人にまみえるをためらい、
危うきもくろみを抱けり。
美しき人に近づかんとせしものの、
愛の誓いを
不運に妨げられ、

己を貫く魅惑の矢に急き立てられて、
賤しげな衣（ころも）に、
身をやつせり。

運命の神は嘉したまい、
その力を示さんものと、
かの者を愛すべき水の精に
差しいだして、迎え入れさせたり。
かくて、ひなびた衣にて、
羊の群れに草を食ませるべく、
日々心を尽くし、
出生の与えし王冠（かんむり）を、
足下に踏みにじるは、
愛の王冠のため。

栄光と喜びに満ちて、

『変装の王子』

かく生きてきたり。
されど、望みは失せたりといえども、
心かきたてる
想いは蘇り、
安らぎを奪う恋の炎を
燃え上がらせたり。
その教えを固く信じて、
かの乙女に近寄り、
心はかくのごとく語れり。

水の精よ、我が甘き定めを
とくと知れ、
我は汝と同じく
神々の血筋の生まれ。
されど、身をやつししこの姿は
汝に与えられし心を

意のままにせし者がなしたもの、
シルヴィの意に染まぬものなら、
罪を言い渡されるやいなや、
この心は命を絶つであろう。

我は……ここでかの者は口を閉ざす、
まさにその名を告げんとせしその時に。
おお、なんたる畏れに襲われしか！
かの乙女を敬わねばならぬ！
男は敬意と沈黙の
きびしさに苦しむ。
顔は青ざめ、震えおののき、
かの美しき女が情け深きか、つれなきか、
言いうべくもなく、
かくてこの物語は終わりぬ。

アルジェニー　ああ、なんて上手な朗誦でしょう。脚韻がこんなによく聞き取れるなんて。

それに、詩句に力があって、どんどん勢いがついていく。

さようなら、夜も近いわ、戻らなくては。

クレアルク　こんな激しい喜びは長く続きはしない。

愛の神よ、お前の国で僕はなんという甘美さを味わっているのだろう。

あの人は、間違いなく僕の言わんとするところを理解してくれた。

だが、喜ぶのをやめよう、さもなければ、隠しておこう、
追いかけて来る者に気づかれないように。

第六景
メラニール、クレアルク

メラニール　（この台詞を小さな声で言う）
体面を気にして黙っていたけど、あの人と話しましょう、もうその時だわ。
どうして、あなたはいつも考え込んで、物思いに耽って、一人なの？
いつも宝物ばかりを欲しがって、

そのために、他のあらゆる喜びは無視するの？
地面の中ばかり見て、心の中を見ようとしないの？
許してね、美男の魔法使いさん、あなたを責めたりして。
この荒んだ気持を非難されても仕方がないけど、
声をかけた女にだって愛することはできるのよ。
クレアルク　私が貴金属にばかり注意を向けているから、
欲張りだと、思っているんだね。
持っているもので十分満足しているさ。
金を探しているのは、あんたのためさ。
メラニール　夫は乱暴者で、欲に目が眩んでるの、
まったく、私の人生の安らぎにはなんの役にも立たないわ、
あなたがそれを与えてくれたら、
少しは満足が得られるわ。
クレアルク　運命に苦しめられている不幸な男に何ができるんだね？
メラニール　運命のお恵みを私に与えてくれれば、出来ないことなんてないわ。
クレアルク　私は何も持ってないのに、何がほしいんだ。

『変装の王子』

メラニール　少しは占いができるんでしょう。
私が何も言わなくとも、ため息に気づいてちょうだい、
そしてこの病気がなんだか当てて、早く治してほしいのよ。
この目が十分に語っているでしょう、この心は目でものを言っているの、
恋い焦がれているって、だってあなたが愛してくれないから。
私の苦しみが分からないの？　心を開いているのが見えないの？
目がないように、耳もないの？　私を破滅させようって誓ったの？
私の愛の炎のそばで、氷のような態度を取り続けるのは、
あなたが臆病者で、私が恥知らずだからなの？
クレアルク　理性を失いそうだ。
この場を去ろう、この美しい敵に打ち勝たなくては。
メラニール　逃げるのね、人でなしの高慢な勝利者、
私の心の贈り物を受け取らないの？
思い上がって、その軽蔑は私の恥を手柄にするの？
私のため息を聞いても、なにも感じないの？
憐れみも持たないの？　私の苦しみを嘲笑って、

一目見ようともしないの？
そして勝手に虎や彫像を愛していろというの？
いえいえ、恋の恨みよ、私を殺す毒を取り除いて。
もうだめなのね、逃げるがいい、私を裏切ろうとした悪魔、
憎まねばならない男をもう愛したりしないわ。

第三幕

クレアルク、メラニール、リザンドル、フロレストル、リュティル、
アルジェニー、フィリーズ

第一景

クレアルク、リザンドル、フロレストル

（彼らは庭園の壁越しに手を叩く）

クレアルク　合図だ、返事しよう、
リザンドルとフロレストルだな。

リザンドル　　　　　　　　　　　　王子様。

クレアルク　　　　　　　　　　待たせたな。

だが、夜まで待たねばならなかったんだ。

果実を収穫するには種を蒔かなくちゃあ。

（彼は、隠していた宝石を要求する）

リザンドル　恋のためにとんでもない危険に身をさらされていては、

私もフロレストルも休む暇もありません、

私たち二人の気持は一緒です、

あなたが命じる新しい指示に従います。

クレアルク　お前たちの尽力には感謝するが、その必要はない。

幸せな男は誰でも、決して敵を恐れたりしない。

すべて、こちらの望みどおりだ、逆らうものは何もない。

満足を得るためには、実行あるのみだ。

リザンドル　王子様は運命のいたずらをよくご存じと思いますが、

敢えて申し上げてもかまいませんか？

運命はいつでも運命で、変わりやすいものと、もう一度、お考え直しいただけませんか？

クレアルク　船に乗り込んだら、勇気まかせ。
港に着くか、さもなければ嵐で命を落とすかだ。
引き返すのは卑怯というもの、
そして今日という日に、その代償はあまりに高くつく。

リザンドル　よくお考えください、王侯が立てたもくろみというものは、
どの国でも常に人の噂になります、
あなたがこの地に旅立ったのを知って、
一杯食わされた多くの人が、どこでも目を皿のようにしております。

クレアルク　リザンドル、遠慮なく言わせてもらえば、笑ってしまうよ。
恐ろしいものを見せられても、僕は決して動揺したりはしない。
栄光への道が死の道であろうと、
危険を顧みず、歩みを進めるだけだ。

リザンドル　沈黙するのが礼儀だとは分かっています、
ですが、この苦しみはあまりに激しくて、口を閉ざすわけにはいきません。
どうかお許しください、殿下、もう一度申し上げます、

アキレウスのように生きて、ヘクトールのように死ぬべきです[14]、
私たちを殺そうとする敵を攻撃して動揺させ、
倒れた城壁の下に敵を埋葬して、
その墓所に血と涙を降り注がねばなりません。
命を落とされるのであれば、花に埋もれてではなく、その場所でです。
あなたの名声にとって何がいいかお考えください。
花壇を作るのがいいのか、軍隊を統率するのがいいのか、
君主として姿を現して、すべてを従えるのか、
防ぎようもなく、敵の手に落ちるのか。
私の忠義は差し出がましいでしょうが、そうさせるのは私の義務、
殿下を思う心からです、それに免じて、お許しください。
クレアルク　ああ、その怒りは非の打ち所のない友だからだ。
理由が分かっているから、その結果は許される。
僕はこのまれに見る率直さをうれしく思う、
報酬をあてにせず、
国王の心や耳におもねようとせず、

世辞を言ったり、声音を変えるようなまねをしたりしない心から来たものだ。
たしかに、僕が尊ぶ真実は、
飾らぬ美しさを求めている。
分かっている、リザンドル、利はお前にある。
だが、それに耳を傾ければ、あらゆる手段が奪われる。
暴君は、それを理性と共に追放する。
僕が好きなのはそうした態度だが、アルジェニーはそれ以上だ。
その言葉と厳しさに逆らっても、
僕は、あの人の瞳のために理性と真実を捨てるのだ。
リザンドル　あなたの苦しみを癒すために、苦しみを与えるものを諦めてください。
クレアルク　僕がほしいのはあの人の心で、王冠ではない。
僕の誓いは、その厳しい忠告を受け入れるわけにはいかない。
僕のために、愛の神が誓いを受け入れて、強制している。
僕はそれを望んでいるのだ。引き下がってくれ、リザンドル。
口応えするな、誰かやってきた。
さあ、別れよう。

リザンドル　厄介な命令だ、
あの方を危険にさらして、卑怯にも立ち去るのか。

第二景

リュティル、クレアルク

リュティル　なあ、ポリカンドル、お前の話は俺の心を奪ったが、
すばらしいものは手に入るのか?
お前の呪文で、悪魔が気に入るか、納得するかさせて、
すぐにそのお宝を全部出してくれないかな?
満足するにはほど遠くて、
欲望はますます大きくなって、渇きが増してくる。
黄金とは不思議な力をもった魔法の金属だ、
手に入れれば入れるほど、ますます欲しくなるんだからな。
クレアルク　親方、信じてください、まもなく
魔法が伝授した神聖な言葉の力で、

少なく見積もっても見たことのないほどの財産が、
悪魔たちからあなたの手に入るんですよ。
金無垢のテーブル、花瓶、
真珠やルビーで見事に飾られた彫刻、
エメラルドの玉座、黄金の山。
リュティル　なぜまだ手に入らないんだ？　なぜこんなに遅いんだ？
クレアルク　分かってください、私の技には
時間と忍耐の助けが必要なのです。
この秘密の儀式にとって、ここは運気がよくありません。
空は夜霧に濡れすぎて、少し暗くなりすぎています。
月は欠けていて、役目を果たしません。
地獄は私の声に耳を貸さず、生贄を求めています。
一木一草、木の根、花、鉱物ひとつ
見つからず、すべてが水の泡です。
ほとんど仕上がっていた仕事をやり直さなくてはなりません、
分かってはいたのですが、その苦労が起こってしまいました。

『変装の王子』

でも、私の技の力、
私にできる簡単な小手調べを御覧ください。
この輪の中に入ってください。

リュティル　　　　ああ、神様、体が震える。

クレアルク　死にたくなければ、誰にも話さないことです。
私たち二人のためにさせてください。
さもないと、あなたのせいで、何も現れないかもしれませんよ。
こいつ、すっかりひっかかって、驚いてやがる。
（彼はこの台詞を小さな声で言う）
歳月を司る者の偉大な妹、
三つの名前を持つヘカテ(15)よ、冥界に赴き、
我がために悪魔の鎖を解け。
汝の光でアヴェルヌ湖の門を開け(16)、
しかる後、悪魔よ。かつて多くの黄金が埋められた
この豪華な洞窟を開け。
かくして、魔法使いは汝を青ざめさせるようなことをはするな。

かくして、汝が褒め称える美しい羊飼いを、
曙の神が目覚めるまでは眠らせるな。
かくして、年老いた夫に大いびきをかかせろ、
それは、汝が自由の身になるためだ。
魔法が掛かりました。これを受け取ってください、リュティル親方、
どうしました、膝が震えています、額が濡れていますよ。
（彼は宝石をいくつか与える）
リュティル　恐ろしい。
クレアルク　　　　　　あなたは勝利者です。
黄金は心臓にとてもよいそうですよ。
さあ、戻って、輝く月が、
感謝を求めているようです。

第三景

メラニール

激しく燃え上がる、理不尽な残り火よ、
焼き尽くしたこの心を捨てよ、
私に希望がないのだから、お前には燃やす物はない。
お前の意に反して、私の理性は無傷のままだ。
理性が勝利するか、さもなければ涙のしずくが、
私の命を消して、お前の熱気を冷ますにちがいない。
私たちの魂を導くこの熱狂を捨てよう。
美しいけれど厄介な想いよ、出て行け、この心から出て行け、
最後に理性に義務を果たさせろ、
手に入らないものをもう見せるな。
私が近寄れない砦を攻めても無駄だ。
私が愛情を抱くのは、つれない相手。
神よ、こんな残酷な苦しみがいつまで続くのですか？

『変装の王子』

こんなことの後で、まだ何を期待したらいいのですか?
いいえ、いいえ、お追従者の物思いよ、お前は私をもてあそぶ。
氷はいつだって炎と相いれない。
本性を変えない限り、あの男は変わらない。
私の慰めは、ただ復讐だけ。
わが心よ、使えるものはすべて使って仕返ししましょう、
そして愛すべき顔から眼をそむけましょう。
変装した怪物の魅力を忘れて、
私をどんなに冷たくあしらったかを思い出しましょう。
とにかく疑いは、心に空想を広げる。
激しい怒りとともに、私は嫉妬の念を抱いている。
心に嫉妬を持つのには理由がないわけではない。
あの魔法使いの大きなたくらみは何か怪しい。
魔法がかけられるのは夜だけだし、私たちにくれるたくさんの黄金は、
その計画の目的がよくないことを示している。
私の姿かたちは、冷たくされるようなものじゃない。

間違いなく他の相手があの心を捉えているんだわ。
あいつのしていることを暴いてやりましょう、
何があっても絶対はっきりさせなくては。
来たわ、隠れましょう、夜を必要とするあの秘密の魔法が
あいつをどこへ向かわせるか、見ていましょう。

第四景

クレアルク

無上の喜び、物思いの種、
常軌を逸した魂の快いペテン師、
魅力に満ちた甘い希望よ、現在の栄光と来るべき幸せについて、
僕と語り合いにおいで。
お前のむなしい言葉が恋の炎へのへつらいであろうと、
希望よ、お前に耳を傾けて、この心を開こう。
愛の炎を燃え上がらせて、望みを膨らませろ、

本当の苦しみの中に偽りの喜びを混ぜろ。
お前の嘘と同じに、僕は自分の思い違いまでも好きだ。
そして美しい夢を紡げるなら、これに過ぎた幸せはない。
なぜなら、僕のこのもくろみの輝かしい結末を
本当に手に入れられる者が、他に誰がいるだろう？
だが、この暗い葉陰の下に見えるのはなんだ？
黒い影のせいで見間違いしているのだろうか？
王女だ、おお、なんということだ。
こんなことを、この目が信じられようか？
こんな時間に庭園に！　いや、気の迷いだ。
とにかく、この柵に隠れよう、
この場所に現れた幽霊が、
僕の目と耳をだましているのかどうか、見ていよう。

第五景

アルジェニー、フィリーズ、クレアルク

アルジェニー　出てくる時、侍女たちを起こさなかったかしら?
フィリーズ　みんな、魂の抜け殻のように寝込んでおりました。
お目付け役だけは高いびきをかいていましたから、
死んでいるようには見えませんでした。
アルジェニー　それはよかったわ、泉水のそばに座りましょう。
せせらぎは快いし、夜は穏やかです。
銀色に染まった木々と月が
ここで影と光を美しく溶けあわせています。
人気のないこの場所には、穏やかな沈黙が支配しています。
でも、静けさを追い払いましょう、私は黙ってはいられません。
フィリーズ　姫様、確かにこの数日、
あなた様のお顔の色も口ぶりも変わりました。
ご気分がいっそう沈んで、尋常でないご様子は、宮廷を嫌い、孤独を求めておいでなのですね。
無駄とは分かっておりましたが、それでも、
あなた様を悲しませている不幸の理由を考えておりました。
アルジェニー　刺すような悲しみ、物思い、その渇望の激しさは、
燃え上がった私の哀れな心を今にも呑みつくしてしまいそうです。
どうか、ほんのしばしの休息を、さもなければせめて、
この苦しみの後で、誰もいないところで、一人で、
ため息をもらすのを許してちょうだい、私は苦悩に耐えていますが、
それを責める拷問にひそかに苦しんでいるのですから。
フィリーズ　あなた様を思うこの気持がお分かりなら、
お悩みの半分も分け与えてください。
人知れず恋の炎に身をこがすのはもうおやめください、
フィリーズが口の堅いのをお忘れなく。
アルジェニー　私には玉座に登る資格がありますが、それがなんになるの、
抑えきれないこの苦しみを抱いて、
黄金の下でやるせない心をもっているなら？

私が貴い身分なのは本当です、でも不幸せです。
それほど華やかでなくてもいいから、大きな喜びとともに、
自分の願いに従うことが、どうして私には許されないのでしょう、
世間の住まいから遠く離れて、
豪華な宮殿からただのあばら家にでも移れば、
心配事から逃れられて、
ここにはない心の安らぎを見出せるのでしょう。
フィリーズ　私には分かりません。お悩みを取り除けられるのは誰ですか?
アルジェニー　二人の強力な敵です、愛の神とポリカンドルです。
ああ、恥ずかしい、慎みが額に罪を刻みつける!
でも、もう取り返しが尽きませんね、その言葉を漏らしてしまったんですもの。
フィリーズ　普通なら、確かに恋の過ちを
責めるところでしょう、でも私はそれが間違っているとは申しません。
どんなに戦ってみても、身を守ることはできません、
あの者の美徳を評価しないわけにはいきませんからね。
それに、愛のためにこの国にやってきた相手が

王子ではないと、誰に言えるでしょう?
あの者が口を閉ざして身を焦がしているのは油断なりませんが、
おそらくは敬意が口を開くのを妨げているのです。
アルジェニー　あなたの話は役に立たなくとも、私の苦悩を和らげてくれます。
神様、求めているものをこんなに簡単に信じてよいのでしょうか?
フィリーズ　かまいません、そのお話は真実です。
お信じください、あの者は身分の高い様子をしています。
礼儀正しく、慇懃で、感じのよいその振る舞いと言葉遣い、
作り事といっていたあの不思議な詩句、
あの者が捧げた精巧な杯、
生まれついての職業にふさわしからぬ
繊細なその手、
こうしたすべてが、嘘偽りなく、私の理解を助けてくれます。
そして愛がその目にはっきりと見て取れて、
それが、あの者が王子なのか、それとも厚かましいだけの男なのかを教えてくれています。
アルジェニー　本当にあの人の炎のようなまなざしは、しばしば

私の顔を赤らめさせ、私にその心を読み取らせました。
あの人が愛していることはよく分かりました、愛の誓いがよく理解できました。
でも、王子の生まれだと、誰が保証してくれるでしょう?
　　　　　　　　　　　　　　　　　　　　　　　この私が。
クレアルク
天は王女様に、驚異を授け、
自然は心血を注ぎました。
この世の奇跡であるあなたさま、あなたは間違ってはいません、
私のために、信じてください、私が卑しい身分ではないと。
あなたにこの魂を捧げるこの私を生み出した者は、
時が来れば、私に王笏と王冠を残してくれます。
私はそれをあなたの足許に、あなたの魅力の下に捧げます。
どうか、私の心とともにそれを受け取ってください。
アルジェニー　ああ、今この時に私には決心などできません!
クレアルク　私が本当のことを言っていないなら、
私の思い上りに報いを与えるために、どうぞ雷の一撃で、
天がこの無謀な行いを罰しますように!

たぐいまれな姫様、もう長い間、
私の心が崇めているのは、あなたの愛らしい瞳にほかなりません。
この心は恐れながらも期待して、愛に生き、そして愛に死ぬのです。
たとえ遠くにいても、この心はこの宮廷に留まっています。
私の情熱は理性の取るに足らぬ忠告よりも、
もっと生き生きとして、もっと強くて、
目標は高くとも、幸せなもくろみを私に抱かせたのです。
ああ、恋する心が試みないことがありましょうか？
と申しますのも、幸せなことに、王女殿下はこう申されました、
この愛情になんの差しさわりもないと。
それならば、お考えください、死ぬまで
私があなたの足跡に口づけしなくてはならないのか、
そしてその足許でためらう多くの恋人たちの中で、
誰がこのような美しい栄誉を得ることができたかを。
アルジェニー　どうか私の驚きを許してください。
私には話すことも、ここに留まることもできません。

『変装の王子』

でも、ここに、明日、この時間に来てください。

クレアルク　来なかったら、私は死ぬしかありません。

しかし、あなたは立ち去ろうとしながら、

私に何をお命じになるのですか?

アルジェニー　　　　期待することを。

クレアルク　天は称えらるべきかな、私は求めていたものを得た。

さあ行け、幸せな希望よ、あの人が命じている。

そして、お前が登った栄光の高みに留まれ、

それは僕の勇気のせいではない、あの人の愛情のおかげだ。

第六景

メラニール

やっと私の破滅の原因がわかったわ。

魔法使い、お前の腕がどれほどでも、お前の本当の心が見えた。

人でなし、厚顔、腹黒、意地悪、ペテン師、

『変装の王子』

お前はまったく気にしていないけれど、雷が落ちるわ、
お前の思い上りは、当然の報いを受けるのよ。
恋する女が怒ったら、何をするか知ることでしょう、
その心は、無礼なつれなさを憤って、
心を奪った相手を手に入れるか、殺そうとするのです。
お前の図々しさがどんなすばらしい愛の証（あかし）を手に入れて、
私の死をたくらもうと、自分の死をたくらむことになるのです。
私の受けた侮辱に復讐して、
私を繋ぐ鎖を解いて、おまえを牢に落としてやる。
王子だろうが、そうでなかろうが、私の正当な慰めには関係ない。
私は見事に復讐して、いっそうの喜びを得るだろう。
あいつが死ぬのを見て、嘲りの笑いを浮かべてやる。
あいつが東方の王であろうと、私の心の王ではない。
いい機会だ、この機会をうまく使いましょう。
心は家臣であっても、逆臣になれ。
愛ではなにも守れないが、激怒ならなんでもやれる。

さあ、どこまでも大胆に罪を追い詰めてやりましょう。

第四幕

リザンドル、フロレストル、ロズモンド、アンテノール、メラニール、クレアルク、アルジェニー、フィリーズ、護衛隊

第一景

リザンドル、フロレストル

リザンドル　時間だ、フロレストル、行こう、任務と義務が
呼んでいる、忠実に職務を果たせと。
今夜は暗く、都合がいい、
われわれに味方しているようだ。
確かめてみよう、王太子殿下がお命を危険にさらす
あの望みを相変わらずお持ちかどうか、
われわれを必要としているのかどうか、事は何も捗っていないのか、

それとも、お考え通りの運命なのか。
あの方に約束されているものはむなしい期待だ、
私には、とても本当とは思えない。
それに殿下の広いお心は私を安心させようとするけれど、
あの方のもくろみがどうなるか、さっぱりわからん。

フロレストル　ああ、勇敢なリザンドル、私も同じような不安から
絶えず不吉な予感がする。
あの方と会う手だて、あの方にお仕えする名誉が
奪われると思うと、絶望する。
そして、先の読めない運命が、
ネプチューンの手であの方をこの海岸に投げ出したあの日を呪う。
あの神は運命と同じ裏切り者だ、あの方の誇りを地に落とす、
そしてあの方を港に着けたのは、柩に納めるためだ。
こう言うのも、多くの兵士、多くの隊長が
気高いわが軍の捕虜になったように、
あの方が何者なのかついに分からないまま、

過酷な定めを受けさせることなどできようか、
憤った女王の手にゆだねられて、
常軌を逸したその怒りの果てに、生贄になろうとしているのだぞ。
私は、愛があの方を向かわせた場所を知った時、
血も凍り、震え上がり、身震いした。
おそろしい恐怖がこの広場に私を留めて、
額に冷汗が流れる。
心は乱れ、途方に暮れている。
かつてこんな事態に陥ったことはない。
リザンドル　だが、あんなに用心深い父上が、どうして
このような企てを許したのだ？　どうしてあの慎重さが働かなかったのだ？
フロレストル　王子は、誰も考えもしない場所にいらっしゃった。
別れも告げずに宮廷を出発した。
後で知らされたところでは、あの方は悲嘆にくれて、
旅で少しは心を慰められるかとお思いになり、
つらい心配事から遠ざかろうと出かけられた。

それなのに、あの方がなんの考えもなく、
この地に潜入するなどと、どうして考えられただろう、
あの方を殺そうと、女王の心の内で憎しみがさらに募っているというのに？
国王様に知らせることも禁じられたうえ、あの方に会うこともできないのに、
どうしてあの方を信じられるのだ？
リザンドル　すべては今日、神のご加護に掛かっている。
あの方の希望が叶うかどうかは疑わしいが、危険は明らかだ。
あの方がその魅惑から逃れようとしないなら、
フロレストル、君と私が何をしても無駄だ。
しかし、あたりは闇に包まれて、皆眠っているから、
王子が何をしようとしているのか、見に行こう。

第二景

ロズモンド、アンテノール、メラニール

ロズモンド　ああ、神々よ、アンテノール、お前はなんということを知らせてくれたのです？

アンテノール　あなた様と同様、驚いております。
ロズモンド　この信じられない出来事は、
地獄からやってきた復讐の神が吹き込んだ嘘です。
アンテノール　陛下、この女はあなた様に、
この事件はご覧いただくのが何よりと申しております。
ロズモンド　確かにもっともです、大きな驚きには、
証人として目と耳が必要です。
そしてそれが本当であっても、この心は滅入り、冷え切って、
何を見ても、なかなか信じられないでしょう。
メラニール　女王陛下のお気持が和らぎ、慰められるものなら、
すぐに私の話の結末をお見せいたしましょう。
アンテノール　隠しておいてもよかったのですが、あなた様に不幸をお伝えします。
この国の法律は、私にこう言わせております。
法律は、王侯が自ら厳しく命じたものであり、
王冠を戴く首も決して容赦せず、
どのような罪であれ、罰を受けることを求め、

『変装の王子』

地位にも身分にも例外はないと。
ロズモンド　おお、不幸な母親よ！　おお、憎むべき娘よ！
私が聞いたことが本当なら、
どんな厳罰がいいのでしょう、
思い起すたびに私を絶望させるお前の罪を罰するには？
庭師ふぜいがお前の欲望を満たすというのか！
ああ！　この卑しい選択が、お前の命を奪う。
お前に命を与えた者にも、お前を救うことはできない。
なぜならこの罪はあまりに汚らわしくて、お前の血で洗い流さねばならないからだ。
そして法に背いても、情炎がお前の心を捉えて離さないのなら、
それを清めるには、本物の炎が必要です。
家臣全員を戦慄させるでしょうが、
それは私の持つ王笏の名誉を救うためです、
王笏はお前の汚れた手に決して渡ってはならぬ、
もうだめだ、そうしなければならぬ、決めたぞ。
家門の恥です、娘を殺しなさい、

そして懲罰は無分別と釣り合った厳しいものにしなさい。
母の愛、いやそれでも、この事件では、
名誉は人の情よりも重い。
今、私のために、愛情は義務に席を譲るのです。
メラニール　女王様、時間になりました、ご覧になれます。
ロズモンド　お前の話が嘘だったら、お前の身が危うくなりますよ。
（彼女はアンテノールに話す）
アリストと護衛兵を四人、呼びなさい。
夜、彼らを捕えるには、十分な数でしょう。
でも、音を立てずに行いなさい。
私が待つ部屋に連れてきなさい。
さあ、お前が逮捕されるか、お前が逮捕するかです。

第三景

クレアルク

切なく幸せな時よ、早く戻っておいで、
恋の相手を連れて来ておくれ。
僕の目があこがれる美を見せてくれ、
そして僕をさいなむ不安を焼き尽くしに行け。
あの美しいアルジェニーがまだまどろんでいるのなら、
僕を起こしたお前、あの人を起こしに行け。
どうか、愛の神よ、僕の美しい敵に向かって飛んで行け。
あの人が寝入っていたら、僕のために近寄って
こう言うのだ、恋の痛手で人をじらしておいて、
その深く心地よい安らぎはふさわしくありませんと。
あの人に約束したことを思い出させるんだ。
いや、ここにいろ、僕の苦しみは軽くなった。
僕の女神がやってきた、おお、天にも昇るようだ、

『変装の王子』

喜びのあまり死にそうだ。
あの人の姿が、僕の顔の上に照り映えている。
本当の愛は、希望を従えて、恐れず進む、
そしてあの愛すべき姿を見て、
心のうちに常に敬意が刻み付けられる。

第四景

アルジェニー、フィリーズ、クレアルク

アルジェニー　体が震えるわ。
フィリーズ　ああ、なんという危険、なんと目覚ましい勇気でしょう！
アルジェニー　ええ、決して離れないで、この小道にいてね。
運命は、あなたに私の秘密を明かすことを望みました。
でも付け入ったりしないで、常に慎み深くしてください。
そして私を安心させてください、なぜなら、こうして抜け出してきたのは、
あなたの愛と同時に、あなたの慎みを信じているからです。

『変装の王子』

クレアルク　あなたのご好意に感謝します、その上で、
あなたのご意志に背いて行動したりは、決していたしません。
そしてこの人気のない場所で欲望を抱いたとしても、
敬意をもってそれに耐え、欲望を黙らせます。
そしてあなたが断固とした力を用いなくとも、
私は常に義務の言葉の範囲に留まります。
と申しますのも、私はすでに、あなたのご記憶の内に席を占めるという
過分の幸せと過分の栄光を得ているからです。
こんな大きな幸せの後で、何を願えるでしょう?
この幸せを得た者は、ほかになんの望みもありません。
アルジェニー　崇められるべき美徳の足跡を辿るなら、
理性と愛は分かちがたいものになります。
私は心奪われ、あなたも魅了されることでしょう、
もしあなたが愛し、愛されることで満足するなら。
クレアルク　この恋の炎は、火がついたその場所に留めておきましょう。
私は大きな火を燃やし続けていますが、煙は立てません。

それは、私に卑しい気持を抱かせるどころか、
恋の相手と同じくらい純粋で神聖なものです。
アルジェニー　ああ、確かにそのお話ぶりは身分の高い王子にふさわしいものです、
その心もその国も支配して、
不正な欲望に法律を与え、権力の行使を控え、
快楽を抑えられるのですから。
クレアルク　私に知恵はありませんが、地位は持っています。
アルジェニー　それだけでは足りません、私を納得させるのは才気です。
でもお名前を教えてください。
クレアルク　　　　　　　　　もう引くわけにはいかない。
死ぬか、生きるか、覚悟して話さなくては。
王女様、ご存じのとおり……

第五景

ロズモンド、アンテノール、アリスト、メラニール、護衛兵たち、
アルジェニー、クレアルク、フィリーズ

ロズモンド　　私は何を見ているのでしょう？
ああ、分かりすぎるくらい分かった。衛兵たち、二人を取り押さえよ。
アルジェニー　発見されたわ。
クレアルク　　なぜこの方を捕えるのだ？
その怒りの報いを受けるのは、私一人でいい。
ロズモンド　部屋に連れて行け、おお、比べようもない苦悩よ、
お前のために苦しみながら生きねばならないのか？
メラニール　復讐の心地よさが五感に染みわたる。
私が感じているものは言葉にしようもない。
思い上がった男、思い知るがいい、愛されなかった女は、
怒って、どんなことでもするのだ。
フィリーズ　ああ、天よ、なんてことでしょう！　おお、神よ、なんという不幸でしょう！

でも、フィリーズ、口を閉ざしなさい、
苦しみに耐え、迫ってくる悲嘆に耐えて、
ご主人様を救うのです、お前は誰にも見られていないのだから。

第六景

リザンドル、フロレストル

リザンドル　合図しても無駄だ、胸騒ぎがする。
フロレストル　君の不安が、私にまで移ったぞ。
リザンドル　物音が聞こえた、推測だが、
王子が危機に瀕している、
今日あの偉大なお心が失われようとしている。
応えるかどうか、もう一度叩いてみろ。
ここはいつもの場所で、いつもの時間だ。
間違いない、私の想像は嘘ではない。
きっと発見されたのだ。

フロレストル　　　　　　　私もそう思う。
だが、天と地獄が一緒に企んで、
その二つがわれわれの不幸のために共謀するなら、
私が破滅するか、あの方を奪い返すかだ。
この庭園に飛び込もう、そしてもう喋るのをやめて、
勝利か、それとも死か、どちらかの名誉を手に入れよう。
リザンドル　職務を忠実に実行しなくてはならない時は、
心も熱意も欠けてはならん。
危険はよく分かっているが、うろたえてはいかん。
フロレストル、分別を持って見てみろ、
われわれのか弱い支えなど、なんの役に立つ。
不幸のこの一撃に、毅然とした態度で臨もう、
何が起こっても、あるがままに挑戦しよう、
そして、死ななくてはならないなら、あの方を救い出すために死のう。
フロレストル　リザンドル、君を怒らせるような話をして済まない。
リザンドル　夜が隠していたものを、昼が見せてくれる。

きっと起こったことの成行き以上のことが分かるだろう。
善き神々に祈れ、王子だと知られていないことを、
さもないと不死の者が私の祈りに耳を貸さないなら、
この不吉な庭園があの方の墓場となるからだ。
女王の怒りが王子に襲いかかるだろう。
そして、たしかに、今日のところは、すべては彼らの手の内にある。
フロレストル　われわれの期待がむなしければ、死を覚悟して、
あの方のための墓が女王の墓になるものと思い知れ。

第七景

ロズモンド、アンテノール、アルジェニー、クレアルク、フィリーズ、
アリスト、護衛兵たち

ロズモンド　私が今見たことを罰しなくてはならぬ、
すぐに執行すべき法律を読み上げよ。
アンテノール　（分厚い本を読む）

「国王が死神パルカに奪われた時、
死にあたって、後継者が娘一人しかいない場合、
至上権を与える王笏は、
その未亡人が常に手にすることが望ましい。
婚儀が後見を終わらせて、
彼女にふさわしい王侯を王座に迎えるまでは。」

アルジェニー　女王陛下に申し上げることをお許しください、
このように、陛下の権力は限られております、
法律は、この国の支配権を私に与えています、
ですから、陛下が望むことはすべて、私の決定に委ねられていると思われます。

ロズモンド　庭師を選ぶのがか！　ああ、顔を赤らめない者がいますか？
続けよ。

アンテノール　（再び読む）

『変装の王子』

「恋人たちの内、最初に、
汚れた情欲を心に抱いた者は、
罰として、火あぶりに処せられる。」

ロズモンド　法律に記されていることが分かりましたか？
二人とも、答えよ。
クレアルク　　　それは私です。
アルジェニー　　　　私です。
アンテノール　名誉ある言い争いというか、尊敬すべき嘘というか、
いやむしろ美しい夢のような真実だ。
クレアルク　二人の身分を比較してください、
あなた方には、どちらの言い分がもっともか、お分かりでしょう。
一人の娘が請け合ったことなど信用できますか？
その話はつじつまが合いません。
その地位と話は矛盾しています。
その方のお心が罪を犯したとしたら、それはご自分に罪をなすりつけていることです。

『変装の王子』

最初に欲望を持ったのは私です。
どうか、私を死刑にしてこの方の命を永らえさせてください。
公正かつ寛大な処置を、そしてあなた様の地位にふさわしく、
女王様、親子の情を大切になさってください。

アルジェニー　いえ、いえ、常軌を逸した興奮に耳を傾けたりしないでください、
それはこの人の口を借りて語っていますが、その心を裏切っています。
私の過酷な運命の肩代わりをしようとしていますが、
この人に罪はありません、愛しているだけです。
この人の愛がどんな無駄な努力をしようとも、
この人の心を覗くために、
私が心を開かなかったら、誰が厚かましく
その恋の炎と想いを伝えることができるかどうか、ご判断ください。
最初に永遠の恋の炎を抱いたことに関しては、
この人は無実で、私に罪があります、
この人を不当に責めるのでない限り、
そして法律の命じることが撤回されない限りは。

この人を釈放してください、この人を生かして、王女を死なせてください!
この身はよりよい運命を持つことはありません。
苦しまずに死に、心から喜んで、
自分のために生きるのをやめて、愛する人の心の中で生きるのです。
あなたは優しくしているつもりでしょうが、私にとって残酷なだけです。
クレアルク　こんなふうにするのが、お互いの愛を表すということですか?
アルジェニー　私を慈しむ者が私を打ちのめすのですか?
クレアルク　あなたは私のためを思って、私の気持を傷つけています。
アルジェニー　反対せずに、言うことを聞くのはあなたのほうです。
クレアルク　揺るぎない愛を示すため死ぬのは私です。
アルジェニー　あなたは私の幸せな最期をうらやんでいるのです。
クレアルク　　　　　　　　　　　　私の幸福を憎んでいるのはあなただ。
アルジェニー　ポリカンドル。
クレアルク　　　　　　　姫様、では、私には何もできないのですか?
アルジェニー　私は幸せです、ですから私が生きるのを止めてください。
アルジェニー　私が先で、あなたはそれに続くのです。

さあ、もう真実に逆らって争うのはやめてください。
クレアルク　姫様、真実が私のほうにあるのはご存じでしょう。
ロズモンド　ああ、どうしたらこの難題を乗り越えられるのか？
アンテノール　法律は賢明にもこの奇跡を見越していました。
お聞きください、それに関して、次のように明らかにしています。

（読み続ける）
「時として、愛の力が
厚い雲で万人の目を覆う時、
そして真実が不明で、
両者共に過ちの発端であると主張するなら、
隠された罪の首謀者を知るためには、
その場合、決闘によって証明するのが望ましい。
一週間の猶予を与えて、
布告を至る所に貼り出し、
両者の権利を守り、その権利を保障するために戦士を見つけよ、

その勝者は罪人を明らかにして、
その勇気によって、われわれの裁きを公正なものとする。
一方の戦士が欠けて、もう一方に戦士がいる場合は、
両者に罰を与えることを禁じて、
支援者のある者に刑罰を免除する。
しかし、両者に支援者がいなければ、両者ともに死刑に処す。」
以上が、この件に関して法律が示すところです。
ロズモンド　この不吉で腹立たしい者を立ち去らせよ。
彼らを見ていると取り乱して、死にそうになる。
別々に主塔に連れて行け、
姫の世話はフィリーズ一人にさせよ。
クレアルク　私からこの人を奪うのは、私の命を奪うことです。
私は自ら命を絶ちます、私は死んだも同然です、私は魂の抜けがらです。
ですからどうか打ち勝ってください、生きてください、姫様。
アルジェニー　愛のために、私にはそんなことはできません。
私がそのように振舞ったら、あなただって私を非難するでしょう。

ロズモンド　おお、なんと公正で感嘆すべき毅然とした態度だ！
奇跡だ、あんな田舎者が王にふさわしい魂を持っているとは！
危険な物事にもまったく動揺せず、
常に揺るぎなく、気持も変わらない、
煙を見ても炎をものともせず、
愛する者のために死をも恐れない！
確かに、お前に勇気と王の資質を備えさせたのは、
お前の出自の誤りでした。
私はにがい苦しみを感じる！
私は女王だ、それは間違いない、しかし私は母親です。
どんな言葉が喪の悲しみを和らげようと、
私は柩を思いながらも、ゆりかごを思い出す。
ああ！　私にはできない、どんなに力を尽くしても無駄だ。
娘よ、私はお前を生んだが、お前の過ちが私を殺すのです。

第五幕

クレアルク、アリスト、アルジェニー、フィリーズ、リザンドル、フロレストル、メラニール、リュティル、ロズモンド、アンテノール、廷臣たち、民衆、トランペット奏者たち、試合の審判、アルミール、テオティム、アルシャヌ

第一景

クレアルク、アリスト

クレアルク　（彼は牢獄にいる）
勇敢なアリスト、たとえどのような苦しみを受けても、
僕は恋の炎を称え、迫りくる刃を慈しむ、
この愛が処刑を待つ時間を支えて、
この血で王女の血が流れずにすむならば。
僕に見えるものは、不幸の一撃を受ける彼女だけ、

そして自分の命など苦にもならない。
女王は怒り狂って、拷問を考えるがいい、
最も厳しい苦しみを与えろ、
死刑執行人は、飽きるほど僕を責めたてろ、
僕は苦しんでも呻かない、死ねれば満足だ、
限りない愛の炎を見せて、
この心が失われようと、アルジェニーを救えるならば。
この死は栄光に満ちていて、喜びでしかない、
そして確かに、これが僕の唯一の願いだ。
アリスト　高邁な異国の人よ、分かってくれ、
任務とはいえ、私だって、女王が望むことをするのはつらいんだ。
お前の不運に同情し、咎めるどころか、
たぐいまれな勇気のために、お前に好意を寄せずにはいられない。
その過ちを考えてみると、理屈からすると、
そのためには、気高い魂を持っているにちがいない、
そして、重荷に押しつぶされていても、

お前は運が悪いだけで、勇気が欠けているわけではない。
クレアルク　私に恋の炎を灯した全能の神よ、
あなたの心に憐れみの光が射し込みますように、
私の苦しみよりも、アルジェニーの運命を救うために
御心を動かし、あの人に味方して、
あの人のために戦うために、
あえて一身を投げ打たせてください、
だが、あの人をそこから救い出せたら、
偽りない誓いどおりに、私を牢獄にもどしてください。
アリスト　そんなことをしたら、お前は恋人を失うぞ、
勇気は欠けていないが、器用とはいえないな、
お前の職業とわれわれの職業とは物事を計る物差しが違うんだな。
クレアルク　物事は常に偶然に委ねねばならない。
そして、礼儀正しいアリストよ、お前に言っておく、
僕の手は大胆であると同時に巧みなのだ。
そう、仮面を脱いで、お前に教えてやろう、

『変装の王子』

僕は見てのとおりの生まれではない。
血筋の高貴さでは、誰にも負けない。
僕の身分は、王冠を戴く身だ。
しかし、愛の力に完全に支配されて、
とうとうこの変装を決意したのだ。
お前の理解を助けるために、
そして生まれがどのようなものか、立証するために、
手に入れた宝石をやるから受け取れ、
黄金が鉄の鎖から僕を解き放つと認めるのだ。
(彼は宝石を見せる)
お前にやろう、いや、受け取るどころか、
そんな気にもなれないのだな、
それじゃ、今の僕の力でお前に約束できるのは、
僕の父の宮廷で官位を授けて、
副官以上の地位に就けてやることだ。
父は、僕の望みどおりの褒美を与えて、

たとえ僕が死んでも、僕に尽くした者は
後悔しないことを見せてくれる。
僕が死後について言っているのは、
お前の助けで王女を救い出せたら、もはや生きるのを望まないからだ。
そしてこの誓いの品を信用しないなら、
いうことを聞く兵士に命じろ、
望みがかなった暁には、
定められた決闘をして、それでもまだ命があったら、
今いるこの場所に戻ってきて、
僕を悲嘆から救い出してくれたお前を、心配から救い出してやろう。
アリスト　比類ないその高邁なもくろみは、
あなたの魂が王家の方だと明らかに証明しています。
分かりました、信用しましょう、
あなたのおためにならないことをしてきましたが、それが私から奪い去られていくようです。
その気高い計画が私を危険にさらしても、
あなたの勇気は、あなたに好機をあたえろと命じています。

私の部下を好きに使って、
脱出してください、殿下、覚悟しました、
それが王女様を救う唯一の手段です、
と申しますのも、あなたの卑しい身分の変装を誰もが信じて、
王女様に冷たくあたり、憎み苦しめて、
王女様のために誰も身を捧げようとしないからです。
クレアルク　あの人を救おう、勇敢なアリスト、その涙をぬぐいに行こう。
アリスト　しかし、そうするのに、どこで武器を手に入れるのです?
クレアルク　僕の側近がこの近くの町で見守っている。
アリスト　出かけましょう、あなたのお望みのままに。
考えてみると、私の過ちはそんなに罪深いものではない。
見張りと話をさせてください、
あなたがくれたこの黄金で、
やつの心も道も開けます。
クレアルク　ああ！　これほどまでに世話になって、なんと感謝すればいいのだ！
アリスト　ですが、私の手助けの成果をあげてください、

『変装の王子』

そして、余計な話にかまけずに、
正体を現して、もう身分を隠すのはやめてください、
そして、あのいとしい王女様と無事に会って、
お助けしたら、ご自分の身を守ることを考えてください。
自由になったら、どこに隠れるのですか？
クレアルク　じきに分かる、そして君に感謝しているのが誰なのかもな。

第二景
アルジェニー、フィリーズ

アルジェニー（彼女は牢獄にいる）
とにかく私の行く末は愛の神にお任せなさい。
運命が私に害をなすのに飽きたかどうか、様子を見ましょう。
そしてお前の勇気が何事にも挑戦するというのなら、
私を脱出させるために、あらん限りの努力をしてちょうだい。
私が心配しているのは自分のことではありません、

疑うなら、それは私を誤解しているのです。
私の考えを占めているのは、もっと気高いもくろみです。
でも、危険が迫っています、先手を打たなくては。
クロリアンと会いましたか？　彼は私に忠義を尽くしてくれるかしら？
（彼は彼女の側近である）
私が望むものをその手から受け取れるかしら？
こんな時代にもまだ変わらぬ友はいるのかしら？
彼に勇気はあるかしら、それとも時代の悪に染まっているかしら？
お前に隠さずに真心を見せて？
早く答えて、私のせっかちを許してね。
隠さず、正直に話して、
いいことも悪いことも受け入れるから。
フィリーズ　姫様、今日この日、名誉と命を失おうと、
彼はあなた様の望みに従うと約束して、
もう身の回りの品と、
急ぎの出発に必要なできる限りのものを整えました。

『変装の王子』

後はただ、あなた様が私の着ている服を着て、
門の見張りを欺くだけです。
その後、階段の下で、あなた様に協力する
あの勇敢な騎士が見つかる手はずです。
気づかれないように、私のベールをかぶってください。
アルジェニー　比べようのない苦しみがこの喜びに混ざります、
お前をここに残していくなんて、恥ずかしくて顔が赤くなるわ。
フィリーズ　フィリーズはそんな名誉なお心遣いに浴するに値しません。
そして、私が死んでも、あなたの記憶に残るものなら、
この心にとっては幸せで、過分の名誉にございます。
控えの間をお通り下さい、そして一刻も早く、
ご自分を救うために、着替えをなさってください。

第三景

リザンドル、フロレストル

リザンドル　われわれの不安は当たった、あの方の死は間違いない。
運命がそれに同意して、女王がそう決意したのだ。
フロレストル　なんだと、それは確かか？
リザンドル　　　　　　　　　いや、しかし、今日この日だ、
不幸にも、その愛が知れて、
不吉な死を定めたこの国の法律は、
死刑に処することを求めている。
夜、王女があの方と一緒にいるところを襲ったのだ。
さて、われわれに今日どんな希望が残っているというのだ、
不運なあの方たちの逮捕が公表されたというのに。
フロレストル　気力も理性も失って、
私の魂はおそろしい恐怖の結末を感じている、
そして何を考えても、気が狂いそうだ。

あの方を見つけ出さないと、死なせることになる。
あの方が何者なのか知れば、処刑を早めるだろう、
おお、神々よ、私の苦しみがどれほどのものかご存じでしょう、
ああ！　私の命か、それともあの方の不幸を終わらせてください、
そして、あの善良な王子が
この国で墓に出会うのを許さないでください。
そう、あなた方の力とそのご加護で、
愛が投げ込んだこの危機からあの方を救ってください、
私の中で、他の希望はすべて煙のように消えました。
ナポリは強力な軍隊を差し向けるでしょう。
だが、国王に知らせる前に、
王子は、厳しい法の裁きを受けるでしょう、
ですから、あの方の運命がこんな状態では、
不滅の者たちよ、あの方の釈放を求められるのはあなたたちにだけなのです。
リザンドル　あの方は不幸を耐え忍んでいるが、
そこから救い出すのに期待できる手段がひとつ残っている、

決闘が許されれば、われわれはあの方を守ることができる。

フロレストル　勇敢で賢いリザンドル、君は私を生き返らせてくれた。

一命を投げ打って、あの方の死を妨げられるなら、

確かに、そうならずにすむ。

とにかく、時を無駄にせずに、試合の審判に、

私が弁護すると早く言いに行こう。

リザンドル　君がそう望んでも、賛成しないぞ。

われわれ二人の内、幸運がどちらを選ぶか知るため、

運命のくじを引くというのなら同意しよう。

二人の友情と同じく、この栄光も同じでなくてはな。

フロレストル　この広場に囚人たちが連れてこられるのか？

リザンドル　以前はそうしていた、

騒ぎが起こって、別の場所に変わったのだ。

フロレストル　私の考えている通りなら、吉兆だ。

われわれの内、どちらが出頭するか、決めに行こう、

このやり方なら、君も納得するだろう。

リザンドル　一週間、柵が開かれている間にな。
フロレストル　われわれはすぐに死を妨げられないのか。

第四景

メラニール

私の心を支配する御しがたい暴君よ、
お前は大きな戦いの勝利者となった。
私の無分別な心から恨みを追い出して、
最後の心変わりをさせた。
私はいまだにポリカンドルを愛している、
そして、愛を傷つけようとすれば、後悔するだけだと私に感じさせる、
そして、自由の身になって何をしようと、
愛する相手は相変わらずその魅力を手にしていて、
やはり好ましく思われて、その力を保ち、
会えない時も欲望をかきたてる。

ああ、私の心を支配して死をもたらす激情よ、
お前だけが、この悲劇的な恋の炎を吹き込んだ、
それはどんな美しい恋人も焼き尽くし、
そして、特別な苦しみで私を殺す。
私の魂は、激怒に押し流された。
不幸なポリカンドル、不運な王女、
この悪運はもはや変えようがないのだから、
せめて私が死んで、あなた方の復讐をしましょう。

第五景

リュティル、メラニール

リュティル　だが、やつはどうなったんだ？　何か知らせはないか？
メラニール　いいえ、この庭園から、この国から逃げるのよ。逃げてと言ってるでしょ、王子があんたにくれた財宝で、他所でもっといい人生を送るのね。

でも、もう罪人のことなど聞かないで。
不幸が重くのしかかって、悲しくて、
死んで、楽になりたいわ。
元気を出しなさい、リュティル、永遠にさようなら。
リュティル　なんて妙な話だ！　おおい、何を怒ってるんだ！
取り乱して、何が言いたいんだ？
かまうもんか、ここから離れよう、
あいつよりももっと好きなものが、自由と金が残ってる。

第六景

ロズモンド、アンテノール、テオティム、アルシャヌ、廷臣たち、民衆、
アルミール、試合の審判、トランペット奏者たち

ロズモンド　皆の者、お前たちは私の苦しみの種を知っている、
女王の身にどのような災いが降りかかり、
どれほど大きな不幸に苦しめられているか、目にして分かっていよう、

癒せないなら、せいぜい哀れむがよい、
厄介な心配事にため息をつくがよい。
そして運命が何をするか、私を見て知れ、
運命は人間の地位や権力を嘲笑い、
支配して、私の手から王笏を奪う。
私がいるこの広場で、あのわからずやの娘が、
おそらく今日、私をみじめな者にするにちがいない、
そして君臨するはずだった者を、お前たち皆から奪うのだ。
さあ、何があろうと、お前たちに見せてやろう、
王冠と共に、法律への敬意が
私の心を占め、私を苦しめていても、
私の唯一人の後継者を
それにふさわしい厳罰に委ねるのを。
アンテノール　女王様、戦士が現れました。

『変装の王子』

第七景

アルジェニー、アンテノール、ロズモンド

アルジェニー　（面頬を目深にかぶり、小さな声で語る）
恋人よ、もしこのか弱い手があなたを今日救えなくとも、
私のつたない武勇を許してね。
力は欠けていても、決して愛は欠けていないのですから。
アンテノール　お前は誰のために戦うのだ！　われわれに告げよ。
アルジェニー　潔白な者のために。
アンテノール　　　　　　　　それは誰だ。
アルジェニー　　　　　　　　　　　　ポリカンドルです。
ロズモンド　なんたること、田舎者に助けが現れるとは！
娘よ、お前に死の宣告が下された。

第八景
フロレストル、リザンドル

フロレストル　われわれは先んじられた、あの者は私の主のために身をなげうった。
リザンドル　最初に名乗りをあげたのだから、
あの方の権利を守るのは、彼に任せるしかない。
フロレストル　そうしなければならないなら、仕方ない。
リザンドル　しかし、われわれの祈りで、彼の武勇を助けよう。
アンテノール　騎士がもう一人、闘技場に現れたぞ。

最終景
クレアルク、フロレストル、アンテノール、アルジェニー、ロズモンド

クレアルク　（面頬を目深にかぶり、小さな声で語る）
愛するアルジェニー、僕の腕が果たす
この務めを受け入れてくれ。

フロレストル　　ああ、私が見てるものはなんだ、神々よ！
私の主の武器がこの場で光り輝いている。
アンテノール　お前たちを共にここに導いた理由を述べよ。
アルジェニー　ポリカンドルのためです。
クレアルク　　私は、アルジェニーのために。
ロズモンド　（小声で）非力で弱々しい希望よ、生きようと努力せよ。
雄々しい勇士よ、天はここでお前を見そなわしているぞ。
アンテノール　（トランペットが響く）
お前たち二人に女王の許しが下った。
剣によって、お前たちをここに導いたもくろみを成し遂げよ。
フロレストル　裏切り者、泥棒め、
やつは今、私の主の刃を奪って、あの方に向けている。
アルジェニー　（小声で）呼びもしないのに現れたこの邪魔者は何者でしょう？
クレアルク　（次の三行の台詞を小さな声で言う）
見慣れぬ顔だが、僕のためにこの果し合いに出るのか？
おせっかいなやつめ、不愉快だ、思い知れ、その好意がお前の最期を早めるのだ。
なぜお前は悪人を、咎人を守ろうとするのだ、
そやつは自分の命と慈悲を無用と思っているのに？
そやつは決してお前を認めず、命を終えるのを願っているのに、
なぜお前の腕で不当にも罰を妨げようするのだ？
お前の勇気は、他所でその武勇を見せろ、
私の剣の攻撃から逃れられたらな。
アルジェニー　なぜ無駄話をしているのだ？
手短に済ますのが、一番いい。
お前の望む者に味方しろ、私はポリカンドルに味方する。
もう長話をやめて、自分を守ることを考えろ。
（彼らは剣を手に、闘う）
クレアルク　（彼女が倒れる）
おお、意気地のないほら吹きめ、抵抗もできないのか！
自分の弱さと無鉄砲さが分かったたか。
（彼は彼女の兜を外す）

なんと、王女だ！　ああ、けがらわしい野蛮人よ、
この人はお前を救いに来たのに、お前はその魂を奪ったのだ！
この人はお前のために戦ったのに、お前はその命を断ち切ったのだ！
非情な怪物、お前はついに愛を得られなかった。
ロズモンド　おお、あれはアルジェニーだ！
アルジェニー　　　　　　　　お前の勝利の仕上げをしなさい、
私の安らぎに嫉妬する、私の栄光の敵、
お前が守る者を救う代わりに殺せ、
お前の取った行いのために、王女はお前を憎んでいるぞ。
ロズモンド　あの子の運命が、今日、これ以上よくなることはあるまい。
クレアルク　私が勝利者なのだから、ポリカンドルが死にます。
（彼は被り物を脱ぐ）
彼はここです、あなたの前に留まるように命じてください。
この幸運な死は、甘美なものに思えます。
ロズモンド　この新しい奇跡が私を驚きでいっぱいにする。
神々よ、かつてこんな事を見たことがありますか？

クレアルク　法律の定めが守られないのですか?
アルジェニー　いえ、あなたが死ぬなら、私も一緒に死にます。
私を助けたその手が憎い。
クレアルク　あなたは私の苦しみを増しましたが、その薬は分かっています。
女王様、どうかお許しください、進退窮まった心の内を
女王陛下にご覧いただくことを、
そして王女様をお救いして、
クレアルクの首を取った者に
この方を与えるという約束を果たされますよう、
お願いすることを。
ロズモンド　それを求めるお前は、何者です?
クレアルク　私は、女王様、みじめな王子です、
愛の神がこの国に導きました、
このクレアルクは憎むべき者であっても、無実です。
あなたはこの首を求めています、そしてこの心はそれに同意します。
この首をあなたの足許に差し出します、あなたに委ねます。

あなたは私の死を求めました、どうぞ殺してください。
私の血をもって、貴いあなたのお血筋をご容赦ください。
あなたの目にこれほど不快なものはかつてなかったでしょう、
これで、囚われの王女が統治できます、
そして、この苦悩があなたにとって最後のものとなりますように。
復讐してください、一刻も早く私を殺してください、
そして、あなたの誓いがなんだったのか、思い出してください。
ですが、あなたを満足させ、私の望みをかなえて、
王女を私に与えるのを拒んでも、その命はお救いください。
それが、恋する心が求める全てです、
苦悩のさなかにあっても、この心を幸せにしてください。
ロズモンド　おお、天よ、おお、運命よ、おお、神々よ、私はどんな忠告に従えばよいのでしょう。
この者を生かしておけば、私の誓いは成就しない。
そして、罰としてその血をまき散らし、
降伏した敵を攻撃して、なんの名誉になるでしょう?
恋人、娘、夫、勇気、愛情、記憶、

ここで何をしたら、私の栄光は保てるのでしょう?
忘れるか、憎むか?　罰するか、許すか?
犠牲を屠るのか、戴冠させるのか?
おお、千々に乱れる心よ、お前は私を困惑させる、
私には愛も憎しみも選ぶことができない。
アルジェニー　私たちは二人とも憐れみに値しません。
でも、あなたの愛情ではなく、この人の命をお救いください。
そして敵への恋に狂った情念を、この不名誉を、
私の血で拭い去ってください。
この人を生かして、私を殺してください、この人の眼の前で、
この勝利の刃で、私の心臓を貫いてください。
(彼女は王子の剣に身を投げようとするが、妨げられる)
クレアルク　ああ、残酷なアルジェニー、こんなふうに
あなたの心は愛を証(あかし)立て、恋の炎を見せようとするのですか?
こんなふうにあなたの心は私を裏切るのですか?
アルジェニー　私は敵と別れられても、憎むことはできません。

私の美徳が疑われる謂れはありませんが、
ひとつの名前が私を怯えさせるのは、その人を愛しているからです。
ええ、私はあなたを愛しています、クレアルク、そして今この時、
死にたいのは、あなたを愛しながら死ぬためです。
愛すると言い切ったのですから、そんなふうに責めるのはやめてください。
クレアルク　巌のように堅固な私の心を屈服させることはできません、
ですから、誓いに満ちたこの心を殺すことを許してください。
私が許可を求めるのは、この心があなたのものだからです。
（彼が死のうとするのを、女王が引き留める）
ロズモンド　いや、いや、ふたりとも生きるのです、比類ないこの愛は、
私の心を奪い、耳を喜ばせる、
愛と同じく、お前たちの命も不滅のものとしなければなりません。
この憎しみはあまりに長い道のりを辿りました。
嵐は静まろうとしている、岸が見える。
ポリカンドルは死んだ、クレアルクは生きるのです。
こうしてすべてが収まり、

以後、わが国の永遠の平和を見たい、
聞くところによれば、アルトミールは即座に認めて、
その地位を与えたそうですね。
クレアルク　そこにいるリザンドルが私の証人です。
リザンドル　そのとおりです、女王様、そして必要とあれば、私がその保証となります。
クレアルク　私の父が結婚を認めたことは、誰もが知っています。
ロズモンド　お前の誠意は王位にふさわしい。
さあ、私はそれを望む、
末永く愛し合って、心安らかに暮らしなさい。
クレアルク　あなたの足に接吻します、たぐいまれな女王陛下。
アルジェニー　苦しみの後に続く喜びはなんと甘美なものでしょう。
フロレストル　慈愛に満ちた善き神々よ、あなた方に香を焚かなくては。
アンテノール　罪の火を汚れない火に変えましょう、
それが喜びの印を天まで昇らせて、
喜びは自ずから現れて、われわれの心を支配します。
ロズモンド　お前たちは、善きにつけ悪しきにつけ何か言い分はないのですか？

クレアルク　私たちには、あなたの喜び以外に法律はありません。
ですが、この日にもはやなにも悲しむことがないように、
護衛とアリストをお許しくださいますように。
アルジェニー　フィリーズの献身ぶりも比べようもありません、
私の牢獄の鍵のお許しを、あなたのお慈悲に求めます。
ロズモンド　法律はお前たちの手に王家の権力をゆだねています。
そして、この私は全員に恩赦を与えます。
生きなさい、幸せに統治しなさい、
そして揺るぎない愛が勝利したこの日を祝いなさい。
愛する者のために蒙った危難は、
世界をお前たちの名声で満たすでしょう、
そして、後の世は、危険をものともしなかった
変装の王子を称えることでしょう。

――幕――

訳注

(1) シチリア島最大の都市で、島の北西部に位置する。
(2) 劇中の時代は特定できないが、シチリア島は古代から農作が盛んで、紀元前にはギリシアの植民地が島内に点在して発展し、その後も地中海の南北からの様々な文化が交流する位置にあった。
(3) シチリア島北東部にある都市、パレルモの東、約一九二キロの距離にある。
(4) ローマ神話の運命の女神、ギリシア神話のモイラにあたる。
(5) エトナ山はシチリア島東部にある活火山、ヴェスヴィオ山はナポリの東、ナポリ湾岸にあり、紀元前二一七年に大規模な噴火を起こしている。
(6) ローマ神話の戦争の女神、ギリシア神話のエニューオーにあたる。
(7) 糸杉は墓所を飾る死の象徴。
(8) ギリシア神話の人物、天罰を受けて、火炎の車に縛り付けられて永遠に回転する。
(9) ギリシア神話のトロイアの王子パリスのこと、スパルタ王メネラーオスの妻ヘレネーを奪い、トロイア戦争の原因となった。
(10) ギリシア神話の巨人アルゴス、全身に百の目を持ち、しかもそれらの目は交代で眠るため、彼自身は常に目覚めているとされている。
(11) アルジェニーは、クレアルクが庭師の身分を恥じていると思っている。一方、クレアルクは、敵の王の息子であることを隠そうとしている。
(12) ガリアは、古代ローマ時代の地域名で、現在のフランス、ベルギー、北イタリアを指す。
(13) 十六世紀以降の同型の詩節からなる悲劇的叙情詩または詩節を指す。ここでは地の台詞と区別して、クレアルクが朗読する詩であることを示すために、「スタンス」と記している。

(14) アキレウスは、ホメーロスの『イーリアス』の主人公でトロイア戦争の英雄。ヘクトールはトロイア王の息子、アキレウスとの一騎打ちに敗れて殺される。

(15) ギリシア神話の女神ヘカテー、人間にあらゆる幸福を与える。月神アルテミス、地上においては女神ダイアナ、冥界の女神プロゼルピーヌと混同されて、その三柱の女神の役割を担うとされる。

(16) アヴェルヌス湖、カンパニア地方のナポリの西にある火口湖。ローマ時代の著述家たちは地底世界の暗喩としてアヴェルヌスという言葉を用いている。ウェルギリウスの叙事詩『アエネーイス』において、主人公アイネイアースはこの湖の近くにあった洞穴を抜けて地底世界に降り立った。

ジャン・ロトルー作

『ヴァンセスラス』悲喜劇　五幕（一六四八年刊）

伊藤　洋・鈴木美穂 訳

解説

I 作者について

ジャン・ロトルー Jean Rotrou（一六〇九～一六五〇）は、コルネイユ、モリエール、ラシーヌに次いで十七世紀の演劇史における重要な位置を占め、ルイ十三世時代のバロック期を代表する劇作家である。

自身については寡黙であり、四十歳で没したロトルーの生涯について、知られていることは多くはない。生まれは、ノルマンディー地方のドルーで市の要職を歴任してきたブルジョワジーの旧家である。パリに出て法律を学び、弁護士資格を得て（法廷に立った記録はない）、若い劇作家のグループと交わった。

一六二八年頃、処女作の悲喜劇『憂鬱症患者』*L'Hypocondriaque* が、オテル・ド・ブルゴーニュ座にかけられる。これを気に入った座長は、ロトルーを座付き作者とする契約を結んだ。契約内容は、年間五、六作の新作の執筆、上演権と出版権は劇団所有という厳しいものだった。ロトルーは一六三五年前後までは律儀に契約を履行するが、数々の作品の成功により、詩人シャプラン、宰相リシュリュー、ブラン伯爵ら有力者の庇護を受けて、三十年代末にかけて徐々に契約から解放されていく。従って、特にこの時期の作品を始め、彼の作品全般の創作年代も、生涯と同様に明確には分かっていない。

雇われ作者時代の主要作には、喜劇の復活に貢献した『忘却の指輪』*La Bague de l'oubli*（一六二九演）、バロック的手法を駆使した喜劇『美しきアルフレード』*La Belle Alphrède*（一六三五演）、プラウトゥス喜劇の伝統を移植してモリエールに影響を与えた喜劇『二人のソジー』*Les Sosies*（一六三六演）、優れてロマネスクな悲喜劇『迫害されるロール』*Laure persécutée*（一六三七演）などがある。

一六三九年に帰郷したロトルーは、地方裁判所の司法官の職を手に入れ、翌年に結婚する。疫病で斃れるまでの十年間が彼の成熟期で、秀逸な作品が生み出された。複雑な筋立て喜劇『妹』*La Soeur*（一六四五演）、バロック劇中劇の傑作『真説聖ジュネ』*Le Véritable Saint Genest*（一六四五演、中央大学人文科学研究所翻訳叢書『フランス十七世紀演劇集　悲劇』に収録）、本書に訳出した悲喜劇『ヴァンセスラス』（一六四七演）、そして陰鬱で強烈な悲劇『コスロエス』*Cosroès*（一六四八演）である。

現存している作品は、悲喜劇十七作、喜劇十二作、悲劇六作の計三十五作であり、量産期の十作余りが散逸したと考えられている。作品は田園劇を除く（内容的には田園劇と言えるものが数作ある）全てのジャンルに亘っているが、悲喜劇を中心にして各ジャンルの相互浸透性を見ることができる。

ロトルーはまず、悲喜劇の作家と言っていいだろう。

なお、ロトルーのより詳しい生涯と多様な作品群については、中央大学人文科学研究所研究叢書『フランス十七世紀の作家たち』（中央大学出版部、二〇一一年）の第五章を参照されたい。

Ⅱ　作品について

初演が一六四七年末と推定される悲喜劇『ヴァンセスラス』*Venceslas*（一六四八年刊）は、ロトルーの作品の中で最も長期に亘って成功を収めた作品である。初演舞台のオテル・ド・ブルゴーニュ座での上演回数は不明だが、十九世紀後半まで、コメディ＝フランセーズ（一六八〇年設立）と他劇団での上演を合わせると二四五回に及んだ。二十世紀以降は、オデオン座で一回の公演（一九二〇）と、作者没後三〇〇年の記念祭（ドルー、一九五〇）で国立民衆劇場が第四幕のみを演じただけだが、三世紀に亘る数多い上演は、三大劇作家の作品には遠く及ばずとも、『ヴァンセスラス』が独自の魅力とある程度の普遍性を持っていたことを示している。本作に寄せられた関心の深さは版数の多さにも表われており、一九〇七年までに三十版以上が出ている。十八世紀には、当時の好みに合わせて台詞、文体、結末の一部が変更された二種類の「改訂版」まで現れた。

一八二〇年に出版された初めてのロトルー全集では、この作品は悲劇とされている。実際、十八世紀半ばからはほぼ全ての版が悲劇と銘打っており、本来の悲喜劇に戻されたのは二十世紀になってからである。確かに、悲喜劇に特有の夾雑物がなく、緊張感が途切れることのない、重厚で品位ある「ハッピーエンドの悲劇」と言えよう。ただし、題材が史実に則っていないこと、独白と傍白を多用して登場人物が公には表出できない切迫した感情を表す技巧などは、悲喜劇の特徴である。

出典はスペインの劇作家ロハス・ソリーリャ Rojas Zorilla（一六〇七〜一六四八）の『王たる時、父たるは得ず』*No hay ser padre siendo rey*（一六四〇年刊）である。ロトルーがこれを選んだ背景には、一六四五年、ポーランド王ラディスラス四世とヌヴェール公息女との婚礼がパリで行われて以来のポーランド・ブームがあったとされる。また部分的に、コルネイユの『ル・シッド』*Le Cid*（一六三七年刊）、『オラース』*Horace*（一六四一年刊）などの影響が指摘されている。

登場人物の性格、各自の葛藤や確執はロハス作より複雑にし、副筋として、フェデリック公爵と出典には登場しない王女との抑圧された恋を付加したロトルーは、全ての葛藤が結末に向けて収束するよう、緻密で緊迫感あふれる作品を作り上げた。バロック劇作家として認知される作者の悲喜劇にしては、相対的に整った構成である。とはいえ結末は逆説に満ちている。死を受容することで死を逃れる王太子ラディスラスは、諦めることで結果的に獲得するロトルー劇の主人公の一人だ。同時にこれは、改心したとはいえ《悪の貴公子の戴冠》でもある。ヴァンセスラスは、息子に王位を譲ることで、「時の攻撃から免れて……百年の支配」（第一幕第一景）を手にする真の王となる。また、王は正義を国是として煩悶したが、他の人物は国是として次期の王の助命嘆願をし、最終的に王は王太子を支持する民衆の反乱を国是とする。そしてカサンドルには、憎んでも余りある仇敵を愛し、結婚する可能性が託される。

『ヴァンセスラス』の主たる魅力は、古典主義の三単一の規則を遵守しつつ、葛藤を激しさの極みまで運ぶ強い牽引力と、以上のように結末のバロック的逆説が生じさせる驚愕である。十九世紀半ばまでのロングランの理由はここにあると言えるだろう。

『ヴァンセスラス』*Venceslas*

ジャン・ロトルー作　伊藤　洋・鈴木美穂　訳

登場人物(1)

ヴァンセスラス　ポーランド王
ラディスラス　王の長子、王太子
アレクサンドル　王子
フェデリック　キュルランド公爵、王の寵臣
オクターヴ　ワルシャワ総督
衛兵
カサンドル　キュニスベール女公爵
テオドール　王女
レオノール　侍女

第一幕

第一景

ヴァンセスラス、ラディスラス、アレクサンドル、衛兵

ヴァンセスラス　掛けるがよい、王太子。王子、おまえは退出せよ。
アレクサンドル　陛下、私の言うことをお聞き下さらねば、私が過ちを犯すことに。
ヴァンセスラス　下がれと言っている。衛兵たちも下がるよう。
ラディスラス　私に御用とは？
ヴァンセスラス　　　　　　　おまえに言わねばならないことは多い。
天よ、この者に心の準備をさせ給え、今日こそはその心を動かせるよう。
ラディスラス　（小声で）　老いとはつらいものだ、それに他人をも苦しめる！
おべっか使いが王に吹き込んだご立派な意見を聞いてやろう。
ヴァンセスラス　ラディスラス、心して聞くがよい。

『ヴァンセスラス』

私は常に待ち望んでいる、
わが婚姻が後継者としてもたらした果実が熟すのをな。
そして、息子よ、おまえの母が残してくれた面影を、
おまえの中に永遠に見られると思っていた。
だが何としたことだ！　母のその面影は
ほとんど輝きを失い、消えてしまった。
おまえを見ていると、面影が消えるにつれ、
あれを亡くした悲しみが一層こみ上げてくる。
おまえの振る舞い、態度一切が、地位にふさわしくないのだ、
高貴さのかけらもなく、わが血筋に値しない。
そのような振る舞い、ラディスラスのものとは到底思えぬ、
王になりたいという欲望のみがあり、王の資質は全くない。
おまえの欲望はあからさまで、性急で、
私が王位にあるのを、不満を抱きつつ耐えているようだ。
王たる重荷が課す苦労を、おまえは嘆いてくれるが、
私自身を責められないので、私の年齢を責めているのだ。

私は老いた、しかし老いがもたらす成果は、
正しい分別が持てることだ。
統治とは、一個の秘義だ。その高度な技は
年齢と経験によってのみ、得ることができる。
おまえには、王は幸福に見えよう。
王の境遇も、おまえの野心にとっては甘美に感じられるだろう。
王は、人の運命をほしいままにできる。
しかし、王位がもたらす喜びを知ってはいても、その苦悩は知っているか？
王の企てがいかに良い結果に向かおうとも、
臣下たちの気に入ったためしはない。
正義を守れば冷酷だと言われ、
温和であれば、臆病だとか堕落していると言われる。
戦争を始めれば、人民を不幸にする。
平和を保てば、勇敢でないと。
許せば軟弱で、復讐すれば野蛮と言われる。
与えれば浪費家で、倹約すれば守銭奴だ。

どんなに清廉で他意のない計画も
決まって誰かに悪くとられ
美徳があまねく知られていても
自分の身内には、あるがままに受け取ってもらえない。
だから、国家統治に値するためには
最高の君子でさえ十分でないというのに、
おまえはいったい、どういうわけで王位を欲しがるのだ、
(王太子は顔をそむけ、怒りをあらわにする)
悪徳に染まった無為な人間が王位を引き継いでも、
官能のため行動もできず、欲情の奴隷となり、
自らの身さえ統御できないような人間に国を治めることなどできようか?
ここでは、おまえの身勝手は私への敬意のみで抑えられている。
しかし、おのれをよく見つめてみよ、公正に判断するのだ。
おまえは、私が選んだ者たちに危害を加えるつもりか。
わが王位を支え、わが法を広めるために選んだ者たちなのだ。
王位へ払うべき敬意を損なえば、

『ヴァンセスラス』

私自身に危害を加えることになるのではないか？
公爵は私の寵を得たから、おまえは嫌った。
私にとって大切な人物なので、おまえは彼を憎むのだ。
だが公爵は今でこそ比類なき栄光に包まれているが、
どのように栄華の階を上ったのか、考えてみるがよい。
彼の武勲がどれほどわが王位を強固にしたことか。
それなのに私が寵愛すると、彼に敵意を持つとは！
これはまだ序の口だ。おまえの無分別な怒りは
まず他人である公爵を憎み、それから自身の弟に向いている。
その嫉妬深い気質は、私が寵愛する者を
弟が屈託なく愛しているのが許せないのだろう。
弟の公爵への友愛がまた、弟へのおまえの憎悪をかき立てている。
その高慢な気質にふさわしい対象を探しに行くがいい。
使うのだ、その煮えたぎる衝動を
傲慢なオスマン帝国軍を打ち破るために使うのだ。
われらの不滅の憎しみを新たに彼らに思い知らせ、

正当な戦いで、高邁さを見せてやるのだ。
しかし、自分の弟とわが寵臣に敵対するとは。
いや寵臣というより王にとって必要な者、
モスクワが武装させた大軍から
わが王位とわが命さえ救ってくれた寵臣なのだ。
おまえの振る舞いは何と立派で気高いことだ！
その身勝手さにそろそろ私も見切りをつけた方がよさそうだ。
私は愛も憎しみも、表に出すのが不得手だ。
おまえの件で、その術を学ばねばならない。
学べねば実行もできないし、時間の無駄となろう！
ラディスラス　どうか……
ヴァンセスラス　　もうひと言だ、それから言い分を聞く。
あまたの報告を信用せねばならないとすると、
太陽がその最初の光をこの世界に
投げかける時、決まって
おまえの暴力行為の犠牲者が見つかるとか。

『ヴァンセスラス』

あるいは、おまえの評判がとても悪いので
無実でも有罪でも罪を着せられ、
始終嫌疑をかけられて、
眠っていても罪人にされているのだ。
そう勝手に解釈して人民は私を怖れず、
復讐し合い、殺し合っている、罰を受けないのをいいことに。
私の権威へのこの侮蔑こそ
罰しないことへの罰なのだ。
さて、おまえという人間だが、かつてあれほど賞賛されたのに、
狂気じみた恋に生気が抜かれたように衰弱し、
今はそれゆえ、みなの心から
おまえへの敬意は消え、軽蔑のみを買っている。
ところが、思いもかけぬ運のよさ、
欠陥があるにもかかわらず、おまえはまだ愛されているらしい、
おまえの幸運の星は、みなに、
愛と軽蔑を感じさせているらしい。

『ヴァンセスラス』

私が知らぬ不可解な魔力によって、
おまえは侮られていながら、まだ大切に思われている。
不品行なおまえは嫌われているが、快活なおまえは好かれている。
おまえへの不満と好意の声は入り混じっている。
ああ！　息子よ、その好意が長続きするよう、努めるのだ。
好意を保ち、不満を消し去るのだ。
人々の心に君臨せよ、
先祖の美徳より、おまえ自身の美徳によって。
それでこそ王位にふさわしくなるのだ。
支配するために生まれたのだから、まず自分から始めてみよ。
おまえの情念、その反抗的臣下を
高貴な熱意の最初の対象としてみるがよい。
こうした統治によって別人にならねばならない。
そうすれば、息子よ、わが王位はおまえのもの。
わが国家、わが臣民、全てはおまえにひれ伏そう、
おまえが仕える者は自分だけ、全人をあまねく支配するのだ。(3)

しかし、もしおまえが今のまま悪徳の奴隷で、
身勝手にも法を無視するならば、
そしてもし、おまえの憤りを受け止めるのに、
私の情愛に頼るしかなければ、
もし、おまえの傲慢な性質が、
公爵がおまえに寄せている深い敬意も、
王子が抱いている強固な兄弟の情も、
おまえに好意的な人民の素直さや従順さも、
父かつ王の有益な忠告も、無視するというのなら、
その時はもう、私は父親ではない、完璧な王となろう。
おまえを厳しい法の手にゆだね、
わが血を犠牲にして王の権威を守るだろう。
ラディスラス　私の件全てが陛下をご立腹させお心を傷つけているようですが、
今のお話にはいささか驚きを覚えており、
少なくとも耳を傾けていてわかったことは
この機会にお心を晴らすことができる、ということです。

私を唖然とさせたいちいちの点については、
弁明の用意も反論の用意もございます、
もし、今度は陛下が、心から耳を傾けてくだされば。
ヴァンセスラス　話すがよい、説得するより説得されたい。
おまえの父たる情は、まだある。
私の方が間違っていると証明してほしい、私にとっては打撃になろうが。
ラディスラス　先日、狩から帰り、臣下たちとともに
獲物の鹿肉を猟犬に与える手筈を整えながら、
たまたま君主一般の話から、
国を統治する技術の話になり、
それぞれが好みに応じて想像上の君主を作り上げてみたり、
陛下が治めておられる国々の統治を考えてみたりしたのですが、
各自の意見が一致することはほとんどなく、
ある者は陛下の治世を称え、また別の者は改めるべきだと申します。
批判もあれば、支持もあるのです。
ですが、ほとんどの者が陛下のご高齢を嘆いております。

私は、陛下を侮辱するつもりなど毛頭なく、
自分の率直な意見をつい、つぶやいてしまったのです。
胸の内にあるものが声を信用しすぎ、
つい口に出てしまったのです、それは否定しません。
私は言いました、父上はあれほどの高齢に苛まれ、
今や体力が気力に追いついていないというのに、
手遅れになる前に、なぜご自分を押しつぶす重荷を
下ろそうとはなさらないのだろう？
今なら王位を私に保証できるのに、
それが私から奪われる危険を冒してもよいものだろうか？
父上が王たる資格を保ちたければ、
私にそっくり与えることで保たれるのでは？
高齢をかこっておられるのだから、
私の若さがその重荷を背負えるのでは？
そして私は父上の統治の下で学んだのではないか、
王が払うべき配慮を知るために

『ヴァンセスラス』

十分な政治的知恵と理論を。
つまり王がその臣下たち、国家、自分自身、
連合国、条約の保証などに負う義務、
王の権利はどこまでか、
どの戦争が害になり、どの戦争が重要なのか、
誰に、いつ、どのように援助すべきか、
そして国家を災厄から守るのに
どのような秩序を内外で保つべきか、学んだのでは？
私は知っているのではないか、人民の敬意を求める王は、
温和さと厳しさをほどよく混ぜ合わせねばならぬこと、
そして時と場所が要求するものに応じて、
表情に物を言わせる術を知らねばならぬこと、
率直さと見せかけを使い分けねばならぬし
ある時は仮面をつけ、ある時は素顔のままでいること、
どのような意見を耳にしようと、常に同じ態度をとること、
そしてどんな相談役よりも、まずおのれ自身を信じねばならぬことを？

しかしとりわけ、王座の運命がかかっているのは、
人をうまく使いこなす術を身につけること、
そして適切で健全な判断力によって、
要職を忠実な者の手に委ねること、
実害を及ぼせるような高い地位には、わずかな者しかつけぬこと、
何かを作る場合も壊す場合も、ゆっくりと事を運ぶこと、
立派な行いは長く称え、
報いるのは素早く、罰するのは後回しにすること。
みなに申したのです、正しい治世が順調に行われるのは
まさにこうした技術、こうした方針によるのではないか、と。
以上が第一の点に関する真実です。
誰かが陛下に告げ口をしたようですが、私は言い訳はいたしません。
ヴァンセスラス　続けるがよい。
ラディスラス　　　　　次に陛下が抱いておられる
公爵と弟のことでの激しいお怒りについてですが、
一人が陛下の片腕ならば、今一人はお心、

『ヴァンセスラス』

一人は陛下の国家において絶大な力を持ち、
今一人は魂において同じ力を持っております。
確かに私はその一人を憎んでおります。あの傲慢な大臣は
陛下には大切な人物ですが、私には邪魔者。
勇敢であることは認めます。しかし虚栄に満ちた策士でへつらい者、
陛下の地位を密かに狙っております。
あの公爵に対して、余人にはわからぬ陛下のお心は、
疑念なくご自身をゆだねられ、偽りのない姿を見せておられますが、
あの者は、陛下の御名を笠に着て、陛下よりも王様ぶり、
私の不利を図るのがこの上ない楽しみ。
陛下に向かって私の行動を悪意に満ちたものとし、
私を悪人に仕立て上げたので
先入観を吹き込まれた陛下のお目は、もはや私の中に
陛下を思わせるもの、王を約束するようなもの一切を見出せなくなったのです。
あらゆる機会を狙って陛下に私の生活を中傷しようとする公爵のねたみを、
私は盲目を装って知らぬふりをすることもできたでしょう。

もし、あの者が勝手に横取りし、私から奪ったあの栄誉、
私を若くしてあまたの王たちの脅威としたはずのあの栄誉、
つい先ごろ、公爵がモスクワの進撃を阻み、歯止めをかけた
あの栄誉のことがなければ。
公爵が、あの重要で名だたる戦闘に発って行く時、
陛下は望む報酬をお約束になりました。
しかし、私の怒りを怖れぬほど力があるとしても、
あの者はじっくり考えてその報酬を選ぶべきなのです。
宮廷では絶大な信望がありますが、
私の地位を無視するとしても、私の恋は尊重すべきだ。
さもなければその華々しい信望も空しいものとなりましょう。
理由もなくこんなことを申しているのではありません。
公爵の策謀が進んでいるという話を聞きました。
陛下、これが私の心痛のひとつです。
ヴァンセスラス　最後まで話すがいい。
ラディスラス　弟につきましては、公爵の傲慢無礼の後では、

かっとなって暴力に身を委ねることなどできません。
ですが陛下の拷問のうち最も恐ろしいものでも
私の正当な怒りから公爵を免れさすことはできないでしょう。
実際、あまりの侮辱に傷つけられたので
私は公爵に不快の理由を伝え、
その時のあの者の態度に苛立って
その無礼に歯止めをかけようとした時、
軽はずみにも猛り狂い、見せかけの熱意にかられた
わが弟が、公爵の味方をしようとしたのです。
そのうえ、剣に手をかけさえしたのです！
ああ！　至高の力をもつ天も照覧あれ、
波打つ海のふところから上った太陽が
半球から日の光を奪い、半球に返す前に、
弟はわが血に不敬を働き、わが血を奪うことになるか、
おのれの恥ずべき行為の釈明をすることになるでしょう。
民衆のあいだで私の評価は非常に低いのですから

『ヴァンセスラス』

大罪を犯して少なくとも悪評に値するべきだと思いますし、
陛下からも何度も罰の警告を受けている身ですから、
私は厳格な法の裁きにふさわしい人間なのです。
ヴァンセスラス　（小声で）　こんな傲岸な人間にこれ以上何が言えよう？
厳格さは役に立たない、策略に頼るしかない。
苦言も冷静さも威嚇も牢獄も
息子に道理をわきまえさせることはできない。
（王太子に向かって）
息子よ、私の考えは確かにいささか軽率で
いくらか間違いがあった、この間違いは私には貴重なもの。
さあ、抱擁して和解しよう。
（王は王太子を抱擁）
血の自然な流れに逆らうことはできぬ。
わが血に譲歩したい、怒りはしたが
負けを認めよう、私は父親なのだから。
王太子よ、ついにわれらがひとつの王位につき共に統治する時がきた、われらはひとつなのだ。
棺に入る時が近づいてはいるが、
おまえの中で私の灰がよみがえるのを見たい。
そしておまえによって時の攻撃から免れて、
この年齢で、百年の支配が始まるのを見たい。
ラディスラス　陛下のご安息のみが私の喜び、
陛下のご厚意がこれほどまでに示されるのであれば、
私はそのご厚意を高貴な任務としてお受けします、
それは陛下の臣下の内に王を含むことになるでしょう。

第二景

アレクサンドル、ヴァンセスラス、ラディスラス

アレクサンドル　陛下……
ヴァンセスラス　どうしたというのだ？　退出せよ。
アレクサンドル　下がります。

しかし、もし陛下が……

ヴァンセスラス　何だという？　何が言いたいのだ？

（小声で）

情愛よ、何という役割を私に負わせるのだ、

悪を受け入れ、善を追い払わねばならぬとは！

アレクサンドル　私の弁明をお許し下さらなければ、

陛下は、侮辱を被った側に落ち度があるとみなされるでしょう。

王太子は私の兄、その地位は尊重いたします。

ですが私たちは血も心も異なってはおりません、

その証拠に私は……

ヴァンセスラス　厚かましいぞ、

兄に対して剣に手をかけておきながら！

おまえの兄は私の後継者だ、私の権威に歯向かったも同然だ！

許しを乞え、無礼な奴め、兄の善意に訴えよ。

おまえを許すに足る改悛の情を示して、

私が望む兄の許しに値するがよい。

さあ、許しを乞うのだ。兄に腕を差し伸べよ。

アレクサンドル　お考え下さい、陛下……

ヴァンセスラス　口応えをするな。

アレクサンドル　（小声で）屈服すべきなのか、この尊大な兄に？
そうだ、長幼の序は耐え忍ばねばならない。
こんな卑屈な行為には虫唾が走るが！
仕方がない！
（王太子に）　ご無礼をお許し下さい、
兄上、父上が謝罪するよう命じられましたので、
それに従い、お許しを乞い願います。
その命によって、私にも腕を差し伸べていただかなければ。

ヴァンセスラス　何ということだ！　冷酷な兄は弟を見もしない！

ラディスラス　腕など差し伸べなくとも、王がおまえをお許しになれば十分では？

ヴァンセスラス　王太子、さあ、腕を差し伸べよ、命令だ。
　私に敬意をもつなら、その怒りを克服せよ。

ラディスラス　（弟を抱擁し）

陛下、何という卑屈な行為を強いられるのでしょう！

さあ、おまえには過分なこの寛大さは、ひとえに

わが復讐心を抑えている絶対権力のおかげだからな。

アレクサンドル　（小声で）　血のしがらみよ！　敬意の念よ！　何と耐え難いことを！

ヴァンセスラス　いさかいを相互の兄弟愛に変えるがよい。

そして私が全世界と和平を結んでいる時、

息子たちよ、家の中に争いを持ち込んでくれるな。

王子、公爵を呼んでくるよう。

（王子は退場）

第三景

ヴァンセスラス、ラディスラス

ヴァンセスラス　　　　　　待つのだ、王太子。

ラディスラス　陛下はまだこの上、卑屈な行為をお命じになるのですね。

あの不届き者をも許してやれとおっしゃるのでしょう！
しかし、この心にはもう敵を許す余地などありません。
この心臓を動かしている陛下の血が、ご命令に逆らうのです。
あの無礼者をご寵愛なさるとよい、選んだ者を後生大事にとっておかれるがよいのです、
陛下のおつむにある王冠でもって
お望みなら、あの者の最近の手柄に報いておやりになればよいのです。
しかし陛下、私が高邁な軽蔑心を抱くのはお認め下さい。
陛下のお望み同様、私の憎悪も自由にさせて下さい。
陛下のお優しさはそのままに、私の頑迷さをお認め下さい、
どうか、卑屈な行為はご勘弁を。
ヴァンセスラス　息子よ、今まさに王座に上り、
私の地位を占め、私の役割を果たし、
臣民同様、自分自身に対しても支配者となる身なら、
わが意を入れて、おまえの意を捨ててほしい。
わが願いを聞き入れ、自身の征服者となって、
偉大な心にふさわしい高邁かつ卑屈な行為を受け入れるのだ、

『ヴァンセスラス』

おまえは国中の称賛の的となろう、
王太子としての揉め事は、君主の立場で忘れるのだ。
ラディスラス　そのような立場より、自分の憎しみの方を選びます。
陛下、その不名誉はどうかご容赦下さい。

第四景

フェデリック、ヴァンセスラス、ラディスラス、アレクサンドル、オクターヴ

ヴァンセスラス　憎しみを抑えるのだ、でなければ公爵に味方するぞ。
公爵、王太子に挨拶を。
ラディスラス　（いやいや公爵を抱擁し）
こんな無理強いは耐え難い！
（二人は抱擁し合う）
ヴァンセスラス　これからは深い絆で結ばれて、
過去のいさかいを忘れるがよい。
フェデリック　私の献身のほどを王太子に証明するため、

身命を投げ打つ覚悟です。

『ヴァンセスラス』

ヴァンセスラス　その勇気と腕をわれらに見せる機会は既に十分にあり、
多くの血と多くの戦闘がそれを証明した。
そなたは輝かしい献身により、
死すべき人間に不死の栄光をもたらす全てを得た。
とりわけ私を驚愕させたこのたびの進撃は、
期待をはるかに超えたもので、褒賞に値する。
あのような小隊で領土を広げ、
あのような大軍を容赦なく打ち破り、
あのような短期間で、信じ難い戦いにより
モスクワ軍に和平を乞わせた。
これは確かに最強の君主の力をも凌駕する
立派な功績と認められる。
だからそなたへの私の義務も何ひとつおろそかにはできぬ。
言うがよい。そなたの望む報酬を約束した。
その約束を果たさせてくれ。

フェデリック　偉大なる王よ、全ては陛下のおかげでございます。

ヴァンセスラス　　　　　　　　　　　　　　　　　　　つまらぬことを言うのではない。

王の言葉は大きな担保だが

すぐにも撤回せねばならぬことはあるし、また撤回できるのだ。

放置しておくにはあまりに貴重な約束だ。

預けたままにしておくと、失ったり忘れられたりする危険がある。

フェデリック　当然のこと、為すべきことを為したまでです。

その報酬を受け取れとの陛下のたってのご厚意とあれば、

陛下の帝国よりも甘美な隷属、

炎と鉄鎖の隷属こそ、私が切望するものでございます。

激しい恋の炎に焼かれたこの心、

あえて申し上げれば……

ラディスラス　　　　やめよ、無礼者。

おのれの欲望を野放しにするな、

おのれをわきまえて望みを言え。

さもなければ、王位や命などどうでもよい、私がその炎を、おまえのおぞましく破廉恥な血で消してやる。
厚顔な奴め、ここは私への敬意を払わねばならない場所だ。
希望なしに仕えること、苦しむこと、そして黙ることを知るがいい。
さもなければ……
フェデリック　（退場しながら）
沈黙します、陛下、私の望みは
陛下への敬意を損ない、私の義務をも損なうことになりますから。
（王子と共に退場）

第五景

ヴァンセスラス、ラディスラス、オクターヴ

ヴァンセスラス　王太子、そのように自分を抑制できぬようだと、
即位の望みを危うくし、
おまえが望む王冠を戴けなくなるぞ。
ラディスラス　陛下が王です、私から王冠を取り上げることもおできになる。

しかし私には不服を言う理由があり、私の怒りは正当で
王の法も父の法も受け入れることはできません。
ヴァンセスラス　私の方こそ、狂人の法も息子の法も受け入れることはできぬ。
自分の首のことを考え、判断を見定めよ。

（王は怒って退場）

第六景
ラディスラス、オクターヴ

オクターヴ　何ということを！　憎しみの念をもっとうまくお隠しになれないのですか？
ラディスラス　憎しみを隠して私の望みが潰えればよい、
やつが私の愛の宝を奪えばよい、
愛する人が奴の褒賞になればよい、というのか？
何と、カサンドルが奴の褒賞だと？
私の功績を横取りしたのだ、私に栄光をもたらすはずの勝利だったのに。
恥ずべきことだが、やつが左右する国家、

『ヴァンセスラス』

やつが放埓に操る国庫、
いくらでも増やせる臣下、気前よく与えられる官職任命権、
そうしたものはたいした報酬とは言えない。
やつが私の愛の果実さえ奪わなければな、
私の命とも言えるカサンドルを奪わなければな！
おまえの迅速な処置で
あのふたりの密かな示し合わせがわかったのではないか？
オクターヴ　はい、しかし、カサンドル様への結婚の申し出により
あの方は殿下のものになりましょう。
王女様があの方をお呼びよせになりました、王女様の仲立ちで
カサンドル様はまもなくお望みどおりになると思います。
ですが、どうかもっと外面をつくろって下さい、そして苛立った父であり
侮られた王の権威を怖れて下さいますよう。
私たちの計らいに配慮し、逆上を抑えて下さいますように。
ラディスラス　それこそ私の王、私の父、確かに私は逆上している。
しかしあの人の両の目が、私には絶対的な二人の王だ。

それが自分のものでないとなると、私は自分を抑制できなくなってしまう。

第二幕

第一景

王女テオドール、カサンドル

テオドール　王太子にも私にも敬意をお感じになれないとしても、
カサンドル様、国全体が私を通してあなたにお話していると思って下さい。
王太子が申し出ている婚姻の絆を拒否なさるのは
兄に王妃を与えず、さらには王位を奪うのも同然。
あなたがつれなくしている人はまもなく王位につくのです。
既に民衆は異議なく王太子の即位を認め、
兄はあなたに王位を贈るためにのみ、王位を求めているのです。
それなのに冷酷なあなたは、王太子が我慢できないと？
カサンドル　はい、我慢できません。王太子がいかに高位に上ろうと、

『ヴァンセスラス』

私の誇りを傷つける方、私の恥辱を求める方など我慢できません。
女を弄ぶ男を夫に持つわけにはまいりません。
私の名誉を無益にもつけねらい、
つきまとえば私が身を任せるとお考えになったほど、
私を女としてしか見なかった好色漢、
目的は汚らわしい快楽のみ、
ただ私の名誉を汚すことだけを欲する女たらしの夫などはいりません。
あの方が国中でどう思われていようと、
私はあの方を王太子とも君主ともみなせません。
あの方がまとう威光の下に
私の美徳に仕掛けられた卑劣な罠しか見えないのです。
私の名誉を損なうあの方の想いに続いて、
多くの贈り物、説得しようとする使者たち、
嘆願、手紙の数々、そして
何であれ情念の成就に役立つと思われた卑劣な手段、
こうした不正なやり方でも欲望実現の助けにはならず、

結局あの方の情熱は結果を得られませんでした。

私の名誉を征服するため、
罪であれ道徳であれ、あの方は全てを手段にされます。

でも、私たちの結びつきを愛に命じても無駄なことです。

それはあの方の悪徳を救うため名誉に助けを求めるようなもの。

それに、君主というものは一度満足してしまうと
婚姻の絆を断ち切り、国家は君主の罪を取り繕おうと、
もっともらしい言葉に事欠きません。

結婚の誓いのすぐ後に、君主の不実が続くのです。

王太子が考えているのはご自分だけ。ご自分を愛しているのです、私ではなく。

テオドール　いささか激しい王太子の愛が、あなたに大層な不信感を与えているようですね。

カサンドル　身を過たないよう、用心に越したことはありません。

テオドール　幸運が今、あなたに微笑みかけていますが、いつもとは限りませんよ。

カサンドル　あの方の移り気と息の短い愛を恐れるのです。

それに、王宮なぞ何でしょう、人を欺く幸運が
人の野心のために建てた仰々しい建物、

人はそこで鎖に縛りつけられ、何かにつけて苦しみ、
確かな休息など得られないというのに？
テオドール　それを差し上げられるのは、王妃の位の後ですよ。
カサンドル　もっといただけることになりますわ、私を放っておいて下さるなら。
テオドール　その厳しさを和らげると、ご自分ではなくなるとでも？
カサンドル　私が心を失うのが何でもないことだと思われるのでしょうか？
テオドール　交換するのです、失うのではありません。
カサンドル　では、私はあの侮辱をただ耐え忍ぶだけ！
王女様がいささか激しい愛と呼ばれたもの、
あの邪な企て、あの無礼な執拗さ、
あの慎みのない会話、あのおぞましい手紙、
欲望を満たすため私を拉致したいという願い、
そして私が喜ぶと思っての贈り物の数々、
こうしたことはわがキュニスベールの血に対し、咎めるべきことでは？
テオドール　あなたの美徳に対しては、確かに功を奏しませんでしたね。
カサンドル　その美徳は疑わしいものになっていたでしょう、

『ヴァンセスラス』

もし私が口を閉ざし、結婚の約束に屈服して、
あの方が奪いたがっていたものを与えていたとしたら。
苦しみをお見せして申し訳ありません。賢明なる王女様、
服従せねばならないことは重々承知しております。
でも、私の心が決めるべき夫の選択については、
王女様よりもわが名誉に従わねばならないのです。

第二景

ラディスラス、テオドール、カサンドル

ラディスラス　（大股で登場）
激しい愛を統御しようとする暴君、
私を抑えようとする敬意の念よ、わが熱狂に屈服せよ。
結婚か死か、どちらが用意されているのか知ろうではないか。
もう待つのは耐えられない、判決を聞こうではないか！
告げてください、美しい敵よ。決断の時です、

雷を放つのか、控えるのか。
私を亡き者にするのか、救うのか。
決意はいかに、生きるべきか、死ぬべきか？
どちらをお望みになる、私の心か、私の灰か？
私はどちらを得るのか、死か、カサンドルか？
結婚が私の運命をあなたの麗しい人生に結びつけるか、
それとも拒否されて私は死ぬことになるのか？

カサンドル　結婚、と言われるのですか？　では殿下は妻として
ふしだらな恋情の恥ずべき対象を求めていらっしゃる、と？
何と私が！　この私が王の、専制君主の伴侶になると！
ああ、殿下は国家にどのような贈り物をなさろうとしているのです？
王妃として疑わしい女を立てるおつもりなのですか？
そして国家がどういう理由でその女を敬ったらよいとお考えなのでしょう？
殿下の汚れた欲望があれほど追い求めた
恥ずべき不名誉な対象なのですよ？

ラディスラス　国家は、優れた女性がかつてないほど実証してみせた

『ヴァンセスラス』

最も立派な美徳を敬うでしょう。
そして君主をも臣下にした
最も賛美すべき女性を敬うでしょう。
私はよく承知しています（そしてこの心は、自分の心を恥じ、
それを咎めずにあなたに近づいたことはありません）、
若さゆえに私の情熱がどれほど
礼を欠き、節度を欠いてしまったかを。
確かにその美しい目、
多くの心をとりこにし嘆かせたその目に惑わされ、
愛の誓いにふさわしいその魅力に支配されて、
その目のみを見つめ、その目のみを追い求めました。
そうするうちに、私の敬意はおざなりになってしまったのです。
しかし、恋は幼子、道を踏み外すものです。
目がよく見えないことに免じてお許しを願いたい。
追放するのはあまりの仕打ちというものです。
敬意が私の目を開かせ、

『ヴァンセスラス』

あなたが備える魅力の他に、
あなたの才覚、家柄、偉大な祖先、
そしてまれな美徳に目が留まると、
すぐに私の無礼な想いを抑圧し、
その激しさを、お気に召すよう鎮めました。
さらにあなたとの結婚を望んで恋情を制御し
不純な想いを消し去りました。
私を導く愛の松明、私を急き立てる熱意は
愛人としてではなく、妻としてあなたを求めています。
カサンドル様、結婚にご同意を、こうして深く反省し
自分の罪を憎み、心乱れて敬意を表しているのですから。
このように愛することをお許し下さい。
あなたが奪われるよりむしろ、わが命が奪われる方がよいのです。
あなたの魅力を賛美して罪になるのなら、
あなたを愛さないことでしか、あなたのお気に召さぬなら、
私はそうした罪や侮辱の行為をやはりしてみたい、

結局私は、あなたのお気に入るより、むしろ死んだ方がましなのです。

カサンドル　殿下、私という人間の価値と身分は
殿下の愛情にふさわしいものではございません。
とはいえ、私が殿下の熱情を本物だと思い、
私たちの身分が釣り合っているとされても、
結婚によって私たちが結びつくことは決してないでしょうし
結婚に同意するくらいなら、私は死にます。
まず殿下の愛情には、私を求める時に
敬意も抑制もほとんど見られませんでした。
放埓な計画の目的はただ
私の身体を奪うことだけだったのです。
殿下には、私を妻にするお気持ちなど全くなく、
あの忌まわしい情欲と
私の名誉を攻略しようという熱情の
粗野でいかがわしい試みのみしか見えませんでした。
殿下のうちには悪徳しか見えず、

私は殿下と殿下の執着とを極めておぞましく思いますので
お愛ししないことで殿下を侮辱することになるのなら
殿下が私の愛にしか魅力を見出されぬとしても
私はそうした侮辱の行為をやはりしてみたく思います。
結局私は、殿下のお気に入るよりむしろ死んだ方がましなのでございます。

ラディスラス　よろしい、では、それほどおぞましいものに対して、
非情な女よ、怒りの全てを向けるがよい。
私に対し、氷と炎で武装するがよい。
人間の心を苛む秘訣を考え出し、
わが情熱に抗して天と地を動員するがよい。
あなたの嫌悪感に国家をも巻き込み、
私が王に選ばれぬようにするがよい。
そして私を破滅させるため、あらゆる手を尽くすがよい。
あなたがいかなることをしても、その怒りの全てをもってしても、
あなたへの愛を奪うことはできぬ。
どのように侮辱されようと、変わらぬ愛を捧げよう。

『ヴァンセスラス』

あなたが怒りに燃えようが残酷だろうがあなたを崇め、
あなたへのこの恋の炎を絶やさぬため、
絶望を抱えながらも私は生きながらえていこう。
テオドール　まあ、そのようなことを言っては何も解決できなくなります！
カサンドル　王太子は私を攻める際、私という人間を完全にお知りになるべきでした。
私の名誉心は侮辱をいつまでも忘れず、許しもしないほど
鋭敏であることをお知りになるべきでしたわ。
テオドール　でもそのように復讐なさるのは、ご自身をも罰すること。
王太子と共に王妃の地位までも失うのですよ。
カサンドル　信用できず愛してもいない男性の王位など
私にとっては空っぽの魅力でしかありません。
テオドール　君臨することは、高貴な人間にとっては喜ばしいことのはず。
カサンドル　王位はしばしば不幸な女たちを生んでいます。
権力という輝かしい軛（くびき）に繋がれ
家臣は多いけれど自由はありません。
テオドール　権力をもたらす軛を怖れていらっしゃる？

『ヴァンセスラス』

カサンドル　何かに頼りたくないのです、私は私自身の女王でいたいのです。
私の自由が失われるような時には、
私は自分の征服者を自由に選びたいし、その軛を知りたいのです。
テオドール　王権を手にすることとご自分の自由が同じ価値なのですね。
カサンドル　私がその自由に従わなかったかどうか、ご存じでは？
ラディスラス　知っているぞ、酷い女め、恋敵も知っている。
だが、やつの身分はおれとは不釣合いで、
おれの愛とやつの傲慢さが
量りにかけられるなど、とても承服できぬ。
カサンドル　殿下の地位はあの方の地位とは比ぶべくもありません。
ですがあの方の血は殿下の血にひけはとりませんし、
あの方自身、殿下をうらやむ理由はありません。
ラディスラス　傲慢な女、その言葉がやつの命を奪うぞ。
この剣が、それほど高貴で尊大なやつの血の中で
おまえの傲慢さの償いをしてくれよう。
蹂躙してやる、法など蹂躙してやるぞ、敬意を持ちすぎた。

おお分別よ、理性よ、おまえたちの言うことを聞きすぎた、
表面的な誓いにこだわるのはやめよう。
もはや希望のない愛は死なせてやろう。
さあ、おれの配慮に値しない者よ、
おまえの忘恩におれはあまりに長く苦しんだ。
おまえという人間を知るべきだった。
その残酷な魅力の偽りの甘美さに溺れるべきではなかった。
溺れても、おまえの同意など懇願すべきではなかった。
許しなど求めず、欲するものを勝手に奪うべきだった。
しかしおれの心はその誘惑と闘った。
この美徳の行為を悔やんではいない。
俺の理性は、今やおまえの尊大な力から解き放たれ
愛を冷まし、夢にすぎなかったと思っている。
この心を焼き尽くしたいまいましい炎だが
もはやわずかな赤味しか残っていない。
それは、おまえなどを愛してしまったという恥と嫌悪が

永遠にこの額に残すしるしとなるだろう。
そうだ、おれは恥じている、恩知らずの女よ、おれの怒りは
おまえにしてやったことを考えると自分を許すことができぬ。
おれの人生から、
おまえに尽くした時間の記憶が消え去ればよい。
自分の栄光という点から見れば、おれは死んだも同然だった、
このだらしのない心はおまえに征服されたと思っている間、生きていなかったのだ。
今日からやっとこの心は生き返り、息をつける。
この目と心は理性と和解し
おまえを見るのを死を見るのと同様、忌み嫌うことにする。

カサンドル　それでは殿下、お苦しみを癒すためこれ以上ご不快なきよう、
私は自ら退出したいと思います、
殿下のご真意を知ったからには、これから注意をいたします、
嫌っていらっしゃるものを二度とお目にかけないように。
失礼いたします。

（退場）

第三景

ラディスラス、テオドール

ラディスラス　（啞然としてカサンドルを見送って）

何をしている、この意気地のない心は、

まだあの女を目で追うのか、気でも狂ったのか？

いやそれよりもこの盲目的な怒りだ、何をしでかしたのだ？

ああ、非情な女よ、どこへ逃れて行く？

妹よ、愛の名において、そして

この未練ある心があの美しさを想って流す涙に同情し、

兄の死を妨げようと思うなら、

あの女の後を追って引き止めてくれないか。

テオドール　引き止めるですって、お兄様、追い払ったも同然なのに……

ラディスラス　ああ、私の理性でなく、あの女の横暴さに仕えてほしい。

私は反乱を起こしたこの心を撤回し、

あの女に仕え、崇め、その目の前で死にたい。

あの女の愛は望めないので、憎しみを大切にしよう、
侮蔑を愛し、わが苦悩を祝福しよう。
あの女の美ゆえの苦悩を嘆くことは、
被るいわれのない苦痛を嘆くことだ。
所有できないのなら、せめてあれの姿を眺めていたい。
私の痛みはその原因を愛し、それを癒そうとすると増大する。
心が言葉に同意する振りをしていたが、
心はあの女に魅せられていた、今は言葉を撤回したい。
私は死ぬ思いだった、燃えていた、熱愛していた、
天が私に与えたのだ、炎のような運命を。
さあ、行ってくれ……
(テオドールは行こうとする)
だが一体何をする、愚かで弱い、恋する男よ！
是非が見えなくなっているのでは？　気は確かか？
非情な王太子よ、今一度冷静になれ。
妹よ、この混乱の極みに私を残していくのか？

『ヴァンセスラス』

テオドール　あの方を引き止めようと。

ラディスラス　　　　　　何！　見なかったのか、

傲岸な侮蔑の念があの足を速めていたのを？

おそろしく高慢な態度で去って行ったのを？

何と激しい憎悪を私に投げつけたことか！

あの目の 雷(いかづち) にこれ以上私をさらすのは、

怒り狂った狂人に武器を与えるようなものではないか？

むしろこの心から、あの情け知らずを追い出してくれ。

常にあの女のことを考えてしまうこの心を糾弾し、

あの女を得たとしてもわが地位に値しないと言ってほしい、

私の中にある、おまえと同じ血の名誉を支えてほしい。

テオドール　お兄様を傷つけた矢が、王家の血筋の

弱いところを見つけたのは確かです。

お兄様が懸命に闘っておられるのはわかります、

でも、苦境は美徳が発揮される戦場。

栄光は労苦をもって得られるのです。

勝ちたいと欲すること、それだけで既に勝利は近いのです。
いやでも自分を強いて仕向ければ、やがて御せるもの、
私たちの意志こそ、私たちが所有しているものなのです。

あの力は、ある時は私の理性、ある時は私の感覚に
私を連れ去り、連れ戻すあの力によって判断するのは容易なことだ、

ラディスラス　ああ！　この苦しみを、
かくも迅速に力強い影響を及ぼす。
だがおまえの目には確かに混乱と映るだろう、
妹よ、おまえの言うことを信じ、自分を制御しよう。
あの女の望みであれ信念であれ、勝手にさせておくことにする。
あの血筋では私の地位まで上がってこれぬ。
高位を投げ捨てた侮辱を思い知らせてやる、
恋人としての女は失うが、臣下として掌握するのだ。
私を支配していたあの女に絶対的権力を振るい
私を拒否したことを罰してやる。
だから圧殺したわが恋の炎よ、再燃するな、

『ヴァンセスラス』

キュルランド公爵の戦利品を増やすがよい。
やつの勝利はわが名誉、私から
不名誉な愛の気まぐれを取り除くだけなのだから。
テオドール　何ですってお兄様、公爵がカサンドルを射止めようと？
ラディスラス　テオドール、もはや明らかだ、
私が特別に任に当たらせた密偵たちが
確かに目撃した、今や疑う余地はない。
テオドール　ああ！
ラディスラス　私の憎しみが生まれたのはその恋ゆえだ、
公爵への王の寵遇ゆえではない。
無念だが、恋に対しては
王も無力だと言わざるをえない。
しかし私はあの非情な女を忘れてやるつもりゆえ、
公爵に故意に力を貸すことで、私の侮蔑の念を見せつけてやる。
私の愛を華々しく撤回するため
あの二人の結婚を王に願い出てやるのだ。

この手で恋敵を自分の後釜に据えるのだ。
そして二人の愛を冷ややかに眺めてやる、
私の激しく鋭敏な恋心を
無情な女が扱ったのと同じ冷たさをもって。

（退場）

第四景

テオドール（一人）

ああ、どうしたらよいのだろう！　ああ、呆然とするばかり！
このような困惑に見舞われたことがあったろうか？
愚かな慢心よ、われらを欺くうぬぼれ心よ、
おまえたちが吹き込む虚栄心ほど人を騙すものがあるだろうか？
公爵がカサンドルを愛している。　私はうぬぼれていた、
あの方の苦悩が私の目のせいだと思い込んだなんて。
さらにそのことが気に入らず、自分を咎めて

あの方を征服したことを軽蔑すべき勝利とみなしていたなんて！
公爵がカサンドルを愛している！　それでは、あれほどのそれらしい様子、
あれほどの慇懃、敬意、尊重、
熱意、執心、畏敬、奉仕の数々は
あの方が抱いてもいない恋心の表われだったと？
沈黙を破り、どうしようもなく百度も
もらしたあの甘いため息、
何度も見交わしたあのまなざし、
私に示された丁重さ、敬意、熱意の全ては、
他の女が捉えている心から発していたのか？
私が愛の表現を全く誤解しているのか？
ただの敬意を恋情と勘違いしているのか？
勝手な推量ゆえの妄想なのだろうか？
ともあれ知らぬ間にこうして私は自分を放棄してしまっている。
敗北を認めよう、私は愛しているのだ。
そもそも、たとえ愛せても、望む場所で愛せるのか？

『ヴァンセスラス』

私は国の道理に自分の愛を従わせねばならないのか?
私たちは国家が掟のために犠牲にする
無垢な生贄ではないか?
私の恋は恥ずべきことに臣下にされ
国家のためにみすみす恋敵に勝利を譲るのか?
だが高慢な血筋よ、私をいい気にさせてはならない。
恋は王杖なしでも力を振るえる、
秘めたる魅力で我らの心を支配し、
ことさら求めるのでもないが、身分の差など考慮しない。
公爵が王冠を戴いていなくとも、
恋心を守るのも公爵ならば、与えるのも公爵なのだ。
いったいどのように示したらよいのだろうか、
この……

第五景

レオノール（侍女）、テオドール

レオノール　王女様、公爵が申し上げたいことがおありになると。

テオドール　お通ししなさい。でも、今のことを知った後では、
カサンドルを恋する者に自由な面会を許し、
その慇懃を受け入れ、さらにまた面会を続けるなど、
そのようなことをしてよいものか？　待ちなさい、レオノール。
急に気分が悪くなったので
今日はお目にかかれないと申し上げておくれ。
お詫びも申しておくよう。

（レオノール退場）

ああ！　どのような毒に
私の理性は蝕まれているのだろう？
私は恋に動じない女と見られたい、
それなのに無情な男を失うことに傷ついている！

公爵のものにはなれない、そして、公爵をどうするつもりもないというのに、
その想いが他の女に向かうのは我慢できない。

第六景

アレクサンドル、テオドール、レオノール

アレクサンドル　何ですって、姉上、公爵にお会いにならないのですか？
そのご不快の様子は？　どこかご病気でも？
テオドール　少し気分が悪いだけ、すぐ治まります。
アレクサンドル　公爵は私の用事でこちらに参ったのでしたが。
テオドール　どのような？
アレクサンドル　　　　カサンドル様がいらしていたと思って……
テオドール　つい先ほど出て行かれました。
アレクサンドル　公爵がカサンドルの魅力に捉われていると知り、
私は姉上のところへ行くよう、申しつけたのです、
王太子の望みは知っていますが

公爵が愛する女性にうまくとりなしていただけないものかと。
王太子についてはご存じでしょう、そして
愛が王太子を誠実な人間にするかどうかもお分かりになるでしょう。
王太子の悪行がその心を十分に語っています。
過去の所業で未来が見えますから、
兄上がカサンドルの名誉を、結婚をちらつかせて
汚そうとしたこともすぐお分かりになるはず。
しかし公爵については、私が姉上に
不都合な情熱のとりなしを願うとしても、
責めるのは私だけにして下さい、
公爵の無礼にせよ裏切りにせよ、その理由は私に尋ねて下さい。
姉上、カサンドルに
消えることのない愛の火、
婚姻という聖堂の祭壇に香を捧げる
永遠に続く純愛を請合っているのは、私なのです。
どうか不純な恋ではなく、清純な愛の味方になって下さい。

テオドール　（レオノールに寄りかかり）
気分が一層悪くなりました。引きとらせて下さい。
（二人の女性は退場）
アレクサンドル　（一人）
おお、心にこたえる苦境、過酷な苦しみだ、
他人の名に隠れて愛さねばならないとは！
万事わきまえた公爵を使っているとはいえ、
未知の炎がそこからどんな結果を引き出すか？
病をあらわにしながら当の病人を隠すこの不運な愛のもとで
私はいったい何を期待できるのか？
だが、兄が私の恋に何を仕掛けてこようとも、
カサンドルの愛があれば何も恐れることはない。
それに、あの人を守るために何ものも容赦しない
この心と腕の助けがあるのだから。

第三幕

第一景

フェデリック（一人）

私はどうなったのだ、無分別な想い、
無謀な望み、狂った情熱、
不死のあの魅力に死すべき心が仕掛けた苦心の業よ、
高みからひと跳びで落下してしまったのか？
地から天まで駆け上がっていた希望なのに、
やはり知るべきだったか、
おのれの高慢さの上に今落ちた雷は
試みようとしていたことをやはり許しはしないと？
いかに熱心に慇懃を尽くそうと、
それ見たことか、会見は拒まれ門前払いだ。

始めようとしていた闘いを避けるのだ、
もたらされる災いを考え、撤退するのだ。
私に希望を持つ権利などあるものか、この恋心が
王太子をも王女をも苦しませ、
私の言葉、私と会うこと自体が
王女の体を損ない、王太子を激怒させるというのに？
わが心よ、望みをもたずに愛する術、
敬意をもって侮辱に耐える術を学ぼう。
尽くして拒まれたが、それでも誇りを持ち
毅然として意気地のない態度をとろう。
何も期待せずに、この当然の軛につながれよう。
あえて愛する者とはならず、愛の犠牲者になろう。
尊大な勝者たちがほしいままにする厳しい仕打ちに対し
一人の奴隷を差し出そう。

第二景

アレクサンドル、フェデリック

アレクサンドル　公爵、何も話してくれないのは遠慮が過ぎるのではないか。
それでは私たちの友情が泣くし、傷つくというものだ。
あなたはこの友情を信じていないのか、友情をないがしろにするのか、
隠し事があるのを黙っているな。
心をそっくり与える者は、やはり相手からも欲しいのだ。
あなたのことだったら、
よく理解するために、真の友情を抱いているこの心が
半分しか開かないなどということはなかった。
私は、誠実な熱意を込めて、
あなたのために友情ができうる最大限の事をした。
それなのにあなたはまだ安心できないようで、
友情の誓いを疑っているらしい。
あなたの顔には、秘めた情熱、

隠した感情、押し殺した想いの数々が読めるし、
同情しつつも恨みがましくあなたを見るこの目には、
あなたが自分だけの秘密を抱えているのが見えるのだ。
フェデリック　私の悩みに解決法があると思った時は、
あなたにお知らせし、助力を求めてきました。
その結果が迅速で申し分のないものだったので、
私は今もそのことに感激し恐縮しています。
しかし、解決法がないと思われる時、
王子を巻き添えにするには及びません、私一人が背負えばよい。
不幸な者は一人で十分、
あなたを巻き込んで二人にすることはありません。
アレクサンドル　一人で苦しむ人間は、その友を侮辱することになる。
あなたの苦しみを私が分け持てばいくらか楽にはなるだろう。
話してほしい、公爵、腹蔵なく秘密を明かしてほしい。
私にとってあなたのためを図ることほど重要な事はない。
あなたがついこのあいだの戦功の報酬に

『ヴァンセスラス』

愛する人を望んでいるのは知っている。
そして報酬を約束した王に、
あなたの心を奪った女性の名を告げようとした時、
激しやすい兄が例の傲慢さを発揮して
あなたを黙らせ、沈黙を強いたことも知っている。
兄の関与の部分は説明せずともよいが、
私があなたのために争いを解決しようとするのを許してほしい。
争いがもたらす結果について私が気を揉まないようにしてほしいのだ。
もういい加減に誰かが兄の放縦に歯止めをかけねばならず、
王に私たちの屈辱を晴らしてもらうことはできないが、
私には十分な気概と手腕があるつもりだ。
しかし、あなたをかき立てている情熱に役立つためには、
少なくともあなたが愛する相手を知る必要がある。
フェデリック　王子の善意が立派に為し遂げたことを今まで見て参りました。
兄上との争いも生まず、憎悪も買わない
見事なご手腕です。兄上の憎しみは本当に激しいのですから。

ですが王子、兄上は王太子です、その怒りを尊重しましょう。
私の悩みは運の悪さのせいにして
その運は兄上よりも罪深いのだと思うことにいたしましょう。
兄上を侮辱することになる、愛する人の名はご勘弁を。
それよりさらに強い敬意の念、
何よりも私を拘束する敬意の念が、
いとしいその名を忘れるよう、命じているのです。
戦場から私を撤退させて下さい、
撤退だけが私の敗北を敵に隠せるのですから。
アレクサンドル　そうまで隠されると、あなたの秘密がわかってくる。
が、私は名誉を重んじる口の堅い人間だ。
公爵、もう隠さないでほしい、カサンドルを愛しているのだな。
あなたが求めうる最もふさわしい人、
その魅力を熱愛する王太子が
やっきとなってあなたの望みを奪おうとした、まさにその人だ。
私のために愛を装っているうち、あなた自身が

『ヴァンセスラス』

愛の罠に陥り、どうしてよいかわからなくなっている。
そしてあなたの思いより先立つ私の思いこそ、
あなたが優先しているその強い敬意なのだ。
しかし友である私が、カサンドルの事が理由で
あなたを責めると思ったら間違いだ。
あの人の魅力は私に大きな力を及ぼしているとはいえ……
フェデリック　お答えせずとも驚かないで下さいますよう。
今のお話には私の方が驚きました、ご見当違いのお話で。
あまりに衝撃を受けましたので
私は呆然としてどうしてよいかわからず、
本当にあなたが話し私が聞いたのか、耳を疑ってしまいます。
この私が王子を裏切るなどと！　この件については私が
あなたにお仕えし、私自身があなたのために
変わらぬ強固なご愛情をあの方にお伝えしようとしたのですよ！
それなのに私を卑劣な男、友情に悖る人間とお考えとは。
アレクサンドル　あなたがあの方を愛すると、私があなたへの敬意を失くすと思うのか？

フェデリック　そのような罪を私が犯していても、王子は私に友情を抱けますか？
アレクサンドル　親友であれ恋敵であれ、私はあなたを憎むことなどできはしない。
フェデリック　誠実かつ高邁な王子を、私は裏切ることなどできません。
アレクサンドル　恋というものは心に不意打ちをくらわし、やがて支配してしまうもの。
フェデリック　不意打ちであれ、裏切りを正当化はできません。
勇者は、おのれの命を断ち切るという、
恋の不意打ちの解決法をいつも手中にしています。
アレクサンドル　疑ってすまなかった、ただ、
あなたへの信頼が欠落して生じたものではない。
フェデリック　そのことは忘れましょう。ただし
ご信頼の欠落自体が当然の報いであること、
そして私の沈黙を今一度許して下さり、
それでもあなたの友情が不満も持たず変わらなければの話です。
それに、私の奉仕や敬意に疑念を持たれようとも、
今から述べる考えは私を信頼していただける証拠となると思います。
カサンドル様は王太子に手ひどく責められ

『ヴァンセスラス』

またその手先の者たちから強い圧力を被っておられるので、
王子があの方の自由をお救いしたければ、
もはや仮の名で愛している時ではありません。
十分すぎるほど長い間、私は王子の目論見を行動に移して、
かりそめにあの方を求めてきました。
そして王子の愛は、私の愛に協力すると見せかけて、
全宮廷の目をくらませて来たのでした。
今や策略を弄するのをやめ、
仮面をとって素顔をお見せにならねばなりません。
恋敵が何かにつけて責め、悩ませている
カサンドル様に安息を差し上げるべきです。
あの方も王子に愛をお誓いになりました。
今や結婚で決着をつける時です、
一人は幸せに、一人は不幸になりますが。
この考えはカサンドル様の判断によるものですからご決断下さい。
あの方からうかがった判断の理由を逐一お教えはしませんが、

先ほどあの方を王女様のところへお連れしました。
公然と王太子の味方になられている王女様は、
カサンドル様があらかじめ予想されたことが本当だとすれば、
王太子のお悩みのために一肌脱ぎ、
またさらにカサンドル様をお責めになるため呼ばれたのです。
野心を抱く女性の気質にはお気をつけ下さい。
王位はその目には輝いて見えるもの、
結局、結婚がこうしたことから王子を解放します。
アレクサンドル　しかし結婚により私は父の支配から解放されるが、
父は……
フェデリック　あなたの愛を王権の支配下に置き、
あなたご自身が義務に従うおつもりなら、
ご自分にとって致命的な事態にならないよう、何事も急いではなりません。
しかし、あなたが冷静かつ謙虚によく耐えておられるのに対し、
激しい気性の兄上の熱烈な求愛は
そんな丁重なやり方より愛情を強く印象づけることになってしまいます。

『ヴァンセスラス』

アレクサンドル　いや、そんなことはさせない、父の権利は脇に置き、
愛の神に全てを任せよう。
愛の神が私の運命を作り、私の義務を定めるのだから。
カサンドルを選ぶ。今夜にも結婚しよう。
しかし公爵、まだこの計画は伏せておこう。
数日間は召使に至るまで、
最もわれらに忠実な者を除いて、皆を欺こう。
目くらましをかけるのだ、あなたは新夫として振る舞ってくれ。
そして、首尾よく結婚が成立すれば、
あとは時が明らかにし、うまく収めるだろう。
その時には驚愕した父が怒ろうが
嫉妬深い兄が激怒しようが手遅れだ。
フェデリック　私の信用はそれで危うくなりますが、
あなたのためなら進んでそうしたいと思います。
あなたの信用のほうが大切です。
私の心を差し出したのですから、私の名をお貸しするのは当然のこと。

王子の御名は……

第三景

カサンドル、アレクサンドル、フェデリック

カサンドル　（王女への怒りに燃えて）
　　よろしいわ、王女様、雷の一撃が私たちの運命に降りかかる、
その覚悟を決めねばならないのですね。
王女様に警告をいただいたので、落雷で私たちが打ち倒されても、
大して驚きはいたしませんわ。[4]
（王子に気づき）
ああ、王子様、私の嘆かわしい不運に終止符を打ってください。
この心は毎日絶え間なく拷問を受けねばならないのですか？
このような酷い苦しみに長いあいだ耐えねばならないと？
私は罰せられることなく王子様を愛することはできないのですか？
アレクサンドル　カサンドル、そのお怒りはどのような侮辱を受けてのこと？

カサンドル　兄のために妹が逆上しているのです。
豪奢な首枷の輝きで、無理無体にも
私の愛を惑わそうとしています。
王冠によって私の目を眩ませ、
私の意思に反して私を王妃にし、愛を強要しようとしているのです。
それが私に課された命令、従わなければ苛立った王太子は
その憎しみを自らの権力に任せて、
これ以上ない悲劇的な見せしめと
復讐の大きなしるしを子孫に残すに違いないのです。
運命が今までに示した最大の力、
何世紀もが今までに語りついできた最大のものです。
これがあの方たち流の愛の口説、
私に求められているご親切な動機です。
アレクサンドル　どうかその美しさに静けさを取り戻して下さい。
雷は鳴らせておけばよい、落ちはしません。
あるいはあなたを苦しませている災いの張本人が

まず最初に失墜することでしょう。
私を幸福にしてくださることであなたの安息を得て下さい。
今夜にも王太子の望みを断ち切りましょう。
王太子が何を企もうと恐れずに、
あなたが私の守るべき妻となり、
私は公式に夫となって、
責任をもってあなたと結ばれることをお考え下さい。
フェデリック　今夜からは血気にはやる王太子に特に警戒なさって下さい。
大きな企てには敏速さが必要です。
事に当たっては手順が重要です。
ですが別の場所で討議することにいたしましょう。
カサンドル　何という揉め事、何という不安や苦しみを抱えているのでしょう！

第四景

ラディスラス、カサンドル、アレクサンドル、フェデリック

ラディスラス　カサンドル、私の愛が成就しないなどということはなさそうですね。
成就を疑ったり危惧したりする必要もなさそうだ。
なにしろ私にはこんなにもよく仕えてくれ、
魂の底から忠義を尽くしてくれる二人の腹心がいるのだから。
この二人は間違いなく、私の愛をとりなしてくれていたのでしょうね。(5)
カサンドル　そうであれば、それこそ殿下はお二人を非難なさるでしょう。
私は殿下にあまりに悪い印象を残しておりますので、
私に費やされた時間のご記憶など
人生から消し去っておしまいになりたいでしょうし、
殿下のお目とお心も
私の存在を死にも等しく嫌っていらっしゃるはず。
ラディスラス　いささかうぬぼれていらっしゃるようだ、それにあの言葉は
根も葉もないもので、他愛ない作り話と受け取ってほしい。

『ヴァンセスラス』

あなたのうぬぼれ心に照らしてみれば、
あれは愛が言わせた言葉で、私はあなたに夢中だったということになるだろう。
しかし私の判断が正しく、その判断に信を置くとすると、
そのような空疎な栄光に大した実質が見て取れないのだ。
あなたに人より格別に優れた魅力があると
思わせるほどのものは見て取れない。
その顔はそれほどの光輝を放ってはいないし、
あるだけの魅力を発揮しているともいえない。
魔力を持つとされる目も、全力をもってしても
男殺しと断罪されるほどではない。
多くの男を拘束したと思っている首枷も
それほど遠くまであなたの評判を伝えはしない。
心を安売りした、ただ一人の男は別だが。
あなたの支配力は他の男にはほとんど及んでいない。
単純な気質の私は、後で傷つくことになるのだが、
あなたが気に入った。弱かった、と言おう。

私はあれこれと配慮し、慇懃を尽くし、労を尽くした。
しかし意図については、あなたは疑わないと思う。
私の地位では許されない結婚を
あなたが期待しなかったのは正しかったのだ。
私の運命を定める国是は、
私の愛とは相容れなかったのだ。
努力はしたが運がなかった。
あなたは抵抗したが、それで得られる栄誉など月並みなものだ。
あなたが拒んでも私が力づくで強いれば、
私の望みは容易に成就しただろう。
実行はしなかったが、勝利は確実だったのだ。
だが私は判断した、
あなたを私が望む地位につけ、
王位を分け合う労などとる価値はない、とな。
以上があなたのせいで生じた愛の顛末だ。
これ以上の何かがあるとお思いなら、夢から覚めた方がよい。

あなたの侮蔑は私にも同じ侮蔑を生んだ。
あなたをわずらわせようとはもはや思わない。
希望と共に欲望も失ったのだ。
もはやあなたに関心がないことを証明するために
あれほど求めた快楽を放棄し、
私を妨害した者に奉仕することにしよう。
王子、彼女をお連れしろ、これ以上引止めはしない。
それから公爵、あなたは留まれ。
カサンドル　（アレクサンドルに手を差し伸べ）
何と立派なお怒り！
その高潔な侮蔑の念を末長く私に向けてくださいませ。
殿下、王位がやがてその報酬となりますよう！

『ヴァンセスラス』

第五景

ラディスラス、フェデリック

ラディスラス　（小声で）　ああ！　何と苦しくつらい努力で
あの女を去らせたことか、自分が引き裂かれる思いだ。
あの女から自分を引き剥がすのは何と過酷な闘いだろう！
公爵、会いに行くところだった、王の用命でもある。
フェデリック　何なりと喜んで承ります。
ラディスラス　王があなたを寵愛し重んじているのは承知だな。
称揚するのは価値を認めておられるからだ、
つまりあなたの信用はあなたの徳にかかっている。
その徳のせいで、私の気まぐれは断罪され、
あなたのためを図る王に厳しく咎められ、
王はこの度のあなたの戦功に対し
望む報酬を与えると約束なさったのだ。
だから望むもののためにその力を使うがよい。

愛の鉄鎖を選ぶがよい、あなたの栄冠だ。
王に意中の女の名を告げるがよい、
私はもう幸運の邪魔はしない、
その徳の報酬を
関心も反感も抱かず眺めるだろう。
フェデリック　恐れながら申し上げますと、
愛の成就について、かつては甘い期待を抱きました。
しかし、殿下のご不興を招いてしまったのが身の不運、
ご不快の表明を受けてこの厚かましさは打砕かれました。
それにまなざしの交換も禁じられた者は
自分の信用を当てにして自慢したりしてはうぬぼれが過ぎます。
ラディスラス　あなたの邪魔をし、異を唱えるどころか、
私が父にあなたの結婚を願い出よう。
王の言質はとってある、そしてもし必要なら、
私が相手の女性に口を聞こう。
フェデリック　至高の権力をもってしてもその方は得られないでしょう、

『ヴァンセスラス』

私がまだ、当の女性から同意を得ていないのでは。

ラディスラス　そのための手立てなどいくらでもあるだろう。

フェデリック　殿下のお振舞いが、私の愛の手立てをまずくしておしまいになりました。

ラディスラス　私の愛はそなたの徳によって実を結ばなかったのだぞ。

フェデリック　私の努力は殿下のお憎しみによって実を結ばなかったのです。

ラディスラス　私の関心が失せたのだからそなたの希望は回復しよう。

フェデリック　私の愛は屈従させられたのですから、義務を尊重することにいたします。

それに心というものは、一旦は考えを変えたとしても

最初の考えに固執しているものです。

敬意なり軽蔑心なりをそれほど素早く取り換えたり、

抱いてしまった嫌悪感を捨てるのは容易ではありません。

第六景

ヴァンセスラス、ラディスラス、フェデリック、衛兵たち

ヴァンセスラス　（フェデリックに）

さあ、天が使わしたわが支え、
そなたの功績への約束を果たさせてくれ。
その高邁な心で国家に奉仕したそなたは、
国の王太子のお株すら奪い顔色なからしめている。
私は約束を果たすことで名誉を果たしてきた。
報酬を与えないのはそなたから盗んでいるのと同じだ。
借りがあるのだからこれ以上放置しないでくれ。
選んだ褒賞を明確に告げてくれ。
そなたに報いることを私の正義の証とさせてくれ。
王太子は理性によって身勝手な言動を改めた。
そなたの便宜を図り、その幸運を喜ぶだろう、
不利を図っていた王太子が今やそなたのために弁じるのだ。
ラディスラス　（小声で）　恋敵がわが意に反しておれの助けを獲得するとは！
何という試練だ！　おお天よ、わが不屈の精神を撓める気か？
フェデリック　陛下にお仕えする幸せ自体がわが褒賞、
これこそ奪われることのない恩恵でございます。

『ヴァンセスラス』

陛下、報酬をくださることで
栄誉の行為を雇われ仕事にしていただきたくはありません。
《この腕こそヴァンセスラス王に仕えた腕》と言えることこそ、
百もの戦闘に釣り合う報酬ではありませんか？
ヴァンセスラス　いやいや、その無敵の腕から何を受けているにせよ、
王が臣下に恩恵を受けているのはあまりというもの。
拒む心がわが心を傷つけ、
何も求めないことが求めすぎになる。
そなたの戦功と私の感謝という点から
主と従の立場の別を明白にさせよう。
わが名誉は自らを汚さずして
報酬を拒むそなたの寛容な心を許すわけにはいかぬ。
フェデリック　炎を煽らないでください、お消しになりたいと思われるのが当然なのですから。
陛下、私は到達することのできない場所を想い焦がれているのです。
私はそこにふさわしくなく、お仕えしたい方は、
私の奉仕を退け、私の愛をお認めにならないでしょう。

ヴァンセスラス　強力な国家は全て、おのれを縛る鎖に値し
鎖を尊ぶ力のある君主を擁している。
私の権力は無力であるのか、
それとも約束した報酬を与えるか、どちらかだ。
ラディスラス　（小声で）　何だと？　それではこの激しい恋心が求めてかなわなかったのに、
愛する女は結婚により恋敵の床に赴くというのか？
フェデリック　もうこれ以上、陛下に抗弁できそうにございません……
ラディスラス　いやいや卑劣な恋敵め、おれは同意できないぞ。(6)
フェデリック　ではご命令によって沈黙を破り、
仰せのとおりにいたします。ですがそれは自分を強いてのこと、
仰せに従うことは、抗い難いご命令への不服従以上に、
陛下をご不快にさせることが確実なのですから。
では陛下、申します、私が愛しておりますのは……
ラディスラス　公爵、再度その口を閉ざしてやる、
そなたの傲慢は許せるものではない。
ヴァンセスラス　無礼者！

『ヴァンセスラス』

ラディスラス　情熱を抑えようとしたが無駄だった。
陛下、私は公爵の思い上がりに耐え、陛下をご満足させるため、
理性でできうる全ての努力をいたしました。
陛下への敬意から自制しようといたしましたがそれも空しく、
私の理性は欲望をどうすることもできません。
私という人間は情念そのものなのです、どうぞお怒りのままになさってください。
不敬な息子には、父親の情はお捨てください。
私の命脈を断ち切り、
私にくださった血を取り戻していただいて結構。
陛下がまだこの上私の命をお取りにならないのなら、
この傲慢な男の要求を却下し
その行き過ぎた無礼を打ちのめしていただきたい。
さもなければ首尾がうまくいったとしてもすぐにそいつが死ぬことになる。

（怒り狂って退場）

第七景

ヴァンセスラス、フェデリック、衛兵たち

ヴァンセスラス　衛兵、王太子を拘束せよ。

フェデリック　（衛兵たちを止めて）　　ああ陛下、

反乱でも起こりましたら、[7] 私の命が保証される

確実な避難所があるというのでしょうか？

王太子をご容赦ください、さもなければ私にお暇を。

ヴァンセスラス　そなたをわずらわせ面倒がふりかかるようなことは起こらない。

公爵、私はそなたの地位を高め、

その権威を絶大な保証で強化し

あの反逆者が仰ぎ見るようにしてやる。

そうすればどのような憎しみや妬みをもってしても

あれがそなたの命に危害を加えることはできないだろうし、

あれの情念を操っている狂った本能も

そなたの要求を妨げることはないだろう。
その至高の権威にあれは抗えまいし
そなたの望みはそなた次第になるのだ。

第四幕

第一景

テオドール、レオノール

テオドール　ああ、恐ろしい！　どうしたらよい！
おまえの報告が私の夢に合致しているのがわかるでしょう、
それなのにおまえは非難するの、恐ろしくて流すこの涙を？
これは余計な心配、余計な用心かしら？
レオノール　お気になさることでは全くないとお考えください。
あの方がお部屋でお休みにならなかったといって、
そのようにご不安になることでしょうか。

王太子殿下は火のように燃え上がるご年齢、
身体は精神に屈服せず、
魂はまだ官能を支配する力はなく、
最も冷淡な人間でさえ誰かに恋焦がれます。
そんなご年齢の王太子様が、名誉や評判ゆえに人が大切にする
道理や慎みなど、お気になさるとお思いですか?
若い男は休息に苦痛を覚え、愛にやつれるもの、
そんな男の夜に、王女様は清らかさをお求めですか?
それは行き過ぎたご詮索。
若い男たちの逸脱には目をつぶらねばなりません。
心を痛めないためには何も知ってはならず、
非難しなければならない事柄は知る必要がないのですよ。
テオドール　中途半端で、後が続かず、曖昧で、錯綜した夢、
一度限りの短い夢は、
私たちの心にかすかな印象しか与えず、
恐怖の痕跡を残すことはほとんどありません。

でも何度も見る同じ夢、恐怖のあまり
その都度眠りが妨げられる夢、
これから起こることをはっきりと示す夢は、
天が与えてくれた予兆なのよ。
恐ろしいこと！　あの胸を突き刺す手を見てしまった！
その一撃を見、血が流れるのを見たのです。
別の手で、首が跳ぶのも見ました。
遺体を収める墓所も見たわ。
そしておまえをぞっとさせた叫び声をあげて、
私は悪夢から覚めたけれど、恐怖からは覚めなかった。
すぐに寝床から起き上がり、
先ほどおまえが見たように茫然として取り乱し、
一人で兄上の居室に行くところだった。
それで私の恐怖が無根拠ではないとわかった。
だっておまえが兄上の臣下たちから聞いたのだから……でもあれは？

第二景

オクターヴ、ラディスラス、テオドール、レオノール

レオノール　ああ！　王女様！

オクターヴ　さあ、どう？

テオドール　（レオノールに）

オクターヴ　私がいなければ王太子は危ういところでした。

テオドール　レオノール、私の取り越し苦労だったかしら？

ラディスラス　失礼してこの椅子に休ませてもらう。
力が出ない、まだ回復していない、
失血して倒れたのだ、
歩くのもやっとで、ここがどこなのかもわからない。

テオドール　ああ！　お兄様！

ラディスラス　ああ！　妹よ！　この苦しみがわかるか？

テオドール　ああ夢よ！　悲劇の先触れの夢が、
これこの通り痛ましくも実現されたわ！

兄上、不運な事故ですの、それとも襲撃されたのですか、
そのように出血して衰弱なさっているのは？

ラディスラス　これがカサンドルを愛した代償だ。
だが立ち聞きしている者がいないか調べてほしい。

テオドール　（レオノールに合図して誰も聞いていないか見に行かせる）
見てきなさい、レオノール。

ラディスラス　　　　妹よ、おまえは
この心の奥底の秘めた想いを知っている。
おれが自分に対して払った努力、
激しい恋の首枷をはずすための努力、
不当にも傷ついてしまった心から
あの女の目が放った毒矢を引き抜こうとした努力も知っている。
しかし、どのように努力しても、意に反して、
わが心は分別に抵抗するのだ。
この心は、あの女への執着から離れてもすぐに
そこに舞い戻ってしまう。

それほど愛というものは不運なわれらに力を振るえるのだ。
このようなものは愛ではない、人類の敵だ。
自分の弱さをいくらかでも隠すために、
おれは一番苦しかった時に強いて活力がある振りをした。
あの女から奴隷に対するような侮辱を受けて意気阻喪しても、
君主のように振る舞い、勇者を装った。
さらに、怒りやすく、むら気で、除け者にされたおれが、
恋敵のために力添えをしようとも思った。
しかし、ほんの些細なことにも逆上するこの魂は
常におれの努力に逆らった。
そしておれを捉えたあの非情な美女は
おれの怒り以上のこと、あの女の侮辱以上のことができる。
オクターヴに昨日聞いたのだ。
公爵とカサンドルとの結婚が取り決められ、
二人のあいだで昨晩、婚姻が成立したと[8]……

オクターヴ　危険なご注進だった、ああ！　そのためにどうなったか？

『ヴァンセスラス』

ラディスラス　その衝撃に完全に打ちのめされ、
理性的な判断ができなくなったおれは、
臣下たちを下がらせ、宵のうちはじっと引き籠もり、
自分の絶望の声しか聞かなかった。
深夜になってからやっと、隠し扉から、
臣下の目を逃れ、街路に出て、
思慮や体面や分別は一切忘れ、
カサンドルの邸にすぐさま行って、
塀を乗り越え、回廊に出て、
おれの狂乱を発散するのに適した場所を探し、
階段の下にひそみ、闇の中で
何が起きても対処しようと心構えし、苛立ちを抑え、待った。
やがて公爵の名で扉が開くのが聞こえ、
その名で逆上したおれは、
走り出て、明かりを消し、盲滅法
公爵を三度刺し、死に至らしめようとした。

テオドール　（恐怖にかられ、レオノールによりかかりながら）公爵を？　本当に？　何ということを！
ラディスラス　　　　　　　　　　　　　この攻撃で
そこに居合わせた者たちが声を上げるなか、
公爵はおれが短剣をやつの足元に落とした音を聞き、
それを拾い上げ、おれに追いすがって腕を刺した。
これでやつは力尽き、魂が体から離れた。
公爵は倒れ、死んだ。
テオドール　　　　　おお、何て残忍非道なことを！
ラディスラス　そしておれは見知らぬ路地をあちこちと、
夜の闇の中、足を引きずってさまよい、
そのうちに失血で体が冷たくなって、
倒れこみ、その場で気を失ったのだ。
通りかかったオクターヴが
傷を手当し、ここに連れ戻してくれ、
何とか持ち直した、まだ完全にではないが。

『ヴァンセスラス』

テオドール　（レオノールによりかかり）
お兄様、苦しくて立っていられません。
この事件で受けた衝撃で
弱い私はくずおれてしまいそう。
支えて、レオノール。
（小声で）
　　　　　　　　私の心よ、おまえはこんなにも優しいのか、
（退場しながら）
カサンドルの夫に涙を流すなんて、
彼を奪った腕を憎く思うなんて？
二人の結婚はおまえを侮辱し、彼の死はその復讐となったというのに。

　　　　第三景
　　ラディスラス、オクターヴ

オクターヴ　間もなく夜明けです、殿下、日の光が射し始めました、

月が徐々に白んで消えていきます。
ラディスラス　そして夜の罪を人目にさらすのだ。
オクターヴ　王のお部屋の辺りでも、もう物音が聞こえます。
寝室に行きましょう、誰かに会わぬうちに。
ラディスラス　死を望む者は、何が起ころうと恐れはせぬ。
だが行こう、手を貸してくれ。

第四景
ヴァンセスラス、ラディスラス、オクターヴ、衛兵たち

ヴァンセスラス　息子ではないか！
ラディスラス　陛下？
ヴァンセスラス　何ということだ！
オクターヴ　おお、何という不運！
ヴァンセスラス　ラディスラス、おまえなのか、
その蒼ざめた顔色、震える声、

魂が抜けた人間のようにしか見えぬが？
そのように呆然とし、生気を失い、血まみれになって、
おぼつかない震える足取りでどこに向かうのだ？
なぜこのような早朝に起き出した？
何が起こったのだ、なぜそのように口を閉ざす？
ラディスラス（元の椅子にまた腰を下ろし）
何と答えよう？　ああ！
ヴァンセスラス　　息子よ、答えるのだ。
いったい何が……
ラディスラス　陛下、申します、
私は……私は……愛にあまりにも支配され……
度を失っています、陛下、何もお話できません。
ヴァンセスラス　そのように混乱し狼狽しているのは
罪を自白しているも同然、動揺しているのは過ちを犯したせいだ。
おまえは弟と争ったのではないか？
おまえの意地悪い気性はいつも弟を目の敵にしていた。

弟を守るために私が配慮しなかったら……
ラディスラス　弟が謝罪しに来たのではないかと？　いえ、会っていません。
ヴァンセスラス　それではなぜ朝日が
射す前に目覚めた？
ラディスラス　陛下も夜明け前に起床なさったのでは？
ヴァンセスラス　そうだ、だが眠りを減らす理由が私にはあるのだ。
ラディスラス、私は人生の終末期にいる。
死がまもなく命を奪うのがわかっているからこそ、
死のイメージの眠りから、
残された時間でできることをかすめ取っているのだ。
自然が定めた寿命に近づき、
墓所に片足で触れ、
着々と迫る最期の時を目前にして、
私は夜から奪ったものを昼に加えている。
私の日没に際して、この無力なまぶたが
残りの光を大切に惜しんでいるのだ。

『ヴァンセスラス』

だがおまえはどういうわけでこんな早朝から起き出した、
まだ先が長い年齢だというのに？
ラディスラス　陛下が正義を実行されるおつもりなら、
私の寿命も瀬戸際に来ています。
隠しても仕方がありません、この腕は、
陛下の支えを打ち倒してしまいました。
公爵は死にました、陛下、殺したのは私です。
しかし、そうせざるを得なかったのです。
ヴァンセスラス　　　　　　　何だと！　公爵を殺したと、悪党め！
公爵が死んだ、蛮人め！　その言い訳に、
殺したのには理由があると言うのか！
おお天よ、この試練で私の忍耐力を試しているのか？

第五景

フェデリック、ヴァンセスラス、ラディスラス、オクターヴ、衛兵たち

フェデリック　陛下、カサンドル様が謁見を願っております。

ラディスラス　これはどうしたこと？　幽霊か？　幻覚か？

自分の頭が錯乱したのか、どう考えればよいのか？

ヴァンセスラス　王太子、何と言った？　驚いたことだ、

目がこれほど早く耳を打ち消すとは。

ラディスラス　あっけにとられ、どうしてよいかわからず、

何を言ってよいのか、説明しようもない、と言いました。

ヴァンセスラス　ああ公爵、ちょうどよい時に現れてくれた。

私には致命傷になりかねない誤報だった。

もう少しそなたの現れるのが遅ければ、

そなたが死んだと聞いて私が死ぬところだった。

今までにこんなに耐え難く辛い思いをしたことはない。

だがそなたの用は？

フェデリック　カサンドル様が入り口で
お目通りを願っております。
ヴァンセスラス　通しなさい。
（フェデリックは退場）
ラディスラス（小声で）何ということだ！
わが手よ、やり損なったのか？　わが目よ、見間違えたのか？
公爵が生きているのなら、おれが殺したのは誰だ？

第六景
カサンドル、ヴァンセスラス、ラディスラス、フェデリック、オクターヴ、
衛兵たち

カサンドル（泣きながら王の前に跪き）
偉大な王様、罪なき者の守護者、
賞罰を正しく与える方、

何ものにも侵されない正義の模範である方、
現在と未来に渡って一門の誉れとなる方、
王であり父親である方、私の仇、陛下の仇をとって下さい。
憐れみの念に怒りを加えて下さい。
今日、仮借ない裁きによって
子々孫々に記憶されるべき刻印をつけて下さいませ。
ヴァンセスラス（彼女を起こし）
落ち着かれるがよい、苦しみのあまりか
声が途切れ、涙をとめどなく流しておられるが。
カサンドル　陛下、陛下は私の一族をご存じですね。
ヴァンセスラス　そなたの父、ユルサン・ド・キュニスベールは
王家の血を継ぐ人物で
私にとっては高邁で誠実な隣人だった。
カサンドル　ご子息のどちらかを娘の夫として迎えることは
父の地位から見て過ぎたことかどうかご存じだと思います。
ヴァンセスラス　愛し合うのに差し障りはない、同等だ。(9)

『ヴァンセスラス』

カサンドル　お二人とも私に想いを寄せて下さいましたが、
目的と敬意がお二人で異なっておられました。
私を貞潔な女だと思われた方は誠実な目的を持ち、
狂気じみて身勝手な情念を抱いて
私の貞潔さを侮った方は堕落した目的をお持ちでした。
間もなく私もそれぞれに正反対の感情を持つようになり、
お二人とも陛下のご子息ですが、ご兄弟とはとても思えませんでした！
お二人に中途半端な愛や憎しみは抱けませんでした。
一人は恋人で、もう一人は敵でした！
王子はその立派な美徳で私をとりこにし、
王太子はその悪徳のせいでしくじりました。
正反対の当然の結果として、
私は陛下の血を一方で愛し、片方で憎んだのです。
アレクサンドル様は兄が恋敵だと知り
また父親の権威を怖れていらしたので、
情熱的でしたが慎重で用心深く、

『ヴァンセスラス』

私たちの愛を秘密にし、
公爵の名に隠れて求愛し、
逢瀬に非常に気を配りました。
それで、ワルシャワ中が今日まで信じていたのです、
王子が自分のために恋を語っているのに、公爵のために語っているのだと。
この企みはそば仕えの者たちまで欺きました。
でも万策が尽き
何をしても罰せられないと思っていられる王太子が、
情念の狂乱に引きずられるままに、
私の名誉を汚す行いに至るのではないかと懸念し、
私たちは、結婚だけが私を守る手段であると確信しました。
そして私たちを結び合わせ、
王太子の望みを阻止してその目論見を打ち破るための時が決められ、
昨夜、眠りが至る所にその力を及ぼしている時……
（陛下、ここで涙を流させて下さいませ。
（泣きながら）

この涙は涸れることがございません。）
王子は結婚の成就を信じ、
怪しまれないように護衛も付けずにご到着、
邸内にお入りになったその途端、
残虐な手が、もてなしのしるしとして
短剣で三度、王子の胸を刺したのです。
ヴァンセスラス　おお神よ！　王子が死んだ！　わが盲目の怒りよ、
ラディスラス　（小声で）
満足しただろう、これがおまえの仕業だ！
（王は腰を下ろし、ハンカチを顔に当てる。）
カサンドル　はい陛下、王子は亡くなりました。
仇が討たれ次第、私も後を追うつもりです。
私は犯人を知っており、陛下のお悲しみのためにも
正義を行っていただくためにも、犯人の厳罰を望んでおります。
陛下、流されたのはご自身の血、
消されたのはご自身の生きた肖像です。

懲罰が必要です、それ以外考えられません。
殺されたのは陛下のご子息、私の大義は陛下の大義です。
私の仇を、陛下の仇を討ってください、そして夫の仇を。
結婚前に未亡人となった私は泣いてお膝におすがりします。
王様、この嘆かわしくも恐るべき殺人を
請け負った者がいるなどとお考えになれるでしょうか?
そうです、それを証明するには陛下の血で十分なのです。
(王太子を指し)
王太子は動揺しておられます。ご自分のため、そしてご自分の意に反して、
恐ろしくも情を込めた感情を抱きながら、
陛下に告白なさっています、ラディスラスがアレクサンドルを殺したと。
為すすべもなく呆然としたそのご様子、
その怯えたお顔、その沈黙が物語っています、
そして何よりも、その手、
私の嘆きの元である高貴な血に今もまみれているその手が。
どちらが陛下に力を及ぼすのでしょう、

殺したご子息と殺されたご子息とでは?
もし陛下がお心弱く、お優しいあまりに、
流血事件を起こし始めた人間を放置なされば、
おそらくその犯人は
陛下に残された人物にまで襲いかかることになるでしょう。
兄弟殺しは父親殺しにもなり得ます。
ひとつの犯罪はもうひとつの犯罪を誘発します。
善行も罪も
たいてい次から次へと連鎖するものです。
厳格に過ぎるかもしれないからと、
王位やお命、そして正義という大義を危険にさらさないで下さい。
私の激しい苦しみが陛下のお心に届かないとしても、
あのように大切にされていたご子息の喪失も
ご子息を奪った残虐な一撃もお心に触れないとしても、
ご覧下さい、この短剣からしたたり落ちる血をご覧下さい。
(袖から短剣を取り出す)

これもお心を動かさないとしても、どこからこれが引き抜かれたかご想像下さい。
ご子息が、ご子息の胸から引き抜いたのです。
陛下、この一突きで、兄が弟を刺したのです。
この短剣には犯人の頭文字と名が印されており、
これを使った者を陛下に知らせ、
共犯者として殺人犯を告発しています。
まだ暖かいこの剣が大罪を犯し、
愛の最も高貴な犠牲者、
陛下が生み出された最も純粋な作品、
陛下を愛するのに最もふさわしい心を貫いたのです。
その心臓、その血、そのご子息、その犠牲者が、
私の口を借りて正当な裁きを求めています。
国王として、処罰しないわけにはいかないでしょうし、
父親として、ご子息を公平に扱わねばなりません。
正義によってであれ、情愛によってであれ
私は陛下が懲罰を下されるのを期待しております。

『ヴァンセスラス』

それにもし、人の手では如何ともし難いとしても、
天の正義は手を貸してくれるでしょう。
天をも恐れぬこの大罪に逃げ場はありません。
天は見ていました、天が裁くでしょう。
このような邪悪な罪を犯した腕を罰するため、
陛下が天に私たちの復讐をお任せになれば、
天の腕が伸び、罪人に届くのです。
ヴァンセスラス　王太子、この告発に対し、弁明することはあるか？
ラディスラス　ありません、私は有罪です。偉大な王よ、
どうかこの死にゆく命を厳しい法の手に引き渡して下さい。
手加減などは全くご無用です。
父と子という二つの名は抹消し、
私のための嘆願もすべて却下して下さい。
カサンドルは私の死を望んでいます、その望みを叶えねばなりません。
彼女の憎しみが私の死を命じています、私は沈黙しなければなりません。
死を免れるような運命より、

彼女の望みに合わない長寿より、
私は彼女の望む死を尊重し受け入れます。
この激しい情念を隠しても仕方がありません。
死んでからも私は彼女を愛したいのです。
この心がいかに熱く燃えているかを伝えるため、
彼女のために死に、死後までも燃えるのです。
彼女の復讐を果たすため私を殺す一撃は、
その美しい目が私を征服して
心を貫いた、その運命の一撃と比べると
ほんの軽い傷でしかありません。
その一撃に自暴自棄になり、何でもやってやるという気持ちになったのです。
宿命の一撃が奪った安息を、もうひとつの一撃が返してくれるでしょう。
彼女の犠牲になるのは天の意志なのですから、
私を殺すのが、彼女の口であっても目であっても構わない！
カサンドルの判決にご同意を願います。
彼女の愛が得られないのですから、容赦は無用です。

『ヴァンセスラス』

愛が始めたことを最後まで完遂させて下さい。
すでに足を踏み入れている死への道を歩み通させて下さい。
それでも何か別の思惑が、陛下のお怒りを抑えているとしたら、
弟殺しも辞さなかったこの手を危険なものとお厭い下さい。
ヴァンセスラス　カサンドル、激しい無念の気持ちを静め、
われらが共有する問題は私の裁量に任せてほしい。
私は今日、公正な裁きを行い、
君主にふさわしい態度を示すつもりだ。
あらゆる情を捨て去り、
王太子の自白による要求を認めよう！
カサンドル　偉大な陛下、期待は裏切られませんでした、
そして……
ヴァンセスラス　王太子、立つのだ。おまえの剣を渡せ。
ラディスラス　（立ち上がって）
私の剣！　ああ！　私は剣を剥奪されるほどの
大罪を犯したと……

ヴァンセスラス　渡せというのだ、抗弁をするな。
ラディスラス　お渡しします！
ヴァンセスラス　（その剣を公爵に差し出して）
取るがよい、公爵。[10]
オクターヴ　　　　　　　　　　　おお、何という不運だ！
ヴァンセスラス　王太子を次の間に連行せよ。
行くのだ。
ラディスラス　（王とカサンドルにお辞儀をしてから）
運命よ！　おれの最期に拍車をかけろ、
これがおまえのゲーム、歯車は回った。
（舞台袖に入る）
ヴァンセスラス　公爵！
フェデリック　はい陛下？
ヴァンセスラス　王太子に告げよ、
かつて民にあれほど愛された彼の首は、
今日、誰もが知る見せしめとなり、

彼の憎むべき大罪を後世に伝えることになろう、とな。

第七景

ヴァンセスラス、カサンドル、オクターヴ、衛兵たち

ヴァンセスラス　(オクターヴに)

カサンドル殿をお邸までお送りせよ。

カサンドル　(跪いて)

陛下、偉大な王の中でも最も完璧な方、

ご決意をどうか固く保って下さい。

高邁なご決断を最期まで貫いて下さい。

お心を変えず、寛容なご気性に負けることなく

報復を求めるご子息の血の叫びに耳を傾けて下さい。

ヴァンセスラス　カサンドル、この事件は擁護できるような罪ではない。

私は罰するのであって、報復をするのではないのだ。

(カサンドルはオクターヴとともに退場。王は一人になる。)

おお天よ！　天の配慮はいかにも気前よく、
私の望みに応えて二人の息子を授けてくれたかに見えた。
それなのに今日、そのうちの一人によって奪われた一人が、
残された一人をも私から奪おうとしている！

第五幕

第一景

テオドール、レオノール

テオドール　レオノール、あの方はどんな様子で私の手紙をお受け取りに？

レオノール　ご様子もお顔つきも、全てを捧げんばかりの勢いでした。
控えめなお人柄から、平静さを装ってはおられましたが。
王女様のご署名のところまで来ると、接吻されんばかりでした。
まるでどうあっても、その大切なお名前の上に、
口には出せない燃える想いをしるしづけたいというご様子でした。

テオドール　あれほどつらい目にあって苦しんだ方を
また苦しめるようなつまらない事は言わないで！
私が公爵の死を悲しんだのは
父上の役に立つ人、王に役立つ人だからよ。
彼の死の報告は間違いだった、
彼は生きている、でも弟が死んだのよ。
それに、弟と心は結ばれていたけれど、
その死の復讐は望まないわ。
死者と殺害者、両方を愛していたのだもの、
どちらの運命も本当に痛ましく思うの。
殺された弟のことを思うと涙があふれるし、
かといって、殺した兄に怒りを向けることもできない。
片方の血が怒りをかき立てようとしても、
もう片方が……ああ、公爵が来るわ。レオノール、二人だけにして。

（レオノール退場）

第二景

フェデリック、テオドール

フェデリック　崇拝すべき王女様にお仕えする喜びに燃えて、
　ご命令通りお足元に参上いたしました。
テオドール　おもねることはありません、それで私が得意になれるかしら？
フェデリック　ご命令に従うことは、ごく簡単なこと、
　この血はすぐにも捧げられるし、武器もあります。
　そしてこの手は、ご命令を果たそうと勇み立っております。
テオドール　それほどの熱意は求めていません、
　あなたからひとつだけ、告げて欲しいことがあるのです。
フェデリック　何でしょう？　お聞かせ下さい。
テオドール　　　　　　　　　　　　ご自身の口から聞きたいのです、
　あなたの心に触れた幸運な女性は誰なのか、
　はるかモスクワまでこの国の法を行き渡らせた
　あの偉業の報酬となる女性は誰だったのか。

私は、あなたをとりこにしているのは、カサンドルだと思っていました。
でも王子が彼女を愛していたのだから、あなたの出る幕はなかったでしょう。
フェデリック　王女様、私の愛はもっと高みを飛翔しました。
自分の理性も同意しないほどの高みです。
テオドール　慎み深い逃げ口上はよして。
その名を言いなさい、命令です。
フェデリック　即答はできません、
口にするかわりにお目にかけましょう。
ご自身でその輝かしい女性の名をお口になさって下さい。
ご自身の手がこの手紙の最後にその名を書かれました。
（テオドールの手紙を開いて渡す。）
テオドール　（自分の署名を目にして）
公爵、あなたの功績は確かに多くに値します、
でも……
フェデリック　大胆にも王女様を愛したことで、私は自分を責めました、
あなたを望むという喜びを、よくないことだと思おうとしました。

しかし王女様、どうすることもできません。
理性が封じようとする希望を育てる宿命の星、
臣下たちにあなたを崇めさせ、
永遠に賛美させる宿命の星を非難なさって下さい。
テオドール　もし私があなたに対し力を持っているとしたら、
今ここであなたの忠誠の証しを期待できましょうか？
フェデリック　王女への愛に燃えるこの心の炎は
どんなことでも可能にし、不可能なこともたやすくやってみせます。
テオドール　あなたにとってはつらい試練ですよ、でも名誉ある試練です。
フェデリック　その試練はこの愛の輝きをいっそう増すでしょう。
テオドール　そうでしょうか。その試練とは、
分を過ぎたあなたの望みを隠し通すこと、
沈黙を守り、心の中では
慎重に、敬意だけを認めることです。
そしてあなたの名をとりわけ高めた
あの功績の報酬として、

『ヴァンセスラス』

私のために、父に申し出に行くのです、
私たちの結婚ではなく、兄の恩赦を。
兄の拘留を解除し、
兄の命を今にも断とうとしている刃を払いのけに行くのです。
公爵、この試練をあなたの愛は受け入れられますか?
フェデリック　はい王女様、それに加えて、私の愛は罪深いもの、
ご名誉のため、この不埒な愛を罰することもおできになれます、
私とともに棺の中に閉じ込めておしまいになることも。
テオドール　いけません、それは禁じます、罰は私に任せることです。
私があなたに力を持っているとしたら、言いつけを守って下さい。
では、公爵。

（退場）

フェデリック　（一人）
何という嵐が私の望みに襲いかかったことか!
わが心よ、何という命令を課されたことか!
あえてあの方を愛しても、許可を得なければならないことが多すぎる。

わが身を罰して死のうとしても、それはならぬと禁じられた。
致命傷を放置されたまま、死を禁じられるとは、
生と死を同時に命じられることではないか？
しかし……

第三景

ヴァンセスラス、フェデリック、衛兵たち

ヴァンセスラス　おお、今日はこの国にとって永遠に不吉な日だ！
　フェデリックはいるか？
フェデリック　　　　　はい、陛下？
ヴァンセスラス　　　　　王太子をここへ連れてくるように。
フェデリック　（衛兵たちと退場しながら）
　私が出る幕はなさそうだ。
　血の絆が為すべきことをして、王は心を和らげている。
ヴァンセスラス　（一人物思いにふけりながら歩き回る）

止めてくれ、自然の情よ、この酷い闘いを止めてくれ、
残虐にも臓腑をえぐり、
心臓を突き刺して、失わねばならぬ息子と
仇を討たねばならぬ息子との間で私を引き裂くこの闘いを。
自然の情愛もわが正義には逆らえない、
王の心の中に父の心を求めても無駄。
私は父の資格をもつことは許されず、
正義の声にしか耳を傾けられなくなっている。
だがこの断固たる決意も、強固な気力も、そう思い込んでいるだけのもの、
あの姿を見ると、(11) まだ自分が父親だと感じる。
人間らしい感情が全て奪われたのではないと感じる。
衛兵、退出せよ。公爵、しばらく二人だけにしてくれ。

(彼らは退場)

第四景

ヴァンセスラス、ラディスラス

ラディスラス　陛下の血筋が保たれるのか、血の報復がなされるのか？
どちらなのでしょう、父上、私の死かそれとも赦免か？
ヴァンセスラス　（泣きながら）
抱擁してくれ、息子よ。
ラディスラス　　　陛下、何というご好意、
何というお優しさ、何という意外なこと！
私の罪を際立たせるためですか、それとも許していただけるのですか？
陛下のこの腕はご愛情のしるしですか、それとも鉄鎖なのでしょうか？
ヴァンセスラス　（泣きながら）
最後の抱擁だ、
わが心の最後の情愛を受け取ってくれ。
おまえはどのような血から生まれたのか知っているな？
ラディスラス　不出来な継承者ですが、血の認識はあります。

『ヴァンセスラス』

ヴァンセスラス　その高貴な血の脈動を感じるか？
ラディスラス　高貴な脈動を私は作り出せませんが、感じはします。
ヴァンセスラス　ではおまえは、大きな試練に耐えられるな？
ラディスラス　はい、私は今、圧倒的な苦しみに抗っていますし、
それに死すべき者の試練は長く続くわけではありません。
ヴァンセスラス　美徳で武装するがいい、おまえには必要だ。
ラディスラス　今が死ぬべき時ならば、私の魂は準備ができています。
ヴァンセスラス　断頭台も準備されている、おまえの頭をそこにのせるのだ。[12]
おまえ以上に断罪され、私の心もおまえに付き添うだろう。
おまえを殺す一撃で、おまえ以上に私が死ぬだろう。
この涙はその十分な証拠なのだ。
しかし私は、この大きな見せしめを国家に対して、
この私情を捨てた努力を私自身の徳に対して、
この大きな犠牲をおまえの死んだ弟に対して示さねばならない。
おまえが聞くのを恐れているように、私も口にするのを恐れているのだ、
そうしたもの全てが求め、私が下さねばならない判決を。

おまえを失いたくなくて、私は長い間闘った。
統治の技はもはや美徳ではなく、
正義とは王にとっては幻想なのか、
あるいは統治する限り、私は国家にこの犠牲を捧げねばならないのか、と。
ラディスラス　では実行なさって下さい、この首は準備ができています。
罪深い私は陛下の判決を受け入れます。
自己弁護はいたしません、私の罪の数々が
陛下の当然のお怒りの元となっていたことは承知です。
弁解できるのは最後の罪、
激情のままに相手を取り違えてしまったこの腕の過ちです。
私の憎しみ、私の愛は、この腕で
公爵を斃すつもりであり、弟ではありませんでした。
もう少し言わせていただければ、この腕は
まず陛下の治める国々に奉仕した腕、
そして陛下の治世において、私を大目に見ていただけるほどの
十分な余地を残した腕なのです。

『ヴァンセスラス』

しかし私は、この命を長らえさせる意志はありません。
私には別の目的、そのために死ぬ別の目的があります。
陛下は国民に対し、弟に対し、ご自身に対して私を処刑する義務をお持ちです。
私は、熱愛する冷たい女性に対し、その憎しみに対して
死なねばならない義務があり、それを果たしたいのです。
風前の灯のこの命など、ほんのわずかな貢物です。
カサンドルに償いをし、その意に適うのに
この首を差し出しても、この血を流しても、まだ足りません。
死ぬまで彼女を愛するのをやめられず、
生きている間は彼女の望みに応えられなかった私は、
死んでその望みに応えられるのを、この上なくうれしく思います、
死んで、こよなく美しいあの目を喜ばせられるのを。
ヴァンセスラス　おまえが自分の死を何に結びつけようとも、
今から名誉ある試練を受ける用意をしに行くのだ。
命に関わる愛だとしても、
身体を委ねても、魂を委ねてはならぬ。

夜は闇に包まれてはいるが、多くの目をもち、
おまえの大罪は天には隠せなかった。
（王太子を抱擁し）
さらばだ、王太子の心をもって断頭台に上がれ。
そして全人民の判断に疑いを持たせてやるのだ、
支配するために生まれ、高貴な地位に運命づけられたおまえが、
王座で死んだのか、断頭台で死んだのか。
（王は足を鳴らして公爵を呼ぶ。公爵は衛兵たちとともに入室(13)）
公爵、王太子を連れて行け。
ラディスラス　（退場しながら）
おお、何と厳しい美徳だ！
ヴァンセスラスは依然として生きている、なのに私にはもう父がいない！

第五景

ヴァンセスラス、衛兵たち

ヴァンセスラス　おお、酷い正義、非情な義務だ、
王位を保つために息子を失わねばならないとは！
だが余計な情愛の念よ、正義や義務にはしたいようにさせるしかない、
そしてわが目よ、涙と弱さは隠しておくのだ。
彼には何もしてやれない、血が法に譲るのだ、
彼にとっては、私は善き父でかつ善き王であることはできない。
ポーランドよ、見るがいい、法の狡猾さが私に押しつけているこの恐ろしい状況で、
私を選んだのが正しかったのかどうか。(14)
この地位がもつ義務に対し
私が自分の息子、自分の血以上のものを与えられるかどうか！

第六景

テオドール、カサンドル、レオノール、ヴァンセスラス、衛兵たち

テオドール　陛下、何ということでしょう、このような野蛮で厳しい法などあるでしょうか、
自然の法を覆すおつもりですか?
あろうことか、王太子の有罪判決が下され、
断頭台が立てられたと聞きました。
何ということ!　このような厳しい法によって、
国は後継者を、陛下は息子を、私は兄を奪われることになりますの?
お怒りを抑え、もう少しよくお考え下さい。
過ちをひとつ犯したからと、息子を断罪するのはあんまりです。
兄が弟を殺すことなどできません。
あの事件の罪は夜の闇だけにあるのです。
王太子自身、私たちと同じくらい奪われた命を悼んでおり、
自ら犯した罪で十分罰せられています。
処刑を取り止める憐れみの心も

正義と同様、王の美徳です。
お怒りを抑えれば、王太子に対しもっと心穏やかになれましょう。
正義とはしばしば怒りがかぶる仮面であり、
人々は、こんな酷い判決を聞いて、
王の義務というより父親の怒りのせいだと思うでしょう。
民衆は、この判決への不満を口々につぶやいています。
自然の情がこうして陛下に訴えます、そしてカサンドル様は沈黙します。
先ほどこちらで思いがけなく王太子と顔を合わせたこと、
国家の利益、そして私の涙により、カサンドル様は考えを変えました。
彼女の深い悲しみも、私たちには抗えませんでした。
息子が乗り越えねばならないのは、あとは父親だけなのです。

カサンドル　陛下、私は王太子の処刑を強く求め、
その早急な実施を陛下にお願いするため、戻って参るところでした。
私の心は王太子の死を今か今かと待ち望み、
復讐が果たされない一刻一刻を呪っていました。
ところが、どういうわけかそれに反することが起こり、

王太子と出くわして、心の中の弟君が沈黙してしまったのです。
鎖に繋がれた王太子を見て、不幸な私が抱いているはずの
殺されたいとしい人への激しい悲痛の念が、打ち砕かれてしまいました。
私の魂は、今でも彼を深く愛しております。
それでも、様々な訴えや道理、テオドール様の涙、
そして私の意に反して国家の後継者を支持し、
私がその執行を切望する有罪判決を不当とする
民衆と国家の非難の声が、
この心の中の激しい復讐の念を宙吊りにし、
公共の利益と国家元首に対する
反抗だと思うようにさせてしまったのです。
陛下、こういうわけで私は沈黙します。陛下が私に約束なさった命、
私が糾弾した命をお好きなようになさって下さい。
愛する人よ、あなたに捧げられない血の代わりに、
私の血を捧げて償いをするわ。
ヴァンセスラス　カサンドル、そして王女よ、信じてほしい、

『ヴァンセスラス』

父親としてなら、私はそなたたちの期待に本当に応えたいのだ。
息子に死刑判決を下した私は息子以上に断罪され、
そんな苦しみを受けるよりむしろ死んだ方がましだと思っている。
しかし一方で私は王であり、王が彼を赦免してしまうと、
末代までの恥で王座を汚すことになる。
こうした厳格さによって、私の命やそなたたちの名誉は
抗いながらも保証されることになるのだ。
あの獅子は今は屈服した、しかしカサンドル、もしかすると、
それは上辺だけで、なお密かにそなたへの欲望に燃え、
今まで以上に傲慢で暴力的になって、
明日にもそなたの貞節を奪うかもしれない。
もしかすると、わが一族の血に一度まみれた彼の手は
明日にも私自身の胸を狙うかもしれない。
彼に寄せるそなたの憐れみは大きな心にふさわしいものだ。
だが、私が王位にある限り、彼は私の厳しさにふさわしくなければならない。
そなたの意向にかかわらず、私はそなたが受けた不正を糾さねばならないし、

そなたが報復する時は、そなたの側に立たねばならない。
私の一徹な怒りとそなたの鬱屈した怒りは
ひとつの同じ美徳の明白な結果なのだ。

第七景

フェデリック、ヴァンセスラス、テオドール、カサンドル、レオノール、
衛兵たち

ヴァンセスラス　公爵、王太子はどうしている？
フェデリック　　　　　　　　　　　　　陛下、今こそあの方は
真に王太子そのもの、ご自分でもそう誇れます！
英雄的な努力をなさり、みなの目には、
死よりも婚姻の準備をなさっているように見えます。
あの暴力的なところはなくなり、
私に沈黙を強いたり
私が得た功績をうらやんだりするご様子はもはやありません。

ですから偉大なる陛下、私の報酬をいただきたく思います。
ヴァンセスラス　当然だ、たとえこの国の全てでも……
フェデリック　それほどは望みません、陛下、王太子の赦免、それだけを。
ヴァンセスラス　何と！
フェデリック　　　　お約束です、王の約束は聖なるもの、
陛下が拒まれても、私には確実な保証。
私は自分の血でこの恐れ多い幸運を贖ったのです。
ヴァンセスラス　何を言う？　公爵も結託しているとは！
いったいどういう力が、息子の敵たちの同情をかき立て、
父親に抗って、息子のために口をきかせているのだ？
フェデリック　一国の王太子にとって、過失ひとつは問題にならず、
彼が統治すべき国家はそれを大目に見るべきだ、というだけではありません。
その罪によって流れたのは王子様の血だけですが、
王太子を処刑なさると国家全体が傷ついてしまいます。
王太子の行為は不正な事ではありますが、これは公的な問題なのです。
あまりに政治的であるのは必ずしも良いこととは限りません。

全国民が望んでいることを拒否できるでしょうか？
父親として陛下は、最後まで王太子の赦免を望まないおつもりでしょうか？

第八景

オクターヴ、ヴァンセスラス、フェデリック、テオドール、カサンドル、
レオノール、衛兵たち

オクターヴ　（息を切らして）
陛下、全民衆が声をひとつにして
王太子の解放を叫び、恩赦を求めています。
さらに、大勢の者が広場に集まって、
すさまじい勢いで断頭台をひっくり返しました。
目には涙を浮かべ、口々に、
自分たちを殺すか、王太子を助命するかどちらかだ、と訴えています。
行動と声をひとつにし、
みなが厳しすぎる法から王太子を免除するよう叫んでいます、

この騒ぎを早く鎮めませんと、
暴動にもなりかねません。
私は何とか事を収拾し、民衆を抑えようとしましたが、
それも空しく……

ヴァンセスラス　（オクターヴに）
　　もうよい、王太子をここに連れて来るように。

（オクターヴは退場）

レオノール　天よ、私たちの望みを叶えて下さい。

テオドール
　　成り行きを見守りましょう。

ヴァンセスラス　（感慨深げに大股で歩きながら）
そうだ、娘よ、そうだ、カサンドルよ、そうだ、約束よ、そうだ、自然の情愛よ！
そうだ、民衆よ、そなたたちが望むことを望まねばならない。
そなたたちの思いによって私の意志を決めねばならないのだ。

第九景

ラディスラス、オクターヴ、ヴァンセスラス、フェデリック、テオドール、カサンドル、レオノール、衛兵たち

（王太子とオクターヴが登場）

ラディスラス　（王の足元に跪き）
いったいどのような幸運に恵まれ……

ヴァンセスラス　（彼を立たせ）
立つがよい。王位なのだ、王太子、
私がこの国を治めて四十年間保ってきた王位、
汚すことなく次の治世に継承され
その栄光は混じりけのない輝きを放つべき王位、
大貴族たちの賛同の声と投票が
私に世襲として与えた王位、[15]
この王位こそおまえを救い、私が武装解除するために
考え尽くしてたどりついた唯一の策なのだ。

王位が私のものである限り、私はおまえを救えない。
おまえの首は落ちるか、それとも王位を支えるかだ。
おまえを赦免するのなら、おまえに王位を与えねばならない、
おまえの罪を罰するか、おまえを戴冠させるかだ。
国家はおまえに王位を望み、民衆はおまえが生きることを望んで、
私の治世に飽きていることを教えてくれた。
正義とは王にとって美徳の中の女王だ。
私が正義でない自分を望むことは、もはや自分自身を望まないということなのだ。
(王冠を王太子に与え)
統治するがよい。国家に対し私はおまえを選ぶ権利があり、
息子を与えることで、国家に父を与える権利があるのだ。

ラディスラス　偉大な王よ、何をなさるのです?

ヴァンセスラス　私をその名で呼べば、
おまえの赦免は私の力の及ばないところに行ってしまう。
私はもうおまえと対立する地位は占めたくない。
王になるのだ、ラディスラス、私は父になろう。

王として私は、法の敵を許すことはできなかった。
父としての私は、自分の息子を殺させることなどできはしない。
愛がわれわれを導くところでは、一つの喪失などなんでもない。
一個の生命を救うため、
また最初におまえの恩赦を願い出たカサンドルを、
そして公爵や国民を満足させるため、私が失うのはたったひとつの王という名だけだ。
公爵は報酬としておまえの赦免を求めた、
民衆も騒ぎを起こしてまでそれを求めた、
カサンドルも同意した、私はもう抗えない。
ただ私の地位のみが拒否していたのだ。
たやすいことだ、私はこの高位から降りる。
王冠よりも息子を持っていた方がよい。
ラディスラス　陛下が私の父でかつ王であることがおできになれないのなら、
私が父上の息子であり、かつ父上に命令を下すことなどできるでしょうか?
たやすいことです、私はその高い位を放棄します。
王冠よりも息子を捨てて下さい。

『ヴァンセスラス』

ヴァンセスラス　もう何も言うつもりはない、王冠を返してはいけない。

王太子の処刑を容認する者が、ラディスラスを罰するがよい、
そして王冠を戴かない首を落とさせればよいのだ。

ラディスラス　では陛下、ご命令に従います、この首はいつでも用意ができております。

陛下にいただいた命、保ち続けることにいたします。

が、陛下の法を行き渡らせるため、統治するのです。

そして何を計画し、何を行おうと、
王冠を戴いていても、常に陛下の臣下であり続けるでしょう。

（公爵を抱擁して）

公爵、いったいどういう幸運で、私は
あなたの勇気と善意による寛大な配慮に値したのだ？

私の命を救ってくれたのだからな。

フェデリック　陛下の命をお救いして、国家に奉仕したのです。

ところで、晴れて無罪になり、王になられた方に、
ひとつだけ聞いていただきたいお願いがあります。

ラディスラス　どのような？

『ヴァンセスラス』

フェデリック　お暇をいただき、地位を退きたいのです、陛下。
私の熱い義務感と強い敬意の念が
密かな憎しみの種となることを避けるためです。
私が不器用なせいで、いつも陛下に不信感を与えておりましたから。
ラディスラス　それはいけない、公爵、あなたは国家に対して義務がある。
王としての私は、王太子だった時の遺恨など引きずってはいない。
統治の土台となるべき存在に去られると、
私の治世の未来は暗くなってしまう。
王冠を据えるべき場所を心得ている者、
王座を支える確固とした支柱を手にしている者、
その職務にふさわしい臣下を持っている者が、
自分の幸運を誇り、王であると自ら言えるのだ。
天がその臣下を与えてくれた、この国はその臣下を持っているのだ。
その働きにより、全てがわれらに微笑みかけ、全てが花開き、全てがうまくいく。
その手腕により、隣国の民は、敵国の民でさえ、
われらと同盟すること、あるいは従うことを望むのだ。

その臣下はわれらの至高の力を至るところで輝かせる。
彼によって全ヨーロッパはわれらを畏れ、また愛するのだ、
彼こそ国家の力、国家の誉れ、
あなたが去ってしまうと、私はその臣下を奪われてしまう！
統治する私が心から願う最大の幸運は
あなたがこの国の魂であり続けてくれることなのだ、
（テオドールを示し）
私の期待に応えてくれるなら、
妹があなたの情を繋ぎとめる絆になってくれるだろう。
フェデリック　王女様が、私の奉仕を
受け入れてくださらなかったからには、どうすることもできません。
テオドール　確かにあなたの感情を隠すようにと命じました、
でも王の命令は私の命令よりも上、
かつての命令は無効で、私はあなたのものです。
フェデリック　おお！　あまりにも名誉な報酬！
（ラディスラスに）

陛下、私はこの報酬こそを求めていたのです。

陛下は禁じた後で私にそれを返して下さいました。

ラディスラス　（カサンドルに）

私はあなたのために命と王冠を受け取りました、
ご命令さえあれば、あなたに両者を委ねます。

あなたのご好意がなければ、どちらも甘美には思われません。

二つともお返しします、放棄します。あなたがいなければどちらも欲しくはありません。

私の運命と生命とは、あなた一人にかかっているのです。

カサンドル　あなたのその手が、私の愛する人から生命を奪ったのですよ！

ヴァンセスラス　その罪は、私が与えた王位で消滅した。

新たな治世のもとでは、過去を忘れようではないか。

王太子という名とともに、あなたの憎しみも消えるように願おう。

そして新たに王を与えたのだから、あなたも王妃を与えてほしい。

カサンドル　どうして私が、殺された人の未亡人なのに、
浅ましく苦しい思いをせずに、その殺害者などと結婚できるでしょうか？

どうして私が……


『ヴァンセスラス』

ヴァンセスラス　時が経てばだ、わが娘よ……

カサンドル　ああ！　どれほどの時が経てばそんなことが？

ラディスラス　たとえ願いが叶わずとも、希望を持つことだけはお許し下さい。

心から敬意を示してあなたの憎しみを消し

ついには愛していただけるように尽くします。

ヴァンセスラス　さあ、王子の死を哀悼しに行こう、

そしてわれらの悲しみも彼の墓に埋葬しよう。

（ラディスラスに）

おまえは後継者を賛美できるよう、私を長生きさせてくれ、

そして私が与えた王位にふさわしい者であることを見せてほしい。

――幕――

訳注

（1）　出典となったロハスの作品では、王に固有名はなし。ラディスラスはルヘロ、王子はアレハンドロ、公爵はフェデリコ。王女は登場しない。したがって王女と公爵の恋愛もない。

(2) 一六四八年の初版を元にしたプレイアード版による付加。
(3) これは十七世紀における王権に対する考え方である。
(4) カサンドルは、王女のところから退出してきた時のまま、王女に対して怒りを向けている。
(5) これはもちろん皮肉である。
(6) フェデリックに聞こえていないので、これも小声で言われている。
(7) 大団円への布石である。
(8) オクターヴによるこの注進場面は舞台上にはない。
(9) ラディスラスは自尊心を傷つけられた時、これとは逆の見解を示していた。(第二幕第三景、第三幕第四景)
(10) 公爵に次の王位を与える意志を示している。
(11) 王はラディスラスがやって来るのを目にしている。
(12) ラディスラスとヴァンセスラスのこの二行は、スタンダール作『赤と黒』(一八三〇年刊)第四十二章で、死刑を宣告されたジュリアン・ソレルが獄中で想起する一節として引用されている。
(13) 公爵は第四景の登場人物としては表示されていない。
(14) ポーランド王の選挙についての今までの仄めかしが、ここで明確になる。
(15) 選挙制だが、いったん選出されれば長子への継承も、可能だったようである。

フィリップ・キノー作

『アマラゾント』悲喜劇　五幕（一六五七年）

戸口民也・野池恵子訳

解　説

Ⅰ　作者について

フィリップ・キノー Philippe Quinault（一六三五～一六八八）は当時としては多作の人気作家であったが、現代ではほとんど忘れられた存在で、その評価は必ずしも十全にはなされていない。今後の研究が待たれる作家である。

彼は、パン職人の親方の長男として、一六三五年にパリで生まれた。八歳の時に、当時劇作家としても成功をおさめていたトリスタン・レルミットの家に従僕として雇われたが、本人は弟子という認識であったようだ。実際、トリスタンは彼の才能を見抜いて、教育をさずけ、また彼を周囲の人々に引き合わせた。

キノーは、一六五三年に喜劇『恋敵』*Les Rivales* で演劇界にデビューしたが、彼の作家としての生涯は大きく三つの時代に分けられる。すなわち『恋敵』から結婚（一六六〇年）までの「悲喜劇」の時代、結婚から、ラシーヌが登場し、彼自身がアカデミーに選出されて、会計検査院の監査官に選ばれる（一六七一年）までの「悲劇」の時代、演劇界を引退する（一六八六年）までの「オペラ」の時代である。

デビュー作の『恋敵』は、トリスタンの代筆であった。その成功の後、師のあとを追いながら喜劇や悲喜劇を書いて試行錯誤したが、トマ・コルネイユの悲劇『ティモクラート』*Timocrate* の大成功（一六五六年）に触発されて、歴史に題材を求め悲喜劇『アマラゾント』*Amalasonte* を執筆し、ようやく自身の才能を開花させた。この成功作の直前に悲喜劇を連続して二作書き、後は結婚まで二作の悲喜劇と処女悲劇『シリュス帝の死』*La Mort de Cyrus* を書いた（悲喜劇の時代）。

一六六〇年に若くて裕福な未亡人のルイーズ・グジョン Louise Goujon と結婚する。この頃になると経済的にかなり余裕がでてきて、また王宮にも出入りが可能になり、キノーは輝かしい栄達の道を進む。宮廷詩人の名を欲しいままにし、七〇年には、アカデミーの会員に選ばれる。さらに会計検査院の要職を買い、出自の低さを乗り越えて、当時の社会においては最高の地位にまで登りつめる。しかしこの時期の作品数は少なく、悲劇が四作と喜劇『あだっぽい母親』*La Mère coquette*（六五年）があるだけである。演劇界では前記の悲劇『ティモクラート』の大ヒットの影響で、悲劇の数がふえていた。ラシーヌも『ラ・テバイード』*La Thébaïde*（六四年）と『アレクサンドル大王』*Alexandre le Grand*（六五年）で悲劇作家として名乗りをあげたところである。キノーは『アグリッパ』*Agrippa*、『アストラート』*Astrate*（いずれも六五年、両作とも成功）、『ポーザニアス』*Pausanias*（六八年）、『ベレロフォン』*Bellérophon*（七〇年）の四作の悲劇で新たな才能を開花させたのだった。そのうちの『アストラート』はキノーの代表作の一つに数えられる。喜劇のほうは、ドノー・ド・ヴィゼと競作となったが、キノーが人物や状況設定をドノーから盗用したかどで、非難を浴びた。また新旧論争では古代派のボワローがこの時期『風刺詩』で、キノー（近代派）を揶揄し、以後も攻撃の手をゆるめなかった（悲劇の時代）。

音楽悲劇『アルセスト』*Alceste*（七四年）の成功はラシーヌを脅かした。すでに前年にキノーはリュリとの初コンビで『カドミュスとエルミオーヌ』*Cadmus et Hermione* を大成功に導いていた。『アルセスト』の成功により、ペローとラシーヌの間で「アルセスト」論争が展開されたが、その一端として、オペラの流行に脅威を感じたラシーヌは悲劇『イフィジェニー』*Iphigénie* の序文で、音楽悲劇を暗に批判した。リュリは以後、一七のオペラを手がけるが、キノーはそのうち一一本に単独で台本を提供した。キノーは音楽に合う詩を書くのがうまかった。一六八六年の『アルミード』*Armide* の成功まで、八作の音楽悲劇を執筆したが、『アルミード』を最後に演劇界を引退し、二年後の一六八八年に死去した（オペラの時代）。

Ⅱ　作品について

悲喜劇『アマラゾント』*Amalasonte* は、一六五七年十一月にオテル・ド・ブルゴーニュ座で初演された（出版は翌一六五八年）。五日後に国王が観劇し、その後ルーブル宮でも再演されていて、かなりの成功をおさめている。出典はフラヴィオ・ビオンド『ローマ史』で、それまでのスペイン系の題材と袂を分かった。

舞台は中世のローマ。主人公のアマラゾントは東ゴート王国の女王である。彼女は王族で臣下のテオダを情熱的に愛している。テオダも女王を誠実に愛しているが、それは相手に服従する愛であり、彼女が間違ってもそれを正して自己を正当化しようとはみじんにも思わない、ギャラントリー(1)の極致のような愛である。この二人の恋人の回りには、テオダを陥れて王位を奪おうとするクロデジル一派の陰謀と、テオダに横恋慕する女性アマルフレードの残酷な悪巧みが配されている。アマラゾントは偽の手紙を読んで恋人がクーデターの首謀者であると誤解し、彼を逮捕させるが、テオダに愛されているとわかると今度は赦しを与える。しかし、次にはアマルフレードの巧妙な嘘(2)に欺かれて嫉妬に狂い、再び彼を逮捕させる。キノーはこのように次々に女王に心を変えさせて、観客にサスペンスの楽しさを味わわせるが、彼女を急な眠気から椅子に座ったまま眠らせて、目が覚めた途端に剣を持ったテオダに襲われそうになるのを見せる場面(3)は、筋の意外な展開と状況の急変をもたらす仕掛けとしては面白い着想と言えるかもしれないが、唐突なうえ、筋にうまく組み入れられていない。意識がもうろうとした目覚めの時間が有効に舞台化されていないのだ。最後にはアマラゾントはラシーヌの主人公ロクサーヌなどを思わせる残酷な面をのぞかせて、毒を塗った手紙を恋人の元に届けさせて毒殺してしまおうとする。しかし、ただ残酷なだけで、他の人物同様に、罪の意識はない。一方、テオダが死んだという設定のもと、恋敵アマルフレードの口からすべてが知らされ、彼の無実が明らかになる場面は、アマラゾントが自身の残酷さをじわじわと味わわされるサディスティックな様相を呈している。[4]

毒入りの手紙は、実は悪の権化のクロデジルが勝手に開封し、それで命を落としていた。二人の恋人にとっては幸福な結末になったが、これは筋の必然的結果ではなく、偶然のなせる業であった。また、前半でテオダが暗殺されそうになる場面でも、偶然が幸いして彼は命拾いをしている。劇構成では人物の出入りも含めて、「偶然」が大きな役割を担っているといえる。

三通の手紙[5]を利用した誤解と思い込みの連続、サスペンス[6]、喜劇的な場面[7]、毒、残酷、人違い、取り違いなどがギャラントリーに富んだ恋愛心理の中に見事に組み込まれた『アマラゾント』は、キノーの代表作であるばかりか、悲喜劇の傑作であったことに間違いはない。

（1）　当時、女性に気に入られるためになした優雅な恋愛の作法。
（2）　アマルフレードは、テオダから託された手紙を利用して、テオダは実はアマルフレードを愛しているのだ、とアマラゾントに思い込ませる（第二幕第六景）。
（3）　第四幕第六景。
（4）　第五幕第六景。アマルフレードの残酷さ（アマラゾントを生かしておくことによって、彼女が死ぬまでずっと後悔の念に苛まれることを望む）と共に、アマラゾントの残酷さ（アマルフレードを死なせずに、思う存分責め苛もうとする）も、この場面では描かれている。

（5）うち一通はジュスティニアン皇帝（東ローマ皇帝ユスティニアヌス）からの手紙、もう一通はテオダがアマラゾントにあてて書いた手紙、そして三通目はアマラゾントがテオダを殺すために用意した毒が塗られた手紙である。

（6）第四幕第十一景、アマラゾントの指示（毒入りの手紙を用意し、それをテオダの元に届けさせる）、第五幕第三景、「裏切り者」の死をテオダの死と勘違いさせるところなど。

（7）第一幕第八景、テオダのアマラゾントへの愛を告白する場面。アマルフレードはこれを自分への愛の告白かと勘違いする。第二幕第六景、アマルフレードがわざと落としたテオダの手紙を、アマラゾントが好奇心にかられて是が非でも読みたいと思ってしまう場面。第三幕第一景、クロデジルが妹アマルフレードの恋をからかう場面。

『アマラゾント』*Amalasonte*

フィリップ・キノー作　戸口民也・野池恵子訳

登場人物(1)

クロデジル	大公、アマラゾントに恋している
アルサモン	大公、クロデジルの友、アマルフレードに恋している
ルデール	テオダの家臣
テオダ(2)	トゥディオンの息子、アマラゾントに恋している
トゥディオン(3)	アマラゾントの国の摂政
ウリック	衛兵隊長
アマルフレード(4)	クロデジルの妹
ユルシード	アマルフレードの侍女
アマラゾント(5)	ゴートおよびイタリアの女王
セランド	アマラゾントの侍女

衛兵たち

舞台はローマ

第一幕

第一景

クロデジル、アルサモン、ルデール

クロデジル　(ルデールに)　いや、執務室の扉は開けなくてよい、
われわれはテオダが出てくるのを、ここで待とう。
彼の身分に敬意をはらうのは当然のこと。
われわれが来たのは会うためで、わずらわせるためではない。

(ルデール退場)

アルサモン　下手(したて)に出過ぎではないか。われらも名門の生まれなのだから、
そのようなへつらいは無用のはず。

テオダがわれらの上に立つ理由など何ひとつない。
たしかにやつは王族だが、それはわれらも同じではないか。
クロデジル　たしかに、だが、やつの父は望むことは何でもできる、
亡き国王[6]が彼をこの国の摂政に就けたので、
女王は何をするにもその意向に沿うばかり。
息子を王位に就けることさえできるほどだ。
アマラゾントはテオダを愛している、だからやつのいいなりだ。
やつの身分をどうこう言うより、いまの立場を見なければ。
やつはもうわれらと対等ではない、今後ますます力を強めて行くのだ。
幸運の女神のお気に入りとあれば、ほめそやさねばなるまい。
目のみえない女神がやつを高い地位につけようとしているのだから、
目をつぶってそうさせておくしかないだろう。
アルサモン　仇をそのままにしておくのか！　それはあまりというものだ。
クロデジル　幸運の女神が味方をしているあいだは、こちらも辛抱しなくては。
アルサモン　今後ずっと、やつはわれらの災いのもととなるのだぞ、
やつを破滅させずに、このままにしておいたら。

『アマラゾント』

クロデジル　やつを破滅させる手だては考えている、ご機嫌をとりながらな。
われわれは幸運の女神にも愛の神にもそっぽを向かれている。
運も愛も、源から荒れ狂う二筋の急流のようなもの、
押しとどめようとすればかえって水嵩を増し、
恐るべきその流れは、
逆らう者を押し流してしまう。
テオダを不用心に攻撃すれば
やつを倒すどころか、こちらがやられるだけだ。
不満分子を生み出す寵臣を失脚させるには、
人目をひかない方策をとるのが、もっとも確かなやり方。
憎くても、疑いを招いたりすれば、力にはならない、
やつを重んじるふりをしながら、失脚させるのだ。
力づくで倒せないなら、
持ち上げて、それから落とせばいいだけのこと。
この絶妙な方法で、ついに
今日、やつの幸運をゆるがしてやるのだ。

知っての通り、さまざまな理由から
ジュスティニアン皇帝(7)との間に和平は成立していない。
アマラゾントがローマに君臨することを認めはしたが、
皇帝にとって、これは屈辱でしかなかった。
きみとは友情という甘美な絆で結ばれているのだから、
どんな秘密も隠す必要はない。
きみに黙っていたら、それこそ罪を犯した気持ちになるだろう、
父の死を私がどれほど恨んでいるか、
アマラゾントが廷臣たちの面前で、
わずかな疑惑を理由に父の命を奪ったことを。
だから私は復讐心にかられて、
ジュスティニアン皇帝と通じた。
皇帝は私の意見を入れて、テオダ宛に手紙を書いた、
テオダが国を裏切って皇帝に仕えると思わせるような手紙を。
その手紙が届いたので、横取りさせて、
アマラゾントのもとにまもなく渡る手はずになっている。

『アマラゾント』

女王は寵臣に裏切られたと思い、
誇りを傷つけられ、やつを憎まずにはいられなくなる。

アルサモン　テオダを憎むことなど、女王にはまずできないだろう。
裁き手が、自分のお気に入りを罪とすることなどめったにない。
それに、恋人への思いにとらわれた心を、
愛の神はその炎によって盲目にする。
テオダの死こそ、われらに残された希望、
やつのめざましい功績が、きみにも私にも災いなのだ。
私はきみの妹を愛している、だからわかり過ぎるほどよくわかる、
彼女がやつを愛しているから、私はつれなくされるばかり。
われらの共通の不幸は、やつが生きていることだ。
やつが死なないかぎり、われらに望みはない。
やつが今日（こんにち）あるのは、すべてやつ自身によるのだから、
やつの幸運も、やつ自身と共にしか滅びることはない。

クロデジル　やつの死は私にとっても唯一の望み。
だが、事は秘密裏に運ばなければ。

やつを急いで始末するには、
時と場所と手段を選ぶことが肝心だ。
私は女王との結婚をひそかに望んでいるが、
女王はテオダに夢中だから、やつを倒した者を愛するはずがない、
恋人の血で手を染めた者を夫として受け入れるなど、
もってのほかというに違いない。

アルサモン　復讐するのだ、やつの命が女王にとって大切なら、
やつの死で、きみの父上の死をつぐなわせるのだ。

クロデジル　いや、もっとひどい目に遭わせてやる。
もっと辛い罰を与えるために、私は女王と結婚するのだ。
そう、父の復讐を果たすのに、これ以上の策はない、
私が思いつくもっとも残酷な罰、
それは、女王に結婚の誓いをさせて、
私のように奸知にたけた男の妻にすることだ。
私は女王の暴君となり、女王が生きている限り、
日々新たな苦痛を味わわせ、

死ぬ時こそが慰めの時と思わせてやる。
だが、扉が開いた。テオダが出てくる。

第二景
テオダ、アルサモン、クロデジル

テオダ　ああ、大公がた、このような場所でお待たせするとは。
アルサモン　敬意ゆえにそうしたまでのこと。
テオダ　それにはおよびませんのに。
クロデジル　　　　　　　　　いや、そうしなければ。
あなたは国家のために絶えず心を遣い、
しかもその成果は常に称賛に値するもの、
あなたの仕事をさえぎるのは罪に等しい。
テオダ　私が国家のためにしている仕事を
あなた方と分けあっても、なんの罪にもなりません。
それに、お二人は王座につながるご身分、

王座のためにお心を配っていただけるはずですから。

アルサモン　王座につながる身分？　ああ、あなたにこそふさわしい幸いを、

われわれが欲しているなどと、お考え下さるな。

女王はあなたを王座に就かせようとしておられる、

いまわれわれが望んだりすれば、それこそ罪というもの、

それに、女王が差し出される王座にどれほど魅力があろうとも、

あなたご自身にまさるものではありません。

クロデジル　そう、女王はあなたの栄誉を完璧なものとなさるが、

これは贈り物というよりは借りをつくるようなこと、

女王があなたを王座に就かせようとするのも、

あなたを王座に引き上げるというより、あなたに王座を支えてほしいから。

あなたの高い徳性は、その輝きを際立たせ、

ねたみさえ敬意に変えてしまうほど。

私にも野心はあるし、王座に魅力を感じはする、

あなたが王座に登らないなら、この私がと思いはするし、

あなたが王にならないなら、私がなってみたくもある、

だが、あなたを主人と仰ぐことこそ、私にとってこの上なき栄光、
王になることなど、どうでもよい、
あなたの臣下となることこそ、私には無上の喜び。
だが、このような話は空疎な言葉の羅列でしかない、
あなたには、私の心遣いの確かな印を見ていただきたい、
私の本心は、あなたにとって
意外な行動で示されるはず。
私が心に秘める甘美なる願いは、
あなたの運がその極みに達すること、(8)
私の心遣いによって、ついには
何も恐れずにすむところまで、あなたをお連れすることです。(9)
テオダ　過分なるお言葉。
クロデジル　　　　いや、それ以上のことをしてさしあげたい、
それはいずれわかることに……　　あ、お父上がおいでだ。

第三景

トゥディオン、テオダ、クロデジル、アルサモン、ウリック、衛兵たち

トゥディオン　重要な件で、おまえの考えを聞きにきたのだ、息子よ。

テオダ　身に余る光栄でございます、私のようなものが……

トゥディオン　まずは私に説明をさせてくれ。

テオダ　はい、父上。

トゥディオン　よいか、まずは黙って聞きなさい、おまえはどう思うか、息子よ、ある臣下が女王陛下に目をかけていただきながら、ご恩に報いようと熱意に燃えるどころか、陛下に対して陰謀をたくらんだりしたとしたら。

テオダ　誰であれ、女王陛下への忠誠を欠く者に対しては、私は、嫌悪と憎しみを覚えるばかりです。

トゥディオン　そう思うのは正しい、たしかにその通りだ、で、おまえならその裏切り者をどのように罰するか？
テオダ　これを罰しなければ大罪を犯すことになりましょう。そのような裏切り者は死刑にすべきです。死刑を避けようとするのは共犯となるに等しく、死を免じようとする者は死に値します。
トゥディオン　おまえの考えに私も同意する、だからいますぐ、そうすることにしよう。おまえの期待を裏切ったりはしない、それを見せてやろう、さあ、おまえの剣を渡しなさい。
テオダ　私の剣を？
トゥディオン　そうだ、渡しなさい。
テオダ　父上のご命令とあれば仕方ありません。従います。
トゥディオン　この宮殿はおまえの牢獄となる。
テオダ　私がいったいどんな罪を犯したというのでしょうか？

トゥディオン　それはおまえの良心に尋ねればよい。
テオダ　私の良心にやましいことはありません。
トゥディオン　　　　　　　　ならば、知るがよい、
ウリック、おまえに彼を委ねよう、答えてやれ。

第四景

テオダ、クロデジル、アルサモン、ウリック、衛兵たち

テオダ　私をおとしいれる運命よ、なぜこんな気紛れを？
どのような不運が私を王座から破滅の淵へとつき落とすのか、
どのような不吉な定めによるのか、私には理解できない、
これほどの高みに登ったのは、どん底に落ちるためだったのか？
大公がた、この不幸の極み、どう考えればよいのでしょう？
アルサモン　私の答えは、あなたの先ほどの答えと同じ。
「誰であれ、女王陛下への忠誠を欠く者に対しては、
私は、嫌悪と憎しみを覚えるばかりです。」

（退場する）

テオダ　人の不幸をあざ笑うとは。だが、クロデジルは
私に対して、もう少し寛大であってくれるだろう。
クロデジル　「これを罰しなければ大罪を犯すことになりましょう。
そのような裏切り者は死刑にすべきです。
死刑を避けようとするのは共犯となるに等しく、
死を免じようとする者は死に値します。」
私の記憶が正しければ、そう言われたのはあなた自身。
そう思うのは正しいし、私もそう思います。

第五景

テオダ、ウリック、衛兵たち

テオダ　こんなふうに、不実な者たちは去っていく、
幸運の女神とともに近寄り、幸運の女神とともに去っていくのだ。
こんなふうに、寵臣に近づく無節操な追従者（ついしょうしゃ）たちは、

彼の運命が変わると、態度を変えるのだ。
寵臣に友はいない、いずれは裏切られるだけ、
へつらっていた手で泥沼に沈ませ、
不幸に見舞われたと知るや、その不幸を倍加しようとする、
ほめそやしていたかとおもえば、今度はののしり始めるのだ。
だが、このたびの失寵がどれほど惨めであろうとも、
いかに運命が変わろうとも、私の心は変わらない、
すべてが私から離れていったが、美徳まで
私から離れていくことなどありえない。
天よ、女王の心の中でも、私は有罪なのだろうか？
ああ、もしもそうなら、私の忠実はむなしいことに、
今日、私の心には、不幸の痛手よりも、
恋の痛手がこたえるようだ。
いや、ちがう、女王がそんな疑いを抱くはずがない、
私は潔白なのだから、女王の目に有罪と映るはずがない、
恐れのあまり、女王は間違っているなどと非難したりすれば、

それこそ女王を侮辱することになる。
この思いのたけを、手紙にしたためて、
女王に伝えるのだ、
この方法でこそ……　だが、人が来る。

第六景

ルデール、テオダ、ウリック、衛兵たち

ルデール　殿下、アマルフレード様がお話になりたいそうです。
テオダ　私の計画に役にたってくれるかもしれない。
大事な手紙を書いていると言ってくれ。

（彼は執務室に入る）

第七景

アマルフレード、ルデール、ユルシード

アマルフレード　テオダに会えますか？

ルデール　　　　はい、まもなく。

いま大事な手紙を書いているところと思います、

どなたにもお会いになりません、そう言われたところです。

しかし、あなた様なら大丈夫と存じますが。

アマルフレード　　　　　いえ、ここで待たせていただきますわ。

ユルシード　このような時にそんなお気遣いをなさるとは。

女王様がお知りになったら、罪人となる人でございますよ。

罪人は罰せられるのが世の習い、

その不幸に同情する者は、その罪を身に負うことになります。

アマルフレード　私の気遣いがなぜなのか明かしたら、

おまえはもっと驚くことでしょう、きっと思いもよらないことと。

テオダが罪を犯したように見えれば見えるほど、

あの方は無実だと、私にはもっとはっきり見えてくる。
ユルシード　そのお話、なんとも奇妙で、私の申し上げることとは正反対、
意味が混乱していて、まったく理解できません。
アマルフレード　意味が混乱しているのは、私の心も混乱しているから。
でも、混乱もしないで、愛しているなどと言えるだろうか？
ユルシード　テオダ様を愛していらっしゃる？
アマルフレード　　　　　　　　　　ああ、とうとう言ってしまった、
恋の炎はあまりにも強く燃えて、もう隠しておくことはできません、
そう、私はテオダを愛しています、おまえに隠しても無駄です。
初めてのときは、「愛している」と言うのもやっとのことだけれど、
一度でも望みを口にしてしまえば、
それからは、いつも喜んで愛していると言えるのです。
ユルシード　ではアルサモン様がいくら好かれようとなさっても、無駄なのですね、
兄上様はアルサモン様を婿君にと考えていらっしゃるのに。
アマルフレード　そう、それにあの人には真心も信念も欠けている、
愛される資格などありません、でもその点では私も同類。

ただ罪だけが私たちを結びつけることができる、
だから私はあの人のことが嫌いなのです、私に似ているから。
捨てた美徳には、いつも魅力があります、
人はしょせん、自分が持っていないものしか愛せないもの。
私はテオダを愛しています、それも恥じることなく愛しています。
あの人は、これまでアマラゾントに魅せられていると思っていた、
でも女王を裏切ろうとするのなら、陰謀を企てることができるのなら、
ほかの女性を愛することもできるということ、だから私も希望が持てる。
はじめての愛に心がとらわれているときには、
別の誰かが心をひこうとしても、うまくはいかないもの、
いくら求めても、その人が誰も愛していない時でなければ、
決して簡単には愛してもらえない。
そう、だからそっとこのままにしておきます、魅せられたこの心に、
愛し愛されるという甘美な希望の生まれるままに、
それに、テオダが女王を裏切るのなら、
私にもきっと……

ユルシード　声を低くなさいませ、あの方がいらっしゃいます。

第八景

テオダ、アマルフレード、ユルシード

テオダ　不運に見舞われたこの私にお心遣いくださるとは、
思いもよらぬ名誉です。
アマルフレード　テオダ、あなたは私の心のうちをご存じありません。
私が愛するのはあなたの徳です、あなたの幸運ではありません。
あなたを打ちのめそうとする不当な運命は、
あなたの幸運を左右できても、徳はどうすることもできません、
運命の過酷な仕打ちを身に受けたあなたですが、
幸運こそ奪われたとはいえ、いまでも愛されるべきお方。
そう、運命は不当です、でも私はそうではありません、
外にあらわれた以上に、あなたに対して熱い思いを抱いています、
それを言いあらわすのは容易ではありません、

けれど、私が語る言葉よりも、私の思いはもっと深いのです。
テオダ　これほどのご好意、私にはもったいないほどですが、
ありがたくお受けしなければ、礼に反することになりましょう。
しかし、私のためにお骨折り下さると言われるが、
ご好意につけ込むようで心苦しいのです。
アマルフレード　あなたの心は、私に対して愛情を感じられないので、
恩を受けるのがおいやなのでしょうか。
テオダ　ああ、どうかご理解ください。苦悩に苛まれたこの心は、
お心遣いへの感謝を最後の喜びとしているのです。
これほどのご好意にふれ、私の心はとまどい、
はっきり言うべきときがきてもまだ恐れています。
アマルフレード　お話しくださいませ。お話しになることすべてが魅力にあふれていて、
何をおっしゃっても、気にさわることなどありません。
テオダ　この恐れ、この興奮、このひどい混乱ぶりをご覧になれば、
もうお分かりになるでしょう、私は愛しているのです。
アマラゾント　（小声で）愛している？　もし私なら、なんという幸せ！

話をお続けください、心配にはおよびませんわ。
テオダ　そうです、私の罪はあまりに深く、話すのも恥をしのびながら。
そう、私は愛している、愛しているのです。
アマルフレード　　　　　いったい誰を？
テオダ　　　　　　　　　アマラゾントを。
アマルフレード　アマラゾントを？　なんということ！　おわかりではないのですか、
その愛ゆえに、どんな災いが待ちかまえているか。
なんということ！　あなたはご存知ないのですか、あの誇り高い女王は、
心は冷たく、尊大で、虚栄心が強く、
恋にふさわしい相手など誰もいないと信じていることを、
女王を愛すると言うだけで憎まれるには十分ということを。
テオダ　それが私の不幸ではありません。隠し立てせずに言いましょう、
女王のつれなさを嘆いたりしたら、それは間違いというもの、
あなたは女王の厚遇を得ている、だから安心して、
秘密を打ち明けることができるでしょう。
そう、あの誇り高い女王は、どうやら

冷たさ以上のものを、私に対して感じたらしい。
誰の目にも尊大に見えるあのまなざしが、
私の目にはしばしば優しく見えました。
だから不幸に陥ったいまも、何を心に抱くにせよ、
不幸を女王のせいにしたりすれば、女王を侮辱することになってしまう。
それが、この手紙で女王に知っていただきたいこと。
牢にいる限り女王に会うことはできません、
それにあなたは、どのようなときも私に好意を示して下さるので、
この大切な手紙、あなたに託したいのです。
アマルフレード　その使い、うまくできないかもしれません。
テオダ　構うものですか。私のためにわずかばかり努力していただきたい。
あなたは私に約束してくださいましたから。
アマルフレード　　　　　　　　ああ、災いの約束よ！
テオダ　女王に私の尊敬の念を伝えてください、そして私の愛も伝えてください。
どうかおっしゃってください、麗しい瞳から遠く離れては、
もっとも甘美なものさえ、私には煩わしい、

女王に会えないところでは、愛すべきものなど何もない、
どんな美しい人も、私にはおぞましいと。

第九景
ウリック、テオダ、アマルフレード、ユルシード、衛兵たち

ウリック　残念ですが、命令を遂行しにまいりました、
すぐにお住まいにお帰りください。
どなたとも会うことはできません。
これが私に下された新しい命令です。
テオダ　この手紙、あなたに託します、そういえばお分かりでしょう。
アマルフレード　お望み以上のこと、してみせましょう。(10)

第十景

ユルシード、アマルフレード

ユルシード　ああ、天よ！　何をなさいます？　手紙を開けるとは！
アマルフレード　許されないことも、愛はさせることができる。
この私が、恋敵のためにとりなす？　この胸を貫く矢を、
わざわざ自分から恋敵のところに届けに行く？
自分を傷つけるだけなのに、テオダのためにとりなすというの？
いいえ、愛してればなおのこと、テオダを裏切らなければ。
約束を守るのは分別を失うようなもの。
人のためではなく、自分のためにだけ愛さなければ。
でも、怒りにまかせて復讐にかかる前に、
テオダが何を考え、どう弁解しているか、見ることにしよう。

（彼女は読む）

魅力あふれる麗しい方よ、

私に命を授けてくれた
父がひたすら望むのは
私の死、だがそれも
私には軽い責め苦、
父子(おやこ)の情が裏切ろうと、
愛が私を裏切らぬなら。

この身に不幸が迫ろうと、
願うのはただあなたの情(なさけ)、
これこそ心に喜びを取り戻し、
強い助けを与えてくれるもの。
皆が私を咎めようと
私にはどうでもよいこと、
あなたさえ無実と思ってくださるなら。

『アマラゾント』

ユルシード　女王様への愛が、素直に書かれていますね。

アマルフレード　その素直さが罪を作るのです。
私がいちばん辛いのは、いまこの時に、
テオダに対して不満を言うことさえできないこと。
ユルシード　でも、テオダ様に虚しい希望を抱かせたのでは？
アマルフレード　いいえ、この手紙は女王に見せます、
そして見せてやりましょう、
私はテオダを愛しているけれど、わが身はもっと大事だと。

第二幕

第一景

トゥディオン、アマラゾント、セランド

トゥディオン　そうです、テオダを重んずるのはおやめください。
皇帝の手紙から、あやつの罪は明らかです。
陛下は息子にご好意をお示しになりますが、

そうであればなおのこと、罪は赦されるどころか重くなります。
あやつに優しさを示すなど、もはや私にはできません。
アマラゾント　でもあなたの息子でしょう。
トゥディオン　　　　　はい、しかしテオダは罪を犯しました。
陛下に逆らってまで息子のためを思うことなど、私にはできません。
あやつの父である前に、私は陛下の臣下です。
あやつの罪は、あやつを生んだ血筋を汚しました。
息子として相応しくないというより、もはや息子ではありません。
たとえ私の血をひいていようと、あれは腐った血、
この私が浄めなくてはならないのです。
アマラゾント　その怒りはわかりますが、私は彼に対して、
あなたが良き父である以上に、良き女王となりたいのです。
罰する前に、言い分を聞くべきです。
彼を連れてきなさい。
トゥディオン　　　　　わかりました。

第二景

アマラゾント、セランド

アマラゾント　何を決心するのか、女王らしくもなく？
本心を明かさずに、裏切り者に会うことができるのか？
あの心ひかれる裏切り者に、誤って
王座とともに心まで差しだしてしまったのに。
盲目の女王よ、いったいできると思うのか？
おぞましいとも、いとおしいとも思わずに、彼に会うことが？
恐怖を覚えて当然なのに、
おぞましさよりも、いとおしさを感じてしまう。
いそいで言いに行きなさい、テオダはそこにとどまるようにと、
彼に罪があるなら、彼の死を認めると。
セランド　わかりました、すぐにまいります。
アマラゾント　　　　　　　　　　　　　そんなに急がなくともよい。
セランド　でも、ここに来てしまいますよ。

『アマラゾント』

アマラゾント　それならすぐに行っておくれ。
行きなさい、いや戻るのです。ああ、なんと私は動揺しているのだろう！
ちょっと待って、私は……
セランド　何をお望みですか、女王様？
私にはわかりません。
アマラゾント　何が望みか？　ああ！
おまえにわかるはずがない、私にもわからないのに。
セランド　でも女王様、私をここに引き止めておかれたら、
テオダ様がきてしまいますよ。
アマラゾント　わかった！　来ればよい、来させなさい、
追い払ったはずの愛情が、戻ってきてしまった、
赦せないはずなのに、いとおしいと思ってしまう。
彼が来る、怒りを覚えはするものの、
不実な男と知りながら、心ひかれずにはいられない。

第三景

トゥディオン、アマラゾント、テオダ、ウリク、衛兵たち、セランド

トゥディオン　親不孝者を連れてまいりました。

アマラゾント　　　　　　　いらだっていますすね、トゥディオン、しかし、テオダの言い分は冷静に聞くべきです。

トゥディオン　私の熱意は陛下もご存知のはず、下がるようにと仰せになるだけで十分です。下がらせていただきます。

アマラゾント　　　　　　　ご苦労でした。裁くのは彼ひとりで十分、立ち会うのは私だけでよいでしょう。

第四景

アマラゾント、テオダ、セランド、衛兵たちは舞台奥に退いている

アマラゾント　こちらへ来なさい、テオダ、この手紙を取りなさい、

皇帝に頼まれました、あなたに渡すようにと。
見なさい。
テオダ　「テオダへ」、私宛てですが、
なんとも驚きです。
アマラゾント　そうでしょう。
テオダ　いったいだれが皇帝に手紙を書くよう仕向けたものか。
アマラゾント　それを明らかにするには、読むだけで十分でしょう。
もしや、あなたの方がよく知っているのでは。
テオダ　この私が……
アマラゾント　いいから読むのです、それから答えなさい。
テオダ　（読む）「私は貴下に約束した、帝国と
そこから得られるすべての富の分割を。
貴下も私の望みに従い約束した、
アマラゾントとローマを私の権力下に置くことを。
いまこそ、何があろうと、
約束を果たされよ、私も約束を守る。

『アマラゾント』

ジュスティニアン」

アマラゾント　どうです？　取り乱していますね。

テオダ　確かに取り乱すばかりです、

しかし、私の心は乱れるばかりで、

なにをどう申し上げればよいか分かりません。

アマラゾント　ああ、おまえが混乱するのも無理はない、

裏切りの企てが日の目を見る前に頓挫したのだから。

この手紙の通りなら、おまえの後悔は、

罪を犯したことよりも、罪をしくじったため。

言いなさい、恩知らずめ、できるものなら私に思わせるがよい、

おまえの動揺が改悛の情によるものと。

テオダ　陛下に対し、良心が咎めるようなことは何ひとつしておりません、

やましいことも、隠しだてするようなことも、何ひとつありません。

もしも陛下に咎められるとしたら、

愛すべき方を、あまりにも愛してしまったことだけ。

そうです、こう申しあげたら、陛下を怒らせてしまうでしょうが、

私に罪があるとすれば、私の愛が罪だからです。
だが、この罪はあまりにも美しい、だからこう申しあげねばなりません、
後悔するくらいなら、死ぬほうがましですと。

アマラゾント　ああ、悪い人、「愛」がおまえの罪であったなら！
おまえの潔白よりも、おまえの罪の方が私にはうれしいだろうに、
私の心は、その美しい罪を知って喜び、
おまえを咎めつつ、わが身も咎めずにはいられないだろうに。
わかりすぎるほどわかっているはず、おまえの悪事にもかかわらず、
私の心は、おまえを裁くより、おまえに味方しそうだと。
私の目は、不実なこの目は、おまえの眼差しに不意をつかれ、
私の方から愛したというより、愛に心をとらえられたのです。
そう、突然の炎に焼かれたように、私は誇りを忘れ、
おまえを愛してしまった、恥ずかしいが、おまえにもそれは分かっているでしょう、
ところが、私の理性は、まったくあてにならなくなり、
いま言ったように、恩知らずのおまえを愛する以上のことをしてしまった、
それに、高貴な誇りに導かれて行動する時は、

愛するほうが、それを打ち明けるよりはるかに易しいもの。
ところがおまえは、この私が、あまたの王たちの求愛を顧みず、
喜んでおまえを選んだと知りながら、
おまえが望めるはずのない王座を私が差し出し、
おまえを王位に上げるため、私自身は王位から退こうとしたのに、
私には贈ることができる王座が一つしかないので、
燃える思いにかられておまえを
私の心だけでなく全世界の支配者とすることができないことを、
ただ一つ無念に思っていたのに、
おまえが望みさえすれば何でもかなえられたというのに、
おまえは私の敵と結託し、私の失墜をはかった。
私が王座を約束したのが気に入らなかったのか?
王座を与えるというのに、それを奪い取りたいのか?
卑劣にもおまえは、いまこの王座を、
私の愛ゆえに得るよりも、自ら罪を犯して得る方がよいと言うのか?
さあ、答えなさい、恩知らずめ。

テオダ　答えることは何もございません、
そのような罪を着せられただけで、取り乱さずにはいられません、
私は一度ならず陛下に従うことを誓った身です。
陛下は私を罪に問い、罪を裁いています、
もはや赦免の必要はありません、
私の罪を咎め、有罪判決を下していらっしゃるのですから。
私に帰せられた罪は死に値します、
私の命は陛下のもの、容赦なさいますな。
けれど、私の命を奪おうとも、せめて覚えていてほしいのです、
私が陛下に捧げたものは何ひとつ奪えないと。
名誉を奪われるのは、私にとっては大きな痛手、
だがその名誉も、陛下への愛にまさるものではありません。
信じてはいただけないでしょうが、愛の力で、
わが栄光を陛下の栄光のために犠牲にしたいとさえ思います。
いまここで皇帝の手紙の嘘をあばくこともできますが、
私の誠意を示すことは、陛下の誤りを示すことになりましょう。

気高くも愛すべき陛下、たとえ身の潔白を訴えるためでも、
陛下は間違っているなどと、私には言えません。
かくも秀でた精神が誤りを犯すこともあったと
人に知らせるくらいなら、私はむしろ死を選びます。
いまここで、陛下に間違いを認めさせるより、
私が間違って罰せられたほうがましというもの。
アマラゾント　いいえ、むしろ自分を弁護するよう努めなさい、
咎めようとするあまり、おまえを追いつめてしまったのかもしれない、
私が間違っている方がむしろうれしい、
もしも納得できたなら、自分の誤りを認めましょう。
いまにも崩れそうな怒りを打ち負かし、
間違っているのは私の方で、おまえは潔白だと思わせるのです。
私も間違ったことは嫌いです、心底おぞましいと思います、
けれど、愛する人がそうであるより、私がそうであるほうがまだまし。
弁明しないということは、私を裏切るということ。
さあ、言いなさい！

テオダ
　　　　　　　　ご命令ゆえ、従います。
そのような罪を着せられたことで、たしかに私はとまどっています、
いかに努力しようと、つたない釈明しかできないでしょう、
身に覚えのない大罪に動揺するばかりで、
陛下に申し上げることも、説得力に欠け、混乱してもいるでしょう、
しかしどうかお察しください、このように動揺していながら
巧みに弁明できるとしたら、かえって怪しくはないでしょうか。
かくも忌まわしい罪に問われた場合、
つたない釈明が、かえって潔白を示しているのではないでしょうか。
　邪（よこしま）な心で裏切りを企てる輩（やから）は、
罪をたくらみつつ弁明の仕方も考えるもの、
彼らの節操は疑わしい、それに、そのような悪事は、
たとえ手際よく運んでも、隠しおおせるものではありません、
しかし人を欺く策略が仕組まれた事件は、
策略など弄したことのない人をかえってとまどわせます。
そうした人は、自らの徳を信頼するあまり、

自己弁護の技など学んだことがないからです。
とはいえ、私は恐れてはおりません、陛下の知恵は、
巧妙な術策も見破られるでしょうから。
それに陛下の秀でた精神は、罪を目の当たりにして
驚かれることはあっても、欺かれることはありません。
私を正しいと認めていただけるなら、皇帝の手紙の裏には、
いくつもの策略が隠されていると疑われるはず。
陛下の敵が私に罪を着せたのです。
その敵に対し、私は何度となく陛下の王座を守ってまいりました。
その敵とは王族のひとり。私の勇気に怖じ気づき、
私のために何度となく王座に近づくのを妨げられ、
邪魔な私のすることが陛下からお褒めいただくのを、
苦々しく思ってきたその敵は、
正面切って私に害をなすことができないため、
裏切りを図ることで、私を破滅させ、復讐しようとしたのです。
しかし、成功を目論むには、この企みは

『アマラゾント』

あまりにも不自然、あまりにも杜撰です。
陛下のご好意を堅固な支えとして得ているいま、
私に着せられた罪に何の真実味がありましょうか？
いまここに、愛すべき御手に輝かしい王杖があるというのに、
どうして私がそれを拒み、
恥辱にまみれ、余所に行ってまで、敵の力を借りながら、
不正な方法で手に入れようとするでしょうか？
確かな宝よりも不確かな希望を
ことさら選ぼうとするでしょうか？
いまの私のように取り乱し、混乱状態にありながら、
いちいち理屈を並べる者は、愛することを知らない者、
この裏切りの弁明に、
私が頼みとするのは理屈よりも愛です。
私は陛下を心から愛しています、誰もが知っているように、
心から愛する人を裏切ったりはしないはず、
それに、純粋な愛の火を女王に対して燃やすなら、

恋する男は最良の臣下となるはず。
ですから私は、理屈を並べて弁明する気はありません。
私の愛を知っていただけるなら、私の潔白も知っていただけるでしょう、
私の身を焼く愛の炎はまばゆいばかり、
愛を知らない人の心にはかなわなくとも、
陛下の心にさえかなうなら、
私の身を焼きつつ、陛下の心も照らすはず、
その罪は、身に覚えのないことと申しましたが、
もしも私が陛下に憎まれていないなら、私の潔白が認められたということ、
しかし、もしも陛下の信頼を失うなら、私にはもう希望はありません。
私が恐れるのは罪よりも陛下の憎しみを買うこと、
憎まれるならば、もはや弁明は無用のこと、
あとは死ぬほか……

アマラゾント　もう十分です、テオダ、もう十分、
私の疑いは消えました、私の怒りも去りました。
愛の神は、人の心から憎しみを消し去ります、

罪の証拠がどれほど明らかだとしても、
心にかなう罪人はつねに潔白です。
テオダがいま必要としているのはテオダ自身、
私を愛しているという、その言葉だけで私にはもう十分。
もはや恐れる必要はありません、
テオダは潔白なのだから、愛されていると思ってよいのです、
たとえテオダが罪を犯していようと、私は愛さずにはいられない、
そう思ってもよいのです。

テオダ　ああ！　それは身にすぎるというもの。

アマラゾント　いいえ、これでもまだ足らないほど。
この告白の後には、素晴らしい結末が続かなければ。

（ウリックに向かって）

よいか、テオダについて行きなさい、そしてトゥディオンに言いなさい、
剣を返し、もっと寛大になるようにと。
それと、重要な計画があるので、
即刻、会議を招集するようにと。

『アマラゾント』

会議にはテオダも同席させるように、
私との結婚と王冠を約束し、さらなる輝きを添えるのです。
テオダ　ああ、身に余る光栄、なんという幸せ！
アマラゾント　さあ、すぐに会議を招集しなさい。
愛ゆえとはいえ、虚しい言葉に時を費やすのは、
私の喜びをかすめ取ることですから。
テオダ　天にものぼるこの喜び、なんと申せばよいのやら、
言い尽くせぬ思いをこめて、ご命令に従います。

第五景

クロデジル、アルサモン、アマラゾント、セランド

クロデジル　（アルサモンに）やつめ、呆然として出てきた、すべてうまくいっているようだ。
アマラゾント　ああ、大公がた、ちょうどよいところに。
テオダは罪を否認しました、きっとあなた方も、
彼のことでは、私の考えに従ってもらえるでしょうね。

クロデジル　われわれは、陛下の栄光を第一に考えております。あの恩知らずめは、陛下を侮辱することははなはだしく、そのような者に対して、嫌悪や憎しみを覚えないのは、罪であり誤りであると申せましょう。
アルサモン　彼の死を強く望む私の思いは、言葉では言い表せないほどです。
クロデジル　国家と陛下に対する熱意から、私には、彼の死こそ無上の喜びと思えるほどです。
アルサモン　いかなる罰を陛下がお考えであろうと、彼の罪に比べれば相応しい罰とはならないでしょう。
クロデジル　彼がどれほどひどい罰を受けようと、私が望む罰とはならないでしょう。
アマラゾント　それが、あなたがたの考えですか？
クロデジル　　　　　　　　　　その通りでございます。
アマラゾント　わかりました、では私の考えを言いましょう。テオダは私にとって大切な人、

『アマラゾント』

彼に係わることはすべて私にも係わること、
彼のような人が、罪を犯せるはずがない、
彼を害することは、私を深く傷つけること、
あなたがたの運命は、私よりも彼の手に握られています、
私は彼を、私の主人に、そしてあなたがたの王に選んだのです。
クロデジル　しかし……
アマラゾント　私の愛する人を卑怯にも憎むなど、
そのような者の、顔も見るのも苦痛です。
クロデジル　妹が……
アマラゾント　下がるように、彼女と話すのは楽しみです。
私は彼女と話したい、だが、あなたがたのことを話すのではありません。

第六景

アマラゾント、アマルフレード、ユルシード、セランド

アマラゾント　おまえは、私にとっていつも大切で忠実なひとと、

ここに来て、うれしい知らせを聞いておくれ、
この度の陰謀はねたみによるもので、
テオダの仕業ではなかった。
私からも彼に報いるため、
今日、私たちは結婚の絆で結ばれるのです。
アマルフレード　ああ天よ！
アマラゾント　　その取り乱し方、いったいどうしたことか？
アマルフレード　不意に激しい痛みが。陛下、お赦しください。
アマラゾント　下がったほうがよい。
アマルフレード　　下がらせていただきますが、実は、
陛下のお心の問題に、私も大きな関わりが。
ユルシード　（アマルフレードが手紙を落とすのを見て、アマルフレードに向かって）
手紙が落ちましたよ。
アマルフレード　　いいからそのままに、何も言わないで。
復讐する方法がみつかったの、うまい方法が。
セランド　（手紙を拾いながら）　アマルフレード様が、出ていくとき、この手紙を落としました。
『アマラゾント』

アマラゾント　よこしなさい、返してやらなければ。
あて名のない、飾らない手紙だけれど、
恋人からに違いない。
アマルフレード　（引き返してきて）　どうしよう、大変なことに！
アマラゾント　　　　　　　　　　　　　　　　　　　どうしました？
アマルフレード　　　　　　　　　　　　　　　　　　　　　　　ああ、陛下！
これまで私がお仕えしてきたことがお心にかなうなら、
私を絶望に追いやることをお望みにならないなら、
私の手紙、どうかご覧にならずに、いますぐお返しくださいませ。
アマラゾント　そう聞くと、かえって好奇心をそそられて、
余計に見たくなりました。
アマルフレード　無礼を承知で、あえてお願いいたします、
陛下に死ぬほどの苦しみを味わわせたくないのです。
アマラゾント　いいえ、見てみたい、どうしても。
アマルフレード　ご覧になったら、きっと後悔なさいます。
悪は、人に知られない限り、悪とはなりません、

多くの場合、人は知りすぎたことを後悔するもの。
アマラゾント　それでもよい、全部見なくては満足できません。
おまえは心配しなくともよいのです。
アマルフレード　（傍白）　それこそ私の望むところ。
アマラゾント　テオダの手紙ですね、この筆跡は彼のもの。
アマルフレード　すでにご覧ですから、否定しても無駄でしょう。
手紙は彼のものです。
アマラゾント　つまり、おまえにあてた手紙ということ？
アマルフレード　私が落としたのですから、否定はできません。
アマラゾント　おまえに愛を語っている？　この私を裏切って？
アマルフレード　私が申し上げるより、手紙をご覧になればもっとよくおわかりでしょう。
アマラゾント　（読む）
「魅力あふれる麗しい方よ、
私に命を授けてくれた
父がひたすら望むのは
私の死、だがそれも

私には軽い責め苦、
父子(おやこ)の情が裏切ろうと、
愛が私を裏切らぬなら。

この身に不幸が迫ろうと、
願うのはただあなたの情(なさけ)、
これこそ心に喜びを取り戻し、
強い助けを与えてくれるもの。
皆が私を咎めようと
私にはどうでもよいこと、
あなたさえ無実と思ってくださるなら。」

なんということ、あの裏切り者は、おまえに切々と愛を訴えている！
ああ！
アマルフレード　だから申し上げましたのに、陛下は知ろうとしすぎました。
アマラゾント　おまえは彼を愛しているのか？

アマルフレード　私がですか？　ああ！　陛下は
私の忠誠心をお疑いなのでしょうか？
陛下を裏切ったあの恩知らずを、私が愛したりするとでも？
ああ！　そのような浅ましいことが、この私にできましょうか、
あのような卑劣な心の持ち主から愛されても、
私は憎しみと軽蔑しか感じません。
アマラゾント　でも、彼を拒まずにいるではないか。
アマルフレード　はい、でもそれは強いられてのこと。
あの恩知らずは、陛下の信頼を笠に着て、
私を脅し、彼が私を愛するように、
私も彼を愛せよと無理強いしたのです。
アマラゾント　そのような秘密、なぜもっと早く教えてくれなかったのです。
アマルフレード　こうした秘密は、口外すればしばしば危険を招きます。
テオダは恐ろしい人、いつも豪語しています、
陛下のお心を、どのようにでも操ることができると。
そして、陛下をだませると信じて、大胆にも、

私が彼を愛していると、今日のうちにも言うでしょう。

アマラゾント　ああ天よ、この裏切りの、なんとおぞましいことか！

あの恩知らずが憎い！

アマルフレード　　　それも当然のこと。

彼が来ます。ああ、恐ろしい、見るだけで震えてしまいます。

アマラゾント　おまえをじっと見つめていますね、あの恩知らずは。

アマルフレード　　　　　　　　　　　　　　　そのようです。

ですが、私を信じていただけるなら、彼の話はお聞きにならないでくださいませ。

アマラゾント　あの怪物のような男など、もう見たくもない。

不実な男！　彼女に近づいて行く。　　　　　　　　　　　　（傍白で）

第七景

テオダ、アマルフレード、アマラゾント、セランド、ユルシード

テオダ　（アマルフレードに）　　とりなしていただけたでしょうか……

アマルフレード　（退出しながら）　あなたのことは、十分に陛下にお話しいたしました。
テオダ　（アマラゾントに）　会議の準備が整いました、あとは……
アマラゾント　会議は解散するように！　二度と目通り許しません。

第八景

テオダ

運命の急変にとまどうばかり、
不幸をひしひしと感じるものの、なぜそうなったかわからない。
「二度と目通り許しません」、そう女王は怒って言った。
わが耳よ、ほんとうに女王はそう言ったのか？
そうだ、わが耳よ、おまえはこの死ぬほどの苦しみの証人だ、
たしかにおまえは、聞いた通りを私に伝えたのだ。
「二度と目通り許しません！」なんということだ！　移り気な愛よ、
私を幸福の絶頂に引き上げたのは、不幸のどん底に突き落とすためだったのか？
なんということ！　変転こそが世の定め、いたるところ愛の炎が燃えるものの、

変わらぬ愛があるとすれば、私の心の中だけか？
「二度と目通り許しません！」私がどんな罪を犯したというのか？
女王よ、どんな罪があなたを私の敵としてしまったのか？
たとえあなたが敵となろうと、
愛するひとを、私はもう見ることができないのだろうか？
「二度と目通り許しません！」ああ、わかってほしい、
あなたに会えなくなったなら、もう生きてはいられない。
そうだ、あなたにはわかるはず、あなたがいないところでは、
死の影だけがたえず目にうかぶ。
いやというほどわかった、これほど辛い運命なら、
追放よりは死を命じられた方がまだまし。
いいでしょう、あなたがそれで喜ぶなら、不平を言わずに従います。
私の命はあなたのもの、私の望みはあなたの心にかなうこと、
それこそが、なにより大切で、なにより重要な配慮、
私の死をお望みなら、喜んで死にましょう。

第三幕

第一景

クロデジル、アマルフレード

クロデジル　どうした！　気分がすぐれないというのに、こんな夜更けに出て行くとは。
妹よ、おまえの苦痛はまもなくおさまるのだぞ。
アマルフレード　私の痛みはやみませんわ。それより、いま知りました、
女王が今夜、私のところにおいでになると。
それではあまりに心苦しいので、
こちらから参上しなければと思ったのです。
クロデジル　うまく逃げたな。たしかにそう言われれば、
どんなに疑い深い者でも納得するだろう。
だが、妹よ、おまえのためを思ってやまない私にしてみれば、
このような時間に出てゆくのを見ると、どうしても不安になるのだ。

重い病に、夜ほど悪いものはない。
恋の病は別にしてだが。
アマルフレード　アルサモンは私を想っていますが、もしも私のこの病が
彼を恋するゆえなどと自惚れるなら、それは思い違いをしているというもの。
クロデジル　テオダこそ、いまや自惚れることができよう、
おまえの病は、やつを想うがゆえだと。
私に背いてまで、恋に身を焼いているようだな。
アマルフレード　ええ、兄上、身を焼いています、けれどそれは怒りゆえ。
誓って申しますが、いま私をかり立てるこの炎は、
恋の炎とはまったく別のもの、
優しい愛へと誘う火ではなく、
恋をかき立てるどころか、恋を滅ぼしつくすものなのです。
兄上の代わりにテオダが王座に上ろうとするいま、
私の怒りは、兄上のねたましさゆえのお怒りと同じ、
ですから、喜んで同意いたしましょう、
彼が女王の夫となるくらいなら、むしろ死ねばよい。

テオダが女王の夫に？　ああ！　震えてはいけない、
彼を倒すのです、たとえ彼が倒れざまに私を押しつぶそうとも。
私だけが彼の幸運を阻めることを、彼に見届けてもらいましょう。
私は女です、それは確かですが、それでも、腹が立ちます、
いまの私のように、激しい怒りにかり立てられると、
何でもしてしまいます、もう何も恐れていない者に、恐れを抱かせるためならば。

クロデジル　その果断さあってこそわが妹、
その怒りには兄のためを思う心が見てとれる。
だが、おまえは手を下してはならない、それでは私の恥となる。
口をきくのはおまえにまかせるが、動くのは私だ。
おまえは怒りをたぎらせればよい、
これは私に深くかかわることゆえ、なすべきことも私にこそ多い。
やつを倒さねばならない、冷酷非情の一撃で、
なんとしても、この手にかけて殺すのだ。

アマルフレード　なんということを！　兄上は私に死んで欲しいのですか？

クロデジル　　　　　　　　　　　　なんと！　この計画に驚くのか？

『アマラゾント』

アマルフレード　彼を倒して王冠を手に入れなければなりません、
けれど、彼を殺してしまえば、もはや兄上は
王冠を授けてくれる方と結婚できなくなります。
クロデジル　やつの死は女王を悲しませるだろうが、
私はさほど案じていない、女王の憎しみが私に向かなければよいのだ。
おまえはひどく恐れているが、やつの死の秘密が、
おまえ以外の誰にも知られなければ、それでよい。
アマルフレード　でも、ほかの誰かに知れたら、兄上は身の破滅、
彼の命が奪われたあとは、今度は兄上の命が危うくなります。
彼の幸運が続くことだけを、恐れればよいのです、
その幸運を消し去ってください、でも命は助けてやりましょう。
すでに、巧みに仕組んだ策略で、
女王はテオダに目通りを禁じました。
私のたくらみがうまく運びさえすれば、
彼の幸運は消え去り、兄上に幸運がめぐってまいりましょう。
クロデジル　私を喜ばせようとしても無駄だ、そうした些細な反目は

恋を刺激し、かえってその力を強めるだけ、
些細なことから起こる衝突は
燃えさかる火に水を少しだけかけるようなもの、
冷やすには弱すぎ、何の足しにもならない、
火を消すどころか、勢いを倍加させる。
おまえは女王の怒りを期待しているが、
わが恋敵がただ姿を見せるだけでその怒りは静まる。
やつの死に望みをかけるしかない、私をとめることはできない、
急がなければ、やつが死ぬか私が死ぬか、いずれかだ。
やつが生きている限り、運はやつに味方する、
やつの幸運はやつの命にしっかりと結びついている、
だから、おまえの願いがどうであれ、私にとっては
やつを殺すしかやつの幸運を消し去ることができないのだ。
アマルフレード　けれど、人殺しはおぞましい罪です。
クロデジル　私がそれで王位に就けるなら、それも誉れとなるだろう。
結果が良ければ、どんな手段も良いものとなる。

『アマラゾント』

王冠は、そこに近づくものを清めてくれる、
だから、どす黒い罪でさえ目指す王座に導いてくれるなら、
王座の輝きによって、輝かしくなるのだ。
幸運の女神がなしたことを一挙に打ち砕く、
それこそが常に、非凡なる魂のなせるわざだ。
間違っていようと私はやってのける、だが確信してもいる、
成功すれば正しいとされることを。
罪に値しないような王座には値打ちなどない。
私の心は、恐怖にかき乱されたりはしない。

アマルフレード　けれど……

クロデジル　　物音が。おまえはここにいなさい、何も言うな。

アマルフレード　どこに行くのですか？

クロデジル　　　私を待っていれば、
ほどなくそれがわかるだろう。[11]

アマルフレード　きっとテオダを殺しに行くのだ。
でも、テオダがアルサモンとともに。

第二景

アマルフレード、テオダ、アルサモン

アマルフレード　どうしてこのような時間にこちらへ？
テオダ　厳しいご命令があって、女王のもとに参上するところです。
アマルフレード　なにがあるにしても、私がご案内いたしましょう。
アルサモン　女王は立会人なしで会うことをお望みです。
務めはしっかりと果たさなければなりません。
この私が案内します。命令には従わねば。
テオダ　アマルフレード、ご厚意はありがたいが
立会人なしで女王にお目にかかる方がよろしいでしょう。
アルサモン　さあ、どうぞ、こちらから。
女王は執務室でお待ちのはず。

第三景

アマルフレード、ユルシード

アマルフレード　テオダが一人きりで女王のもとに。ああ！　もう希望はみな失せた。
女王はテオダを憎んでいるはず、でも女王はテオダに会うのだ。
自分の経験からもわかりすぎる、
会うことと愛することは、ほとんど同じなのだわ。
女王に会うという望みから、どれほどの動揺と高ぶりが
あのテオダの心に生まれたかを思えば、
それにテオダがどれほど女王に想いをよせているか考えると、
私が抱いていた恋は、怒りに変わり、
いまこの心に感じるのは
愛よりも激しい怒り。
そう、テオダなど大嫌い、もう未練はないわ。
いまはもう、復讐のことだけ考えよう、
いまや彼の破滅がただひとつの願い、

彼の死を喜んでみていられるでしょう、
もしもとどめの一撃で……　でも、兄上の姿が。

第四景

クロデジル、アマルフレード、ユルシード

クロデジル　ついにやった、もう何も私を妨げはしない、
これで終わった、やつは死んだ、まんまと仕留めてやったぞ。
アマルフレード　死んだ！　兄上、いったい誰が？
クロデジル　　　　　　　　　　　　テオダが。
アマルフレード　　　　　　　　　　　　　　テオダが！
クロデジル　そう、この腕が証人だ、やつは間違いなく死んだ。
アマルフレード　それでは兄上は、女王の怒りが怖くないのですか？
なんということを！　愛によって私の命に結ばれていたあの人の命を、
怒りにまかせて絶ってしまった？
なんということ！　あの誉れ高い生け贄を屠ってきたのですね、

立派すぎるのが罪だと言って、
あの英雄を、卑劣にも手にかけたのですね、
徳の敵以外には敵はなかった人なのに、
普通なら不幸の種とはならないはずなのに、
あまりにも人に気に入られるのが気に入らなかったのですか?
なんということ!　あの大切な人を私から奪っておきながら、
私の恨みを免れるとでもお思いですか?

（小声で）

どうしよう?

クロデジル　不埒な妹だ、どんな悪魔にそそのかされた?
なんということを考える?　なんということを口にする?

アマルフレード　このような言葉で、女王は兄上に
きっと怒りを爆発させる、ということです。

クロデジル　なんだ、ただの意見なのか?

アマルフレード　お疑いでしたか?
わたしは良き妹として、兄上の不幸を案じているのです。

女王が逆上のあまり何をするか、警告しておくべきと思ったのです、
そうすれば兄上もそれに備え、身を守ることもできましょう。
クロデジル　誰の仕業かわからないよう素早く殺したから、
アマラゾントを恐れる理由はない。
執務室に通じるあの小さな階段で
明かりもなく物音もたてずに仕留めてやったのだ。
アルサモンが女王の命令を口実に、
うぬぼれの強いあの恋敵を苦もなく連れだし、
指示しておいた場所を通らせたところを、
この手でまんまと仕留めてやった、ということだ。
アマルフレード　けれど、夜中、明かりもなしにテオダを襲ったといいますが、
彼が死んだと、確信できるのでしょうか?
クロデジル　できるとも、間違いなく恋敵を殺してやった。
アルサモンが転ぶのが合図だった。
アルサモンがまずわざと転んだ、
あとは私がテオダを襲うだけ、

短剣を手に、大胆にテオダのもとに駆け寄って、
「死ね、裏切り者」と言いながら、胸を刺し貫いた。
テオダは何も答えずに死んだ、私の怒りもおさまった、
その声を、命とともに断ち切ってやったのだから。
アマルフレード　ああ！
クロデジル　その嘆きの声、わが恋敵の死を悼んでのことか？
アマルフレード　痛みが募るのを感じたら、人は嘆きもいたしましょう。
いま私の感じる苦しみは耐え難いほど、
私が動揺しているように見えても、驚いてはいけません。
クロデジル　もしもそうなら、妹よ、下がるがよい。
アマルフレード　女王がおいでになったので、私はここにいなければなりません。
クロデジル　私はここにいない方がよさそうだ。

第五景

アマラゾント、クロデジル、アマルフレード、ユルシード、セランド、
供の者たち

アマラゾント　アマルフレード、おまえに会うためにきました。[12] クロデジル、あなたはここにいてください。

クロデジル　しかし、畏れ多いことと……

アマラゾント　　　　案じるには及びません。
私たちの話はすべて聞いてかまわないのです。
やっと私も分別を取り戻しました。
あなたの忠誠を、私が知らないわけではありません。
ここにいて、私とともにテオダを罰するのです。
あなたの熱意も、彼の不実も、よくわかりました。
あなたも見たとおり、心ならずも私は彼に弱みをみせました。
しかしあの不実な男は、私の思いを裏切った、
あなたの妹も知ってのとおり、もはや疑う余地はない、

彼は私の敵と通じています。
不実な恋人が忠実な臣下であるなどとは
再び間違いを犯さない限り、考えることはできない。
彼は死ななければならない、私のためを思うなら、
復讐を求める激しい望みをこの心にかき立ててほしい。

クロデジル　彼が死ねばご満足いただけるのであるならば、
そのお望みは、何者かの手によって、かなえられておりますぞ。
テオダはもはや生きてはおりません。

アマラゾント　　　　　　　ええ！　いまなんと言った？
クロデジル　彼は命を落としました、人の手にかかって。
彼を殺害した者は……

アマラゾント　　　　　その裏切り者は、生かしてはおかない。
それでまた、彼を殺害した者は？

クロデジル　　　　　　　　　　誰の仕業とも知れません。
アマラゾント　その者がどうなったか、あなたには分からないとお言いですか？
クロデジル　はい、人に知れるのを恐れたに違いありません。

アマラゾント　その裏切り者と一味の者たちを、なんとしても探し出しなさい。

責め苛んで殺してやりたい。

クロデジル　なんと！　あなたを裏切ったあの恩知らずの死を嘆いていらっしゃるのですか？

アマラゾント　ああ！　私のうぬぼれだった、彼を憎いと思ったのは、
彼に対する憎しみはきわまったと言ったのは。

私はあなたたち二人を欺いていた、私自身を欺いていた。

彼の死を口にしながら、心はそれに同意せず、
彼が悔い改めてくれることだけを願っていた。

彼を死なせた者たちを罰せずにはおくものか。

そう、私がいまなお生きているのも、彼の仇を討つため。

第六景

アマラゾント、ウリック、クロデジル、アマルフレード、ユルシード、
セランド、供の者たち

アマラゾント　それで、彼の仇を討つことはできるのか？

ウリック　はい、陛下、誰が手を下したか分かりました。逃げることはできません。

クロデジル　（傍白で）　ああ、天よ、なんという苦しみ！

ウリック　摂政トゥディオン様の命令により、ここに引き連れてまいりました。

第七景

テオダ、アマラゾント、クロデジル、アマルフレード、ユルシード、セランド、ウリック、衛兵たち

アマラゾント　（クロデジルに）　ああ！　テオダが生きているではないか！　あなたの言葉は何だったのです？

クロデジル　私が間違っていました、自分でも訳が分かりません。

ウリック　遺憾ながら、テオダ殿に不利な証言をしなければなりません。しかし、摂政のご命令ですから、いたしかたありません。陛下とも血のつながりのあるアルサモン殿が、テオダ殿の手にかかって無惨にも殺害されました。

摂政はご子息の罪を確信なさっています。
私は執務室を出て、明かりを手に、
摂政についてまいりましたところ、テオダ殿が
血にまみれ茫然としたまま、死体のそばに立っていました。
テオダ殿、そしてあなたは父上の姿を見て、
突然動揺されましたな。
テオダ　確かに、だが、いかに不利な状況にいるとはいえ、
私が潔白であることは、それ以上に確かなこと。
ウリック　摂政は、ご子息の話は聞かず、まず私に指示されました、
彼を陛下のもとに連れてまいり、すべてをお伝えするようにと。
しかし、証人としてすべてを明らかにすべきでしょうが、
父親としては身を引くべきというのが摂政のお考え。
親子の情がからむのを恐れ、裁くことは遠慮されました。
ご子息が情につけこみ、偽りを信じさせてはならないし、
この暴挙を裁くにあたり、
正義よりも情が優先されてはならないとお考えになりました。

アマラゾント　そこまで言われれば、テオダも恐れ入るでしょう。
これまでの申し立てに対して、テオダよ、なんと答えますか？
テオダ　陛下のもとに参上するようにとのご命令を、
アルサモンが伝えてきましたので、彼についてまいりました、
暗い通路へとまず私を導いたのは、
そこで私の命をねらうため。
彼が転ぶのを合図にしていたのでしょう、
しかし、その暗がりでたまたま私が転んだため、
暗殺者は、自らのたくらみに欺かれ、
私を討つ代わりに、仲間を手にかけたのです。
この不意打ちの直後に、
父が陛下の執務室から出てきて、
私の姿を見たのです、私ひとりが死体の傍らにいて、
しかもいささか血を浴びていたので、私の仕業だと勘違いしたのです。
このようなことに見舞われた私が動揺しているのを見て、
なおさら父の疑いが深まった次第です。

アマラゾント　なんということ！　けれど、その嘘はいかにもまことらしい。
クロデジル　私には、テオダの仕業とは思えません。
テオダ　それはクロデジル殿ご自身がおわかりのこと、そのおつもりがあるなら
この事件について私よりも詳しく説明できるはず。
私の話に驚かれましたな。
クロデジル　　　　さよう、いかにも心外なこと。
弁護してやった相手から罪を着せられようとは。
テオダ　あなたの仕業に違いない、たしかに、
自ら手を下していなければ、これほどうまく弁護はできますまい。
私が逃れたその腕が、アルサモンを殺害したとき、
私は聞いたのです、あなたによく似た声を。
クロデジル　人を欺きたいのか、それとも自分を欺きたいのかな。
そのことが起きたとき、私は妹とともにいた。
テオダ　それを誰が証明するのでしょうか？
アマラゾント　　　　私です、私は彼が妹といるのを見ました。
私は、おまえの罪も、彼の熱意も、十分にわかっています。

テオダ　しかし……

アマラゾント　返答は無用です。

クロデジル　　　　　　　天のはからいで、もしも私が

彼を討つことになるなら、正々堂々と事にあたるでしょう。

先ほど彼の裏切りが確かだとわかったとき、

私は彼に対する憎しみを隠しませんでした。

私の熱意はご覧いただいたとおり、このような大それた罪を

彼が企てたと思ったなら、そうするのは当然のこと。

それはともかく、彼の讒言にいまは驚くまでもありません、

破滅の瀬戸際に追い込まれ、どう逃れたらよいか分からず、

船が難破して必死に助けを求める者のように、

船の残骸を見るや、すがりつき、

目の前に迫る危険に動転し、

夢中になって何にでもしがみつく。

まさしく彼は罪を逃れようとしています。

それも私がここにいるため。ですから私は下がらせていただきましょう。

アマラゾント　そうなさい。どちらの側につくべきか私には分かっています。
この後、彼があなたを攻撃しても、私はあなたを守ります。

第八景

テオダ、アマラゾント、アマルフレード、ユルシード、セランド、ウリック、
衛兵たち

テオダ　（アマルフレードに）　これ以上女王にお話ししてもお怒りは増すばかりでしょう。
敬意を払い、私は口を閉ざします、いまはあなただけが頼りです。
アマラゾント　裏切り者！　私の目の前で恋敵に話しかけるとは！
アマルフレード　この方に対してはどうか寛大なご処置を。
陛下とは血のつながる方、罪を疑われてはいますが、
お助けになるのは陛下のためにもなると思います。
アマラゾント　明日会議を召集し、罰すべきか赦すべきか
公正に決するものとします。
テオダ　（アマルフレードに小声で）　女王の厳しい態度にくじけないでください。

アマラゾント　なんということ！　私には目もくれず、こっそりと話しかけるとは！
アマルフレード　お赦しを……
アマラゾント　　彼を赦すのは、その罪にあずかること。
私の目の前から彼を連れ去りなさい。
アマルフレード　　　　　　　　　けれども陛下……
アマラゾント　　　　　　　　　　　連れて行きなさい。
塔に閉じこめ、どう処置するか決まるまで
厳重に見張るのです。
テオダ　（アマルフレードに小声で）　ああ！　どうか私の意をくんで、伝えてください。
どれほど不当に扱われようと、崇めていますと。
今日この身を打ちひしぐ女王の厳しいお怒りゆえに、
たとえ命を絶たれようと、愛を絶つことはできませんと。
アマラゾント　なんとしたこと、この憎い男がまだここにいるとは！
衛兵たち、歩かないなら、引きずってでも連れて行きなさい。

第九景

アマラゾント、アマルフレード、セランド、ユルシード

アマラゾント　あの裏切り者は、ひどくうろたえておまえに話しかけていましたね。
何を頼んでいたのですか、おまえになんと言ったのです？
アマルフレード　私の意にかなうことではありませんが、
どれほど不当に扱われようと、崇めていますと。
今日この身を打ちひしぐ女王の厳しいお怒りゆえに
たとえ命を絶たれようと、愛を絶つことはできませんと。
これが彼の言ったこと。ご命令ゆえ、申しあげました。
アマラゾント　たしかにそのような言葉を聞きました。
はっきりとは聞こえなかったので、
信じまいとしましたが、もう信じるほかありません。
けれども意外に思うのは
おまえが彼を助けようとすること。
いま非難したばかりの恩知らずを弁護し、

私の当然の怒りに逆らうとは。
アマルフレード　つたない策にそこまで驚かれるのですか。
テオダは陛下のお気に入りで、
罪に問われたいまも彼をいとおしく思っていらっしゃる、
そのことに気づかないほど、私が愚かだとでもお思いですか。
私にはわかります、彼が何をしようと、何が起ころうと、
彼が陛下を愛すること、彼が生きることを陛下は願っていらっしゃると。
ですから私が当然のお怒りに逆らったのは、
彼のためというよりは、陛下のためです。
アマラゾント　ああ！　おまえは私の心を見透している。
そう、怒りの陰に激しい炎が隠れていた。
心を焼き尽くす愛の火は、
消えそうに見えても、そう見えるだけ。
いまでもあの恩知らずが罪を犯すはずがないと思っている。
確かに頭では罪があると分かっているのに、
裏切られた後も、心では彼を赦してしまう、

何かもっと強い力を感じてしまうのです。
アマルフレード　もしもそうなら、彼の運命は陛下にも関わります。
牢獄にいるかぎり、彼が助かる見込みは薄いでしょうし、
会議で彼が死罪と決まったなら、
もはや陛下も、彼の運命を自由に決定することはできますまい。
彼の父は、彼を助けることに反対はしないはず、
息子が陛下のお気に召しているのは承知のことですから。
その証拠に、息子を陛下のもとに送り届けたのは、
彼を死なせるためではなく、助けるためではございませんか。
アマラゾント　あの恩知らずが死ねば、私も生きてはいけまい。
今夜密かに、彼を助け出そう。
明日、彼が脱出したことは、知らぬふりをしよう。
彼を脱出させなさい、そのとき、彼に言うがよい、
こうした恩恵を受けられるのも、アマルフレード、おまえのおかげと。
そして、彼が何をすべきか、おまえの口から知らせなさい、
まず彼に会って言うのです、

私はもう二度と彼に会わないと決心したと。

そしてすぐさま私の望みに従い、
この国を出るように、もしも留まれば死罪であると。

けれども、彼に承知させてほしい、
国を出る前に、私に会いに来ることを。

彼に言うのです、助けたのはこの私だと、冷酷非情な者でさえ
これほどの情けには恩義を感じて当然のことと。

彼がおまえを愛しているなら、納得させるのも容易であろう。

アマルフレード　けれど、もしもできないときは？

アマラゾント　　　　　　　　命令すればよい。

アマルフレード　陛下をないがしろにする裏切り者に、それほどまでお会いになりたいのですね。

アマラゾント　そうです、けれどそれは復讐のため、弱さからではありません。

自分のうちに憎しみと誇りとをかき立てるためです。

私の恩を忘れて罪を犯したことをなじり、
自分がどれほど正義に背くことをしたのか、思い知らせてやるのです。

彼が悔やむなら、私には復讐となり、彼には罰となるでしょう。

アマルフレード　ああ！　ご自身の心のうちをよくお確かめください。彼は陛下を裏切ろうとしています。

憎もうとする相手に会いたいなどとは思わないもの。

何をするつもりであれ、何を隠そうとするのであれ、
嘆こうとするときは、慰めを求めるもの。

偽善者の顔も言葉も信用してはなりません。

一度騙されると、何度でも騙されてしまうものです。

会ったりすれば、陛下にとって災いとなるかもしれません。

アマラゾント　私の言う通りになさい、あとは私が計らいます。

第四幕

第一景

アマルフレード、テオダ

アマルフレード　なんということ、私の忠告も願いもかえりみず、

女王のところに行くのですか、なんとしても会おうとなさるのですか！

テオダ　もう女王に会うなと言われると、

理性では納得するものの、私の理性などむなしい、

あなたの忠告も心遣いも無用です、

女王の姿を見ることができないのなら、見るべきものなどもはや私にあるはずがない。

女王に憎まれ追放されようと、恋が私を引き留める、

女王が口を開くとき、脅す言葉さえ魅力にあふれ、

その眼差しは、怒りに燃えるときでさえ輝きを失わず、

怒っていても、なおうるわしい。

あなたのおかげで得られたこの自由を、

どうか私に使わせてほしい、さもなければ奪ってください。

アマルフレード　そのお望みは許されないこと。

愛する人に従わない恋人は、もはや恋人とはいえません。

目通りは、女王から固く禁じられました。

いまは服従することで愛をお示しください。

テオダ　あなたは、愛も、愛の力もご存じない！

まばゆければまばゆいほど、愛の炎は完全となる、
なすべきことしかしないようなら、
恋人の熱意もしれたもの。
自分の思いに反してまでも従うことは美しい、
だがそれは臣下のすること、恋人のすることではありません。
愛を知る人なら、わが身をかりたてる愛をはばむものはすべて
罪とみなさなければなりません。
たとえ希望が不意に消え去ることになろうと、
愛する人から逃れるようでは、愛しているとは言えません。
いかに女王が私を拒もうと、
せめて、女王が私をどう思っているか、知りたいのです。

アマルフレード　知ろうとして力を尽くしましたが、無駄な努力でした。
私は知ることができなかった、あなたならできたでしょうか?
そのような思いは無益なこと、命令に背き
かえって無礼をはたらくことになりましょう。

テオダ　それもよいでしょう、私の思いが罪とされるなら。

『アマラゾント』

私の咎が重ければ、女王の責めは軽くなる。
女王の栄誉を、私は守らなければなりません、だから何があろうと、
いま、私が咎を受ければ、女王の咎は小さくなる。
たとえ忠実な恋人であっても、私が恩知らずの臣下になれば、
女王が私を憎んだとしても、それは正しいこととなるでしょう。
アマルフレード　愛のしるしはうるわしいもの、私の思い違いでなければ、
女王以外の女性なら、女王が拒むものを、あなたに与えるはず。
まぎれもなく、あなたは生まれながらに高貴なお方、
むごい仕打ち以上のものを受けるにふさわしい方です。
そうです、たとえ女王を失ったとしても、あなたに愛されるにふさわしい
もっと忠実なひとが、女王以上にあなたを愛していたら、
もしもだれか、あなたの嘆きをやわらげてくれるひとが、
女王のように美しいけれど、女王ほどは厳しくなく、
あなたへの愛を示すためならどんなこともいとわないと、
いまあなたにそう言おうとするひとがいたら、
そのひとの願いにこたえ、おなじくらいの熱意でもって、

あなたの苦しみを喜びに変えようとは思わないでしょうか?
テオダ　たとえそのようなひとがいたとしても、心惹かれたりはしないでしょう。
私にとって生きるも死ぬも女王のため。
どのような喜びも、愛される喜びには勝てません、
しかし、だれかが私を愛してくれたとしても、
その喜びは、女王の厳しさゆえに味わう苦しみほどには
甘美なものとはならないでしょう。
たとえ女王が心を和らげてくれなくとも、
女王のそばで不幸になる方が、離れて幸福になるよりましです。
アマルフレード　ああ!　そのような弱音は、聞くのも恥ずかしい。
あなたは正気を失っています、人の思いも感じられないほど。
テオダ　私が受けた痛手を感じるなら、あなたも同じようにするはず。
だが、セランドが。あなたに話があるようだ。

第二景

セランド、アマルフレード、テオダ

セランド　お探ししておりました。申し上げます。
女王様がお忍びでおいでになります。
アマルフレード　こんな朝早くいらっしゃるとは、きっと大事なことが。
セランド　たしかに、お嘆きのほどは驚くばかりでございます。
たえずため息をつかれ、そのようにして
一晩中、お休みになりませんでした。
あなたから助言をいただければ、女王様のお心も晴れるでしょう。
アマルフレード　いままいります。女王様にお知らせするように。

第三景

アマルフレード、テオダ

アマルフレード　あなたのために口添えします。

『アマラゾント』

テオダ　ああ！　何があろうと、あなたが女王のもとに行かれるなら、私も一緒に行かなければ。

アマルフレード　一緒にですって！　ああ！　それでは私の計画が水の泡に。

テオダ　望みを失った者にはどんな忠告もむなしいのです。いまは愛の神の命令に従うだけ。

アマラゾントに私の罪をすべて知ってほしい、

私がのぞむ最後のなぐさめは、

行って女王の足下に跪き赦しを請うか、死ぬかです。

アマルフレード　そのようなおかしな企てはどうかおやめください。あなたが女王に会えるよう、せめて私に準備させてください。

おや、足音が。ああ！　女王がおいでになる。

どうかここは私におまかせを、最後の努力をしてみます。

テオダ　私が女王の前に出られるよう、はからっていただけるのですね？

アマルフレード　それ以上のことをしてみせます。(13)　急いでこの場を離れてください。

第四景

セランド、アマラゾント、アマルフレード、テオダ

セランド　アマルフレード様が、テオダ様とご一緒にこちらに。　（セランド登場）

アマラゾント　みなは控えていなさい。

アマルフレード　（テオダに）　私におまかせを。女王がいまここに。　（テオダ退く）

アマラゾント　テオダがおまえに話していましたね。いったいなにを考えて、
私の姿を見たとたん、逃げていったのでしょう。

アマルフレード　そのわけは、容易にご想像いただけましょう。
人は見たいと思わないものには執着いたしません。
好ましく思うものを避けることは稀で、
いとしいと思う人から逃げることは決してありません。

アマラゾント　なんということ！　あの裏切り者が、私を避け、私を無視して逃げていく？

アマルフレード　それは、テオダが私に言ったことからも明らかです。

けれど……

アマラゾント　けれど？　彼はなんと言ったのです？

アマルフレード　　　　　　　　　申しあげるわけにはまいりません。

アマラゾント　いいえ、言いなさい。

アマルフレード　　　　　　　ご機嫌を損なうことになってもよろしいのですか？

アマラゾント　かまいません、言いなさい。

アマルフレード　　　　　　　ならばご命令に従い、

陛下にありのままを申し上げます。

彼は私にこう言いました、彼の望みはただこの私を愛することだと、

女王の愛はうとましく、もはや耐えられない、

追放はあまりに厳しい定め、

私と別れるくらいなら死ぬ方がまし、

何を命じられようと、ここにとどまって、

女王ではなく、ただ私にだけ会っていたいと。

私はそのような企てを、なんとしても思いとどまらせようと、

力の限り説得しようとしましたが、無駄でした。

『アマラゾント』

人がどう言おうと、女王を愛することはできないし恐れも感じない、
赦しが自分に必要になれば、本心を隠し、
女王の心を惑わして、その意に反してでも、
怒りを愛に変えてみせる、
そう彼は、陛下がおいでになったあのとき、私に言っていたのです。
陛下のお姿を見た彼を、私は止めることもできませんでした。
急いで逃げ去ったのが何よりの証拠、
命じられない限り、彼は陛下に会いには来ないでしょう。
アマラゾント　命じられない限りというのか！　無礼にもほどがある、
そのようなこと、望みもしなかったし、わかりたくもない。
二度と帰っては来させまい。彼に知らせるがよい、
即刻ローマを離れるようにと。
おまえに会いにきたりすれば、直ちに死罪です。
私の憎しみを買いたくなければ、おまえも彼とは会わないように。
アマルフレード　隙をついて会いに来たときは……
アマラゾント　　　　　　　　　　隙をついて逃げるがよい。

アマルフレード　けれど……

アマラゾント　私が命じたようになさい。口答えは許しません。

第五景

アマラゾント（ひとり）

残酷な炎よ、なんとつらい目にあわせるのか、
愛よ、私の心から出ていけ、そして憎しみにかわれ。
おまえを私の心につなぎとめている者が、いまここを去ろうとしている、
去るがよい、私が目の前から消そうとしている者は、心からも消え去れ。
心からも！　そう、心からも！　え？　いったいそれはどういう意味？
恋いこがれ、ため息をつく不幸な奴隷、
ふがいない心、こんな苦しみを味わうのは理不尽なおまえのせい、
おまえは私を鎖につないだだけではまだ足りないとでも？
だれのせいでおまえは嘆く？　私は理性の力で
この恥ずべきくびきからおまえを解き放とうとしているのに。

おまえは裏切られたのだから、怒りを感じて当然ではないか？
愛することはできるのに、憎むことはできないのか？
ならば、愛のあとに怒りが続いてくれればよい、
ふがいない愛の弱さなど、すべて捨て去るのです、
捨て切れなかったとしても、せめて捨てたふりをして、
弱さなどどこにも残ってはいないと、自分に言い聞かせるのです。
けれど、動揺したあとの、しびれるようなこの感覚はいったい何だろう？
ああ！　これほど苦しんだのに、なぜか眠くなる。
心地よいまどろみ、甘美な安らぎが、
心にしみ入り、目を閉じさせる。

（アマラゾント、肘掛け椅子にすわったまま、眠り込む）

第六景

テオダ、アマルフレード、アマラゾント

テオダ　なんと言われようと、私の思いを止めることはできません。

『アマラゾント』

アマルフレード　なんということ！　女王の安らぎを妨げるのですか？

テオダ　すべてをなくし、希望までも失った恋人ならば、
安らぎを妨げる人の安らぎは、妨げてもかまわないのです。
しかし、つれない人が不当にも私から奪った安らぎを、
楽しむことぐらいは、認めてさしあげよう。
だが、たとえ女王の目覚めとともに私の命が終わろうとも、
私はここで、女王が眠りから覚めるのを静かに待ちたい。
その運命の時まで、たとえ不運に見舞われようと、
せめてお怒りでない女王のお顔を、見ていてもよかろう。

アマルフレード　身の破滅となりますよ。

テオダ　　　　　　　　　　　　　かまいはしない、かえって身に余る光栄、
どうせ死ななければならないのなら、女王の目の前で死にたいのです。

アマルフレード　（最初の二行は傍白で）
女王に会わせたらもう終わり、私の嘘が知れてしまう。
彼を破滅させなければ、私が破滅することになる。
わかりました、女王に会えばよいでしょう。けれどもその前に、

聞いてください、ひとつ頼みが……

テオダ　え？

アマルフレード　この剣で恨みを晴らすのです。

（アマルフレード、テオダの剣を抜き、女王の方に進み寄り、突き刺すかのように）

テオダ　（アマルフレードを押しとどめて）

どうして不意にこのようなことを？

アマルフレード　（傍白で）女王が目を覚ます、剣を放さなければ。

（アマルフレード、テオダの手に剣を渡す）

アマラゾント　（目覚めて）一体これは？

アマルフレード　（女王とテオダの間に立ち）ああ！　どうかお逃げください、

この悪人は陛下を殺そうとしています。

アマラゾント　誰か！　衛兵、この裏切り者を捕らえなさい。

見なさい、あの動揺ぶりを。

アマルフレード　それも当然のこと。

アマラゾント　アマルフレードのせいで、おまえは

私を殺し罪を成就することができなかった。

誰にそそのかされて、このような卑劣なことを？
なぜ私を殺そうと？　私がおまえに何か悪いことでもしたのか？
何を狂って、恐ろしいとも思わずに、
おまえのものだったこの心を刺し貫こうとするのか？
誰に言われて、おまえの女王を手にかけようとするのか？
そんな目にあわなければならないようなことを、私がしたというのか？
おまえの逆上する理由がどうであれ、
もしも私に罪があるとすれば、それはおまえを愛したこと。
おまえの意図がどうであれ、
おまえには名誉となるその罪ゆえに、私を罰するというのか？
言いなさい、何を目当てに私を殺すのか？

テオダ　私があなたを殺す？　ああ！　本気でそう思っていらっしゃるのですか？
そのような恐ろしい罪を犯すなどと、信じられるでしょうか？
そのようなこと、人間のすることではありません。
かけがえのない魅力を冒瀆するなど、
心も目ももたない怪物にしかできないこと。

『アマラゾント』

アマラゾント　なんという厚顔無恥！　咎められても知らん顔で、
恐ろしい罪を言い繕い、
罪は明らかなのに、無罪だという、
そのような恐ろしい罪を、犯せるはずがないと。
裏切り者、なにを思い上がってそのように、
露見したばかりのその罪を言い逃れようとするのか？
そのようにあがきさえすれば、いまでも私の理性も感覚も
好きなように惑わせると思っているのか？
なんということ、私はもう少しで刺し殺されるところだった、
それもおまえのその手で、その剣で。
それでもおまえは恥知らずにも、私のこの目ではなく、
私を殺そうとしたおまえを信じろと言うのか？
テオダ　いいえ、もはや弁明も甲斐なきこと、
信じていただけないのなら、罪を否定しても虚しいばかり。
状況は私にとってあまりに不利、
疑いを晴らすことはできますまい。

けれども陛下、あなたは聖なる掟によって私を裁きますが、
ご自身を信じるのはかえって誤りのもと、
正しい裁き手は、自由にして高貴な精神をもって、
自分が見たことではなく、証拠が示すことを信じるもの。
公正な裁きは、情熱の支配するところにはありません、
心がかき乱されるときは、なおさら疑ってみるべきときです。
正義は、いつの時代いかなる場所でも、物差しとなるべきもの、
正義の女神が目隠ししているように、裁き手も目を信用してはなりません。

アマラゾント　アマルフレードがおまえの悪事の証人です。
彼女を信じるなとでも?

テオダ　そう、彼女を信じるのは結構、
けれども、彼女に正直に語るようお命じください、
彼女に言わせてください……

アマルフレード　何をですか?

テオダ　真実を。

アマルフレード　真実ですって?　では正直に話しましょう、

『アマラゾント』

そうお望みですから、お望みにこたえましょう。
私に会わずにここを去れとの厳命を
あなたに伝えさせたとたん、
あなたは怒り狂って私に言いに来ませんでしたか？
私と別れてここを去るくらいなら、この世を去る方がまし、
あなたに対する女王の愛はあまりにうとましく、
嫉妬に狂うさまはもはや耐えられない、
無理矢理私と別れさせようとするのなら、
絶望のあまり何をするか、女王は思い知るがいいと。
私があなたから逃れようとしたとき、あなたはここで、
眠っている女王に目を向け、
恐ろしいことに、女王を手にかけ、
その眠りを永遠の眠りにかえようとしたではありませんか？

テオダ　まさかあなたは……

アマルフレード　まさかあなたは、私が言ったことを否定するのですか？
なんという腹黒さ！　ご覧ください、彼の動揺ぶりを。

アマラゾント　そのような卑怯な嘘は、罪をますます重くするもの。
アマルフレード　私がどれほど陛下のためを思っているか、彼は知っていますから、
否定しようがないのです、私にこう誓ったことを、
陛下が死ねば私の幸福は確かなものとなる、
彼の最大の望みは私が女王になること、
陛下を王座から追い落とし、私をその座に据えるのはいともたやすい、と。
テオダ　ああ、天よ！　あなたは何を言っているのか？
アマルフレード　　　　　　　　　　　　　私は真実を言っているのです。
嘆くのは無用、これはあなたが望まれたこと。
悪の報いを受けるのは当然、
だから、私は言うべきことを言っただけです。
テオダ　そうだったのか、それが私の不幸の原因だったのか、
いまわかった、私の罪は人に愛されたこと。
その忌まわしい結果がこれだ。
愛はときに憎しみと同じように働き、
人の心を征服したあとに、しばしば危険を招く。

『アマラゾント』

愛されるということは、必ずしも幸福ではないということか。

アマルフレード　これほど大胆不敵な仕業に驚かれることはありません。

私が彼を愛している、そう彼は陛下に言うはずと、申し上げなかったでしょうか?

テオダ　その愛が、私の不幸を招くということか。

だが、私はあなたを責めたりはしない。

私の意図がどうであれ、私自身が引き起こしたこと、

その結果を嘆いてみても仕方ない。

愛があなたを動かしたが、私も愛の掟に従って、

耐えるべきことはすべて耐えるしかない。

そのたくらみ、赦しましょう、あなたの心も、

愛してさえいなければ、正義に背いたりはしなかったはず。

しかし、不当にも私のものとあなたが言うその愛の火を、

誰が私に認めさせることが……

アマラゾント　この私が認めさせよう、もはや疑う余地はない、

おまえの不実な愛が、わかりすぎるほどよくわかった、

どこを見ても、確かな証拠ばかりではないか、

しかも私は、おまえが私を殺そうとしているところまで見ている、
おまえも知っていたはずなのに、私がおまえを王位に就けようとしていたことを、
日の光よりも、愛の炎をいとおしんでいたことを、
この心に燃える愛の強さを思えば、
暗殺など企てなくとも、私を死なせることくらい、
容易にできたに違いないのに。
テオダ　ああ、陛下！
アマラゾント　ああ、裏切り者！　弁明など無用と知るがよい、
いくら言い逃れようとしても、
おまえの弁解を認めさせる証拠など、どこにもない、
そのことは私の目にも明らか、そう言えばもう十分でしょう。
これほどの痛手を受けたのだから、私はおまえを悪く思いたい、
とはいうものの、そのようなことには慣れていないうえ、
ついおまえのためを思ってしまうから、
もしもおまえに罪がなかったなら、赦してしまうことでしょう。
テオダ　私に下される判決が、たとえ間違っていようと、

嘆いたりしたら、それこそ間違いと言わねばなりません。
私が目にし耳にすることのすべてが、
たしかに私には不利な証拠となるばかり、
そして陛下は、この証拠をもとに裁かれる以上、
罪なき者に死を命じたとしても、間違ったことにはなりません。
この残酷な結果も、私には甘美なものに思えます、
少なくとも、あなたの罪を弁護できるのですから。
私が死んだ後、間違いの後に必ずやってくる
後悔の念を、あなたが抱かずに済むようにしてくれるはず。
私の死をお望みなら、恐れることなく受け入れましょう。
私は命を失うが、あなたはそれ以上のものを失うことに、
私の苦しみはなくなるが、残酷なあなたは、
この上なく忠実な賛美者をなくすことになるのです。
アマラゾント　おまえが忠実ですと！　ああ、なぜいつまでも騙そうとする？
なおも私の命をねらおうとする？
そのような卑劣な策略、もう我慢できません。

塔に連れて行き、刑を待たせなさい。

テオダ　どれほど残酷な刑も、あなたのもとから離れることに比べたら、まだしも耐えやすいでしょう。

アマラゾント　もうよい。衛兵、これ以上言わせないように。いますぐ永久に、私の目の前から連れ去りなさい。

第七景

アマルフレード、アマラゾント、セランド

アマルフレード　永久に彼を失うことになってもよいと……

アマラゾント　そうです、永久に。

彼を弁護しようというのか？　下がりなさい、私をそっとしておいて欲しい。私のためを思うのも度を超すと、かえってうとましくなる、そうならないよう、私もずいぶんと我慢しているつもりです。セランド、ゼノクラートを呼んできなさい、それから、いいですか。

（アマラゾント、セランドに何か小声で話す）

第八景

クロデジル、アマルフレード、アマラゾント、セランド

クロデジル　ああ、妹よ、なんとも不思議なことが！
私の恋敵が捕らえられ、罪に問われている。

アマルフレード　彼は辱められています。
彼は罪を犯したように見えますが、その罪は私の仕業。
私が罪を犯さなかったら、彼は潔白でいられたでしょうに。

クロデジル　それで女王は？

アマルフレード　ひどく恨んでいるように見えますが、
心の底でどう思っているか、私にはわかります。
兄上、女王に気に入られたいなら、恩赦を口に出すべきです。
女王に会おうとなさるなら、この忠告をお忘れなく。(14)

アマラゾント　(セランドに)　さあ、行きなさい。私が命じたこと、ただちに実行するように。

第九景

アマラゾント、クロデジル

アマラゾント　もはやこれまで、おぞましい怪物、人でなし、
処罰は決まった、おまえの死は避けられない。
今日のうちに、薄情なおまえは、
愛の神ではなく、死の神の手に渡されるのです。
宿命の炎の残り火よ、
あの残酷な男がこの心に芽生えさせた、
消すことができない恋の火よ、もう私を苦しめないで、
おまえを生んだあの男とともに、死ぬがよい。
これほど残忍な罪、聞いたためしがあっただろうか？
クロデジル　罪が重ければ重いほど、赦されることは稀となります。
処罰は、誰の目にも良きことと見えましょう。
しかしそれは凡俗の望むこと、陛下が望むべきものではございません。
寛大な裁きこそがより気高く、神の似姿である陛下には

さらにふさわしきものにございます。
私個人のためにも国家のためにも、
テオダの死を願うべきではありましょう、
しかし、陛下のためを思うがゆえに、誠心誠意、
ぜひとも恩赦をと願わずにはいられません。
アマラゾント　恩赦を？
クロデジル　　　　　はい、陛下。
アマラゾント　　　　　　　　　もうよい、ここにいなさい。
あなたの望みを伝えることにしましょう。

第十景

クロデジル

ああ、不吉な約束、なんとむごい定め！
忌まわしい恩恵が、わが身の破滅をもたらした。
配慮がかえって仇となり、心ならずも、

『アマラゾント』

破滅させるはずの相手を救うことになろうとは！
残酷な女王よ、私の意図を察してくれてもよかろうに！
恩赦ではなく、やつの死こそ私の望み、
おまえの思いは知っていたはずなのに、私はなにを血迷って、
やつを赦すようにしむけてしまったのか！
この私がやつの恩赦を！　ああ、むごい責め苦だ！
目の見えない女王よ、私が従うとでも思うのか？
いいや、おまえが不当に振る舞う以上、もう忠告などいらない、
おまえには従えない、おまえを真似てやるのだ。
おまえは忌まわしい恋に引きずられ、
罪があると知りながら恋人を救うのだから、
私もおまえのように恋に狂って
無実と承知の恋敵を破滅させてやる。
女王よ、おまえを恋するあまり、後先も考えず、
やつの恩赦を願うようなことをしてしまった。
だが、よいか、あの憎い恋敵を、なんとしてでも

殺してやる、助けてなどやるものか。
さあいまから……　まずい、人が来る。

第十一景

セランド、クロデジル

セランド　（クロデジルに手紙を渡しながら）　これをテオダ様に、女王様が約束されたものです。
クロデジル　つまり恩赦ということか？
セランド　　　　　はい、おそらくは。
クロデジル　なんとも寛大なこと、それに、私にとっても名誉なこと。
女王は彼を塔から出すようにとお望みか？
セランド　はい、彼がこれを読んだらすぐにと。
けれども、クロデジル様はお読みになりませんように、背(そむ)けば死を免れません。
クロデジル　自分の務めは分かっている。それを果たすだけのこと。

第五幕

第一景

ユルシード、アマルフレード

ユルシード　はい、テオダ様のことはご心配ご無用にございます。
兄上様があの方のもとに恩赦をお伝えに行くとのこと。
アマルフレード　恩赦ですって！　ああ、なんということ！
ユルシード　　　　　　　　　　　　　　　　これほど確かなことはございません。
兄上様にお会いしたとき、手に書状をもっていらっしゃいました。
ひどく苦しげなご様子で、
わずかな仕草にもお怒りがありありと。
足取りはおぼつかず、視線も定まらない、
そんなお姿が恩赦の何よりの証拠と見えました。
兄上様のお怒りには驚かされましたが、

あなた様がまた優しい心になられたのには、なおさら驚かされます。
いったいどうしてそのようなお気持ちになられて、
ご自分が仕掛けた災いを終わらせようとなさるのか、私にはわかりません。
アマルフレード　ああ！　テオダのことはいまも愛しています。
恋の炎は、隠そうとすればするほど燃え上がる。
彼を愛していないなら、彼の恋を妨げたりはしないが、
彼を愛しているのだから、どうしてその死に耐えられよう。
いいえ、あの人が死ぬときは、私も死にます。
私が欲しいのは彼の心、彼の死ではありません。
嫉妬にかられて、あの冷たさを恨みはしたが、
命までとろうとは思わなかった。
あの人の最後の言葉がいまも頭から離れない、
なぜこれほど心が乱れるのか、自分でもわからない。
あの人は、平然としていた、
希望はすべて失われたのに、少しも力を落とさなかった、
私の不吉な情熱を、私の卑劣なたくらみを

嘆きもせず、だまって見ていた。
その気高さに魅せられた、そして
私の怒りは優しさに、私の罪は後悔にかわった。
恨みが私の心をとらえ
恋を嫉妬にかえたように、
今度は憐れみが
嫉妬を恋にかえたようだ。
けれど、このはげしい恋ゆえに、
妨げられればかえって思いが募り、
怒りのあまり高ぶる心が、
私の恋に火を付ける。
おまえはどう思う、彼が救われたら私も苦しみから救われるだろうか?
私は女王に感謝すべきだろうか?
女王に賛同しなくては、いまから
そのために……

ユルシード　そこまでになさいませ、女王様がいらっしゃいます。

『アマラゾント』

第二景

アマラゾント、アマルフレード、セランド、ユルシード

アマラゾント　（セランドに）　もう我慢できません、これ以上は待てない、
　知るのが怖い、でも知ろうとせずにはいられない。
アマルフレード　クロデジルがご命令を承りました。陛下が命じられたことは
　いま実行されているとお考えください。
アマラゾント　ああ！
アマルフレード　大きな努力がいることはわかります。
けれども、人々の称賛が必要なときは、嘆いてはなりません。
立派にことをなせば密かな喜びも生まれましょう、
後ろ髪引かれながらでは、成し遂げたことにはなりません。
アマラゾント　ああ！　徳の喜びとはなんと不完全なものか、
意に反してでも徳を行うときは、
二者択一を迫られて、なんと心が痛むことか、
正義に従うため、望むことを諦めなければならないのです。

アマルフレード　ご努力、お見事と存じます。

アマラゾント　　　　　　　　　　　　ああ！　どうして

望みもしない努力を、見事などと思えよう？

アマルフレード　お言葉の意味、よく分かりません、少々驚きもします。

おっしゃることを信じるなら、テオダは陛下にとって大切な方でした。

されば、恩赦を命じる手紙を兄の手に委ねることが、

望みもしない努力といえましょうか？

アマラゾント　おまえの兄はだまされている、けれどもおまえはだまされてはなりません。

彼は恩赦を伝えると思っているが、実は死をもたらすことになっている。

おまえも知っているであろう、ゼノクラートが医術に優れ、

ほんの小さな木の根、草の根にいたるまで、その効き目を知り尽くしていると。

私の手紙には、クロデジルに渡す前に、

すでに毒が塗られているのです。

それも強い毒だから、手紙を読んだとたん、

テオダは死ぬに違いない。

アマルフレード　ああ、天よ！　いまなんとおっしゃいました？

『アマラゾント』

アマラゾント　おまえが知るべきことを。
私がしたことを言ったまで、私は義務を果たしたのです。
けれど、この義務の掟のなんとむごいことか！
何の苦しみもなく愛せる人を憎むのはなんと苦しいこと、
いとおしむことになじんだ心にとって、
罪を犯したとはいえ、いとしい人を殺すのはなんとつらいこと！
恩知らずの死が、私には死ぬほど怖い。
けれど、テオダの父が。きっと知らせに来たのでしょう。

第三景

アマラゾント、トゥディオン、アマルフレード、セランド、ユルシード、供の者たち

アマラゾント　さて、トゥディオン、手紙は効き目をあらわしましたか？
裏切り者[15]は死にましたか？
トゥディオン　すべて終わりました。

アマルフレード　なんということ、死んだのですか？

トゥディオン　まさにこれ以上の真実はありません。
裏切り者[16]が息絶えるのを、この目でたったいま見たところ。
私の目の前で、私に抱かれるようにして、死にました。

アマルフレード　もう十分です、下がらせていただきます。

第四景

トゥディオン、アマラゾント、セランド、供の者たち

トゥディオン　残りを知れば、なぜアマルフレードが急いで出ていったか、おわかりになるでしょう。
不吉にして真実（まこと）の話、どうかお聞きください。
あの忌まわしい殺人事件の下手人は……

アマラゾント　裏切り者は死んだのですから、もう何も知る必要はありません。

トゥディオン　息子のために、いささか申し上げることがございます。

アマラゾント　たとえ彼が無実だったとしても、私には言わないでほしい。

彼の死が間違っていたとは思えません。
たとえそう望むことができたとしても、望みはすまい。
彼を憎めるよう、いまは私を励ましてほしい、
彼の罪より、彼の無実の方が怖いのです。

トゥディオン　しかし……

アマラゾント　それ以上言ってはなりません。

トゥディオン　それは厳しいご命令。

アマラゾント　ああ！　頼むから一人にさせて。

トゥディオン　ああ、不幸な息子よ！

第五景

アマラゾント、セランド、供の者たち

アマラゾント[17]　私の心に何が起きているか、トゥディオンよ、もしもそれがおまえに見えたなら、
テオダの不運よりも、もっと大きな不幸が見えたでしょう。
おまえは息子のことを嘆いたが、きっと認めるに違いない、

『アマラゾント』

恋はしばしば、死よりも人を苦しめるものと。
おまえの息子が息を引き取るそのときでさえ、
恋いこがれる私の心ほど苦しくはなかったと知るでしょう、
そして、恋はこれほどの嘆きのなかで、
臨終の最後の息よりもつらい吐息をつかせるものと。
ああ、テオダ、あなたの死は当然の報い、けれど、私の心は乱れている、
あなたは毒で死んだけれど、私はもっと強い毒を飲んだような気がする、
愛しています、あなたを殺した毒よりも、
天はもっとはげしい毒を私に味わわせている。
そして私の恋敵、アマルフレードよ、忠実なおまえは、私のためを思ってだろうが、
あの人が私を殺そうとしたとき、なぜ私を助けたのか？
いっそそのまま死んでいたら、あの裏切り者を
心ならずも死なせるという苦しみを、味わわずにすんだのに。
私の恋は、私の死では終わらない、
彼の死は、哀れというよりねたましい、
彼の責め苦は終わっても、私の責め苦は永遠に続く、

裁いた私の方が、罪を犯したテオダよりも、酷い罰を受けている、
彼の罪も私の正義も、むなしい慰めでしかない。

第六景

アマラゾント、アマルフレード、セランド、ユルシード

アマラゾント　ああ！　アマルフレード、おまえの心遣いで私を助けてほしい。
私はあの人殺しを死なせた。でも、彼を罰したものの、
無実の人間を死なせたのではないかと不安なのです。
私の心は高ぶり、情熱が勝ち誇る。
罰せられたあの恩知らずを憎めるよう、私の理性を強めてほしい、
彼の悪事を語って聞かせ、おぞましいと思わせてほしい、
あの裏切り者を、私の心から永久に追い出してほしい、
追い出すことができないなら、どんなにつらくてもよいから、
彼を私の心にとどめているのは憎しみからだと、せめて私に思わせてほしい。
アマルフレード　いいえ、女王よ、もはや隠し立てはいたしません。

私が来たのは、あなたの苦しみを和らげるのではなく、かき立てるため。
テオダのことで、あなたの責め苦は倍になるのです。
彼が死んだと言われて、あなたは動揺している。
だが私は、もっとはげしくあなたを動揺させるために、
言いに来たのです、彼は無実の身で死んだと。
アマラゾント　無実の身？　どうしてそんな恐ろしいことを、
もしも彼が無実なら、裏切り者はいったい誰なのです？
彼の死が間違いだとしたら、いったい誰が死ぬべきだったのか？
アマルフレード　いまから教えてあげましょう、よく聞くのです。
真実を知って、不幸になるがよい。
アルサモン殺害をテオダの仕業とトゥディオンに思わせたのも、
テオダがあなたの敵と通じているように見せかけたのも
すべてみな私の兄がたくらんだこと。
アマラゾント　クロデジルを探しだし、捕らえなさい。
アマルフレード　私の話を聞いて驚きましたか、自然の掟にも背くこと、
けれど、もう驚かなくてもいいように、

『アマラゾント』

打ち明けてさしあげよう、あなたの恋人を、実は私も愛していたと。
テオダ亡きいま、彼の敵となったものはみな破滅させてやる。
敵のなかには兄もいたが、私にはどうでもよいこと。
兄だから赦すべきだろうが、愛するものにとって、
愛する人をなくしたいま、赦すべきものなど何もない。
あなたも、後悔のあまり、わが身を責め苛むがいい。
アマラゾント　彼の罪は残っているから、私は後悔などしなくてよい。
おまえを愛したあの裏切り者は、当然の罰を受けたのです、
私を殺そうとしたから、そしておまえを愛したから。
アマルフレード　そう思っていたいだろうが、私はあなたを苦しめてやりたい、
誤りをたださずにおくのは、あまりに親切が過ぎるというもの。
知るがよい、テオダは一度として、
私の恋人になろうとしたことも、あなたを殺そうとしたこともなかった。
彼への疑いは、不正に仕組まれたもの、
彼は私を愛しはしなかった、いつもあなたを愛していた、
私があなたを助けるふりをしたとき、

あなたを殺そうとしたのは、彼ではなく、この私だった。
アマラゾント　なんということ！　衛兵、この女を捕らえなさい。
おまえを殺してやる。
アマルフレード　　私を処刑しようというのなら、もう用意はできています。
私は毒を飲みました、私の身分にふさわしく、
自分の運命は自分で決めて死ぬのです。
私の思いをかえりみない、あのつれない恋人が
恋しくもあれば憎くもある。
憎しみゆえにあのひとを破滅させはしたものの、
恋しさゆえにあのひとの復讐をせずにはいられない。
だが、復讐のため容赦なく
われとわが身を滅ぼしはしても、恋敵は、生かしておきましょう、
私が最初に逆上したあのとき、あなたを殺さずにおいたのは、
あなたにとって死よりもつらいものがあろうから。
生きて長く味わえばよい、その身にとりついた不幸を、
あなたにとって死は、不幸の終わり、救いとさえなるでしょう。

あなたに罰として後悔を残してあげましょう、
だからいつまでも苦しめばいいのです。
私を傷つけたことが、あなたの身にはねかえり、
私の恨みをあなた自身が晴らしてくれることに。
恋心を押し殺し残酷になるようあなたを仕向け、
あなたが私から奪った恋人を、私はあなたから奪ってやった。
私が望みさえすれば、あなたは死んでいたはず、
けれども、不幸の極みを味わうよう、生かしておいてあげましょう。
忌まわしい事実を知って、おぞましさにふるえるがいい、
すぐに死んだりしては、苦しみが足りないというもの。
アマラゾント　怪物、地獄から出てきた悪魔、
おまえの罪を罰するには、ただ死なせるのでは軽すぎる。
この女を助けなさい。私の気が済むまで、
何度でも死の苦しみを味わわせてやる。
アマルフレード　助けようとしても無駄なこと、私の死は避けられない、
私が死ねば、恋敵は悔しがるはず。

それに、私の毒が効き目をあらわし、
新たな責め苦となるはずだから。
もはやこれまで、私は死にます、罰を受けずに。
私の罪は限りないが、苦しみはこれを限り、
恋しい人の後を追い、墓までもついて行く、
あなたよりも恋人のもっと近くに寄り添って。
最期の時が、打ちのめされた心にも
きっと……

セランド　陛下、息を引き取りました。

アマラゾント　私の目の前から運び去りなさい。

第七景

アマラゾント、セランド

アマラゾント　なんということ、恋の絶頂にあったその時に、私は死なせてしまった、
またとない最高の恋人を！

私を愛し、私も恋した英雄を、私は失ってしまった！
テオダは忠実な恋人として死んだ、それなのに私はまだ生きている！
ああ！　こうして生きている以上、
苦しみがきわまれば死ぬと思ったのは間違いだった。
愛の神よ、あなたを辱めたこの人でなしを、どうか罰してください。
私を早く死なせて。あなたには苦もなくできるはず。
恋人に死なれ、喪の悲しみに沈む私は、
半ば棺（ひつぎ）に入っているようなもの。
ああ、主（あるじ）亡き後も生き続ける情けを知らぬ奴隷よ、
わが心よ、テオダのために生まれたおまえ、
テオダ亡きいま、なぜおめおめと長らえる？
あの人のために生きるのでないのなら、もはや死ぬほかあるまいに。
愛の神と運命の定めに従えば、
おまえの命は終わったはず、
あの人の痛ましい最期のあとも、死に遅れ、
なお生き延びるひとときひとときが浅ましい。

『アマラゾント』

いまや目に映るのは忌まわしいことばかり、
永遠の闇で私の喪を包んでおくれ、
不幸に沈む私には、見るものすべてが虚しい、
恋人を失ったいま、見るべきものなどなにもない。
ああ、私に死ねと命じてほしい、
いまさら後悔などしたくない。
わが不実な口よ、話すのはもうやめておくれ、
言葉はもうたくさん、これっきり口を閉ざすのだ。
愛の神の力で、ようやく用意ができた、
死が隔てた伴侶と、いまから私は結ばれる。
セランド　ああ、女王様！
アマラゾント　　　　ああ、私も死にます、いとしい忠実な人、
せめて墓のなかで私たちは結ばれる。
セランド　気を失われた、ああ！　なんということに！

第八景

セランド、テオダ、アマラゾント

セランド　これはどうしたこと？　ああ、テオダ様、女王様の介抱を。
このままではお命にかかわります、なんとかしなければ、
急いで助けを呼んでまいります。

第九景

テオダ、アマラゾント

テオダ　あなたは死んでしまうのか、これほど私を苦しめて！
ああ！　嘆くことなく死ぬと約束しはしたが、
あなたが死ねば私も死にます、
それではあまりにむごすぎて、嘆かずにはいられません。
ああ、麗しい瞳よ、どうか私の思いをかなえ、また輝いてください。
アマラゾント　なんと心地よい声が、いま私を呼んでいる。

テオダ!

アマラゾント　女王様!

テオダ　ああ、私はまだ生きているの?

アマラゾント　誰があなたの命を奪えましょう。

テオダ　苦しみと恋が。

アマラゾント　それで死ぬのは、むしろこの私。どうか生きてください、つれないひと。

生きてください、たとえ、なお憎しみとともに生きるとしても。

生きてください、あなたが死ぬなど、思うだけでもおぞましい。

私の心は、私のものというよりはあなたのものと、どうかお示しください。


アマラゾント　私が取り乱しているからといって、驚いてはなりません。

思い違いをしていました、あなたの父も私を欺いた。

彼の言うのがまことなら、あなたは生きていないはず。

でも、あなたは生きている、この目と心で信じます。


テオダ　父はまことのことを言いました。

あなたは裏切り者が死んだとしかお聞きになりませんでした。

たしかにクロデジルは運命をまっとうしましたから、

裏切り者が死んだと父が言ったのは正しかったのです。
父は、私が罪を犯したと聞いて怒り狂い、
私の命を奪うため、塔までやってきました。
そのとき、あの不運なクロデジルに出会ったのです。
クロデジルは、私が死ぬはずの毒で、瀕死の状態でした、
毒が塗られた手紙を読んだのです。
後悔の念が罪深い心を動かし、
父の姿を見ると、苦しい息のもとで、
あなたの手紙を読まずにいたら、私が死んでいたはずと。
彼は言い残しました、私は無実だと、
こうして天は、彼の死をもって正義を示し、
彼とその妹だけを罰して、
私にかけられた疑いを晴らしてくれたのです。
父はあなたにそのことを言おうとしましたが、
あなたは聞こうとはなさいませんでした。
それで父は、あなたのお怒りから私を守ろうとして、

私に姿を見せるなと申しましたが、そうはまいりません。
父は私を自由の身にしてくれましたが、父の力がどれほどであろうと、
女王様はそれにははるかにまさるお方、
あなたが私の死をお望みなら、私を助けようとしても、
父の力ではどうにもなりません。
いまここにまいりましたのは、あなたのお望みに従うため、
あなたへの愛にくらべれば、命など惜しくはありません。
私が求めるのはお心にかなうこと、さもなければ死ぬことです。
お心にかなわないのなら、死ぬほかありません。

アマラゾント　いいえ、私の憎しみはアマルフレードとともに死にました。
彼女は私を苦しめたが、私を救ってもくれました。
あなたを愛したあの女は、いまわの際に
自分の罪を認め、あなたが忠実だったことを教えてくれたのです。
私の決定は間違っていました。だからいま、
あなたを裁いた私こそ、赦しを願わねばなりません。
が、トゥディオンがそこに。

『アマラゾント』

第十景

トゥディオン、アマラゾント、セランド、テオダ、ウリック、供の者たち

トゥディオン　（セランドに）　なんとしたこと、ああ天よ、
女王が気を失い、しかも息子がここにいるとは！
セランド　女王様はもう大丈夫でございます。
アマラゾント　トゥディオン、テオダの無実は明らかとなりました。
私たちの結婚を認めてほしいと思います。
トゥディオン　息子が無実とわかれば、息子の幸せは私にとっても幸せにございます。
テオダ　思いのたけを語ろうにも、どう言えばよいものか。
アマラゾント　あなたの気持ちはわかります、その喜びも察しています。
もう気遣いは無用のこと、今日、いまから、
愛の神が命じることを、結婚の神に委ねることにいたしましょう。

――幕――

訳注

（1）登場人物の順序は、基本的には舞台に登場する順序に従っている。ただし、衛兵たちのように台詞のない端役は最後におかれる。なお、アマラゾントとテオダの二人以外の人物たちはすべて作者の創作である。

（2）テオダ（テオダハド、?～五三六）は、イタリアに東ゴート王国を建国したテオドリック大王（四五四～五二六）の妹アマルフレード（アマラフリーダ）の息子で、アマラゾントのいとこにあたる。王位継承権をもっていたが、テオドリック大王に嫌われて王座から遠ざけられた。やがてアマラゾントの共同統治者となるが、彼女を裏切り、ついには暗殺させる。しかし、王位に就いたものの、政治的にも軍事的にも無能で、最後はゴート軍幹部たちから退位を迫られ、逃げる途中で刺客の手にかかって殺された。歴史上のテオダは、キノーの劇の主人公とは正反対の人物だったといってよいだろう。

（3）テオダの父という設定だが、実際にはテオダ（テオダハド）の父親は、名前も身分も知られていない。

（4）アマルフレード（アマラフリーダ）という名は、テオダの母の名前だった。

（5）アマラゾント（アマラスウィンタ／アマラスンタ、四九五頃～五三五）はテオドリック大王の娘であり、母は初代フランク王クロヴィス（四六五頃～五一一）の妹だった。大王の死後、王位を継いだのは彼女の息子（大王の孫）で当時十歳のアタラリック（五一六頃～五三四）だが、彼女は摂政として実質的に王国を支配し、アタラリックが夭折したあとは王位に就く。彼女は教養があり、政治的手腕もあったが、政治的妥協から、反目していたテオダを共同統治者に選んだのが失敗で、間もなくテオダに裏切られ、暗殺された。

（6）テオドリック大王のこと。

（7）東ローマ皇帝ユスティニアヌス一世（四八二～五六五）。東ローマ帝国の再興を企て、『ユスティニアヌス法典』の編纂、ハギア・ソフィア大聖堂などビザンツ美術の偉大な記念建造物で名高い。

(8) 二重の意味。運の「極み」は、「幸福の絶頂に達する」という意味のほか、「運が尽きる」という意味も含んでいる。

(9) これも二重の意味。「何も恐れずにすむところ」とは「王位に就く」という意味だけでなく、「死ぬ」という意味も含んでいる。

(10) 二重の意味。

(11) クロデジル、ここで退場する。

(12) 原文では「おまえに会うためにきました」だけだが、そのままではこれがアマルフレードに対する言葉であるとわかりにくいため、あえてアマルフレードへの呼びかけを加えて訳した。

(13) 二重の意味。

(14) ここまでのクロデジルとアマルフレードの対話は、アマラゾントには聞こえていないものとして演じられる。

(15) アマラゾントはテオダのことを「裏切り者」と言っている。このあと何度も繰り返されるこの言葉は、アマラゾントの思い違いの原因となる重要なキーワードである。実際に、クロデジルとアマルフレード兄妹の策略から、アマラゾントはテオダが、王国と女王である自分とを裏切る数々の罪を犯した、と思い込まされている。なお「裏切り者」は原文では le coupable（犯人、罪人）だが、内容的にも日本語の語感からしても、「裏切り者」の方が適当であると考えた。

(16) アマラゾントと観客は第九景まで事の真相を知らされずにおかれるが、すでに真実を知っているトゥディオンは、クロデジルのことを「裏切り者」le coupable と言っている。そしてそれが、アマラゾントの思い違いの原因となる。

(17) ここからのアマラゾントの台詞だが、原文ではトゥディオン、テオダ、アマルフレードの名は語られていない。ただ、そのまま訳したのでは誰に呼びかけているのかわかりにくいため、あえてトゥディオン、テオダ、アマルフレードの名を訳文に加えた。

あとがき

フランス十七世紀演劇は、大別して四つのジャンルからなる。悲劇、喜劇、悲喜劇、田園劇である。悲劇と喜劇は、本書を手にする読者にとってはなじみのジャンルであろう。だが、悲喜劇と田園劇もまた、フランス十七世紀演劇を語るうえで、欠かせないジャンルである。我々の研究チーム「十七世紀演劇を読む」は第二期の活動期間に入っているが、第一期に『フランス十七世紀演劇集　喜劇』と『フランス十七世紀演劇集　悲劇』を中央大学人文科学研究所翻訳叢書として中央大学出版部から刊行した。今回、『悲喜劇・田園劇』を刊行することで、三部作として、フランス十七世紀演劇の全ジャンルを網羅し、その全貌が明らかになったといえよう。

悲喜劇・田園劇の特徴については、本書の「フランス十七世紀悲喜劇・田園劇概観」に譲る。本書は、悲喜劇三作と田園劇一作を上演年代順に収録した。田園劇の果たした役割は重要であるが、他のジャンルと比較して、翻訳にふさわしい作品が少なく、一作品で十分と考えた。副題をあえて「悲喜劇・田園劇」としたのは、本書に最初に収録された作品は田園劇であるが、主要な作品が悲喜劇だからである。次に、本書に収録した作品を簡単に紹介するが、いずれの作家も作品も日本では無名とはいえ、十七世紀演劇を考えるうえで欠くべからざる存在であることを付記しておく。

ジャン・メレは、一六三〇年代にコルネイユと競い合って、十七世紀演劇の形成に寄与した劇作家の一人である。田園悲喜劇『シルヴィ』は、田園劇と悲喜劇を組み合わせた作品である。既に述べたとおり、田園劇は重要なジャンルの一つではあるが、他のジャンルに比べて作品数も少なく、紹介にふさわしい優れた作品を選ぶのも難しい。この作品はメレの代表作の一つであり、当時も評判を呼んだ成功作である。田園悲喜劇と銘打たれているが、田園劇を代表する作品の一つでもあり、この作品以上に取り上げるのにふさわしい作品が見いだせなかった。

ジョルジュ・ド・スキュデリーは、当時の社交界の寵児で、一六三〇年代のバロック演劇の旗手ともいうべき作家である。波乱に満ちた生涯は、作品を地で行った趣がある。『変装の王子』はその代表作であると同時に、悲喜劇の典型というべき作品である。

ジャン・ロトルーは、コルネイユ、モリエール、ラシーヌに次いで十七世紀演劇を代表する劇作家である。『ヴァンセスラス』は四〇年代の作品で、最初は悲喜劇とされていたが、後に悲劇と改められた。今日では、校訂版で悲喜劇とされることが多い。ロトルーは、多くの悲喜劇を書いている。この作品がその代表作としてふさわしいかどうか、疑問を持たれる読者もいるかもしれない。しかし、この作品はロトルーの代表作の一つである。このような機会がなければ、ロトルーの作品を翻訳・出版することは難しい。その点を勘案して、あえてこの作品を選んだ。

フィリップ・キノーは、リュリのオペラの台本作者として名高いが、それ以前に既に宮廷でも評判の人気作家の一人であった。多くの悲喜劇を書いているが、『アマラゾント』は五〇年代の作品で、キノーの悲喜劇の代表作の一つである。収録された作品を、二〇年代の田園悲喜劇『シルヴィ』と合わせて通読すれば、悲喜劇がどのような変貌を遂げたのか、その変遷が自ずから明らかになるのではないだろうか。

翻訳にあたって参照したテキストは次のとおりである。翻訳のために、初版をフランス国立図書館Bibliothèque nationale de France のインターネットのサイトからダウンロードしたが、誤植が多い。再版・別本との異同も大きく、現代の校訂版を参照した。

『シルヴィ』

Mairet, Jean, *La Sylvie du Sieur Mairet*. Tragi-Comédie-Pastorale, F. Targa, Paris, 1628.

Marsan, Jules, *La Sylvie du Sieur Mairet*. Tragi-Comédie-Pastorale, Société Nouvelle de Librairie et d'Édition Paris, 1905.

Mairet, Jean, *Sylvie* tragi-comédie pasorale, Droz, Paris, 1932.

Théâtre du XVIIe siècle I, Bibliothèque de la Pléiade, Edition Gallimard, Paris, 1975.

Mairet, Jean, *Théâtre complet*, Honoré Champion, Paris, 2008, Tome II.

『変装の王子』

Scudéry, Georges de, *Le Prince déguisé.* Tragi-comedie, A. Courbé, Paris, 1636.

Scudéry, Georges de, *Le Prince déguisé,* republished with an introduction by Barbara Matulka, Columbia University, New-York, 1929.

Scudéry, Georges de, *Le Prince déguisé La Mort de César,* Société des textes français modernes, Paris, 1992.

『ヴァンセスラス』

Rotrou, Jean, *Venceslas,* tragi comédie, A. de Sommaville, Paris, 1648.

Rotrou, Jean, *Venceslas* Tragi-comédie, Editée par W. Leiner, l'Université de la Sarre, West-Ost-Verlag Saarbrücken Gmbh, 1956.

Oeuvres de Jean Rotrou, Slatkine Reprints, Genève, 1967, tome V.

Théâtre du XVIIe siècle I, Bibliothèque de la Pléiade, Edition Gallimard, Paris, 1975.

Rotrou, Jean, *Venceslas,* Edition critique par Derek A. Watts, University of Exeter, 1990.

Rotrou, Jean de, *Théâtre complet* I, *Bélisaire・Venceslas,* Société des Textes Français Modernes, Paris, 1998.

『アマラゾント』
Quinault, Philippe, *Amalasonte*, tragi-comédie, A. Courbé, Paris, 1658.
Quinault, Philippe, *Théâtre*, Slatkine Reprints, Genève, 1970.
Théâtre du XVIIe siècle II, Bibliothèque de la Pléiade, Edition Gallimard, Paris, 1986.

翻訳作業は適宜読みあわせを行い、表記などはチーム全体で検討して、作品集としての必要な統一を図った。翻訳叢書のシリーズとしての整合性に鑑み、訳者名は目次に記載していないが、翻訳の担当責任を明らかにするために各作品の題名の下に翻訳者名を明記した。作品は多岐に亘り、それぞれに特徴のある作品を選んでいるから、作品ごとに訳し分けが必要であることは言うまでもない。訳文は作家の文体と作品の特徴を踏まえて、それぞれに工夫をこらしたつもりである。なお、何分にも作品は十七世紀のものである。配慮したつもりであるが、当時の風俗や意識を考慮すると、やむをえず差別的用語を使わざるを得ないところもあった。ご寛恕を乞いたい。

我々の研究チームの研究期間は、すでに九年目に入る。この間に、『フランス十七世紀演劇集』三部作に加えて、これを補完する研究書として『フランス十七世紀の劇作家たち』と『混沌と秩序――フランス十七世紀演劇の諸相』を刊行することができた。望外の幸せである。この三部作をチームの研究活動の集大成として、われわれの研究チームは今期で終了する。チームのメンバーの今後のいっそうの活躍を祈る。なお、表紙の写真は、一六三六年版の『変装の王子』の口絵から採った。おわりに、『フランス十七世紀演劇集　悲喜劇・田園劇』の刊行に当たり、翻訳の機会を与えてくださった中央大学人文科学研究所、ならびに編集を担当してくださった中央大学出版部の髙橋和子氏に深く感謝の意を表する。

二〇一五年一月

研究会チーム「十七世紀演劇を読む」

責任者　橋　本　　能

伊藤　洋（いとう ひろし）　客員研究員，早稲田大学名誉教授

皆吉郷平（みなよしごうへい）　客員研究員，元慶應義塾大学講師

橋本　能（はしもと のう）　研究員，中央大学教授

冨田高嗣（とみた たかつぐ）　客員研究員，長崎外国語大学准教授

鈴木美穂（すずき みほ）　客員研究員，立教大学講師

戸口民也（とぐちたみや）　客員研究員，長崎外国語大学名誉教授

野池恵子（のいけけいこ）　客員研究員，早稲田大学講師

フランス十七世紀演劇集　悲喜劇・田園劇

中央大学人文科学研究所　翻訳叢書12

2015年３月25日　第１刷発行

編　者　中央大学人文科学研究所

訳　者　伊藤　洋　皆吉郷平
橋本　能　冨田高嗣
鈴木美穂　戸口民也
野池恵子

発行者　中央大学出版部
代表者　神　﨑　茂　治

〒192-0393
東京都八王子市東中野742-1
発行所　中央大学出版部
電話 042(674)2351・FAX 042(674)2354
http://www2.chuo-u.ac.jp/up/

㈱千秋社

ISBN978-4-8057-5411-5

中央大学人文科学研究所翻訳叢書

1
スコットランド西方諸島の旅
一八世紀英文壇の巨人がスコットランド奥地を訪ねて氏族制の崩壊、アメリカ移民、貨幣経済の到来などの問題に考察を加える紀行の古典。

四六判　三六八頁
定価　二五〇〇円

2
ヘブリディーズ諸島旅日記
一八世紀英文壇の巨人がスコットランド奥地を訪ねて氏族制の崩壊、アメリカ移民、貨幣経済の到来などの問題に考察を加える紀行の古典。

四六判　五八四頁
定価　四〇〇〇円

3
フランス十七世紀演劇集　喜劇
フランス十七世紀演劇の隠れた傑作喜劇4編を収録。喜劇の流れを理解するために「十七世紀フランス喜劇概観」を付した。

四六判　六五六頁
定価　四六〇〇円

4
フランス十七世紀演劇集　悲劇
フランス十七世紀演劇の隠れた名作悲劇4編を収録。本邦初訳。悲劇の流れを理解するために「十七世紀フランス悲劇概観」を付した。

四六判　六〇二頁
定価　四二〇〇円

5
フランス民話集Ⅰ
子供から大人まで誰からも愛されてきた昔話。フランスの文化を分かり易く伝える語りの書。ケルトの香りが漂うブルターニュ民話を集録。

四六判　六四〇頁
定価　四四〇〇円

6

ウィーンとウィーン人

多くの「ウィーン本」で言及されながらも正体不明であった幻の名著。手垢にまみれたウィーン像を一掃し、民衆の素顔を克明に描写。

四六判　一三〇二頁
定価　七二〇〇円

7

フランス民話集Ⅱ

フランスの文化を分かり易く伝える民話集。ドーフィネ、ガスコーニュ、ロレーヌ、ブルターニュなど四つの地方の豊饒な昔話を収録。

四六判　七八六頁
定価　五五〇〇円

8

ケルティック・テクストを巡る

原典および基本文献の翻訳・解説を通して、島嶼ケルトの事蹟と心性を読み解くという、我が国ではこれまで類例のない試み。

四六判　四八〇頁
定価　三三〇〇円

9

異端者を処罰すべからざるを論ず

誰かが誰かの異端であった宗教改革期、火刑をもって異端者を裁いた改革派指導者ベーズを激しく弾劾した寛容の徒カステリヨンの名著。

四六判　五七八頁
定価　四〇〇〇円

10

フランス民話集Ⅲ

ヨーロッパで語り継がれる伝統的な口承文化を伝える貴重な書。ピカルディー、アルザス、ギュイエンヌ、ドーフィネ地方の昔話を収録。

四六判　七三六頁
定価　五二〇〇円

中央大学人文科学研究所翻訳叢書

11

十七世紀英詩の鉱脈

激動の時代十七世紀英国において、詩人たちはいかなる詩を作ったか。その多様な世界を渉猟するための、本邦初訳中心の新しい詩選集。

四六判　七〇四頁
定価　四九〇〇円

＊価格は本体価格です。別途消費税が必要です。